小書痴的下剋上
為了成為圖書管理員不擇手段！
短篇集 I

香月美夜——著
椎名優 繪　許金玉 譯

本好きの下剋上
司書になるためには
手段を選んでいられません
短編集 I

CONTENTS

短篇集 I

多莉視角・妹妹變得好奇怪

Kazuki Miya's commentary

原本只刊登在網路上的番外篇。
故事背景在第一部 I 左右。
多莉視角，
描寫妹妹自從發高燒、險些沒命以後，
就變得非常奇怪。
看著開始製作髮簪與洗髮精的梅茵，
多莉心裡究竟在想什麼呢？

小小幕後筆記

一邊是很想洗澡，但只能靠著擦身體暫且忍耐的梅茵；一邊是無法理解梅茵為什麼每天都想擦澡的多莉。請試著感受一下常識的差距吧。

我的妹妹梅茵，有著一頭夜空般的筆直藏青色頭髮，金色眼珠像月亮一樣，就連我這個姊姊看了也覺得她非常可愛。只不過，她因為經常生病發燒的關係，食量很小，所以一直長不高。也因為不太能夠外出，皮膚很白，我們也無法一起玩耍。畢竟她體弱多病，這也是沒辦法的事情，但我還是覺得有些遺憾。因為我很羨慕其他孩子都能和自己的兄弟姊妹一起玩。雖然梅茵每次看到我能去森林都會說「不公平」，但其實我也很想跟她一起去森林、一起玩啊。

……更何況梅茵會生病，又不是我的錯……

不久前梅茵也發了嚴重的高燒，讓我很擔心她會不會就這樣死掉。因為她幾乎整整三天都吃不下飯，也喝不了水。

……會不會是這場高燒的關係，讓梅茵的腦袋瓜變得有些奇怪呢？

退燒以後，梅茵總說一些我聽不懂的話，然後突然生氣。還有，以前她本來都會乖乖聽話躺在床上，現在居然趁著我去洗碗盤的時候偷溜下床，把家裡搞得一團亂，最後還喊著莫名其妙的事情哭了一整天。

原本我心想，可能是因為她還沒完全退燒，身體不太舒服吧？但是退燒之後，梅茵變得更奇怪了。

因為梅茵現在竟然每天都要用濕布擦拭身體。

剛開始是她退燒的時候。聽到她說全身黏黏的很噁心，想要我幫她擦一下身體的時候，其實我還不覺得奇怪。畢竟發燒一定流了很多汗，她也不可能跑到河邊沖涼。但是，後來每天煮飯的時候只要燒了熱水，梅茵就會要求分點溫水給她。第一天她擦完身體以後，桶子裡的水確實變得很髒，但三天過後就幾乎還是乾淨的。明明水不再變髒了，梅茵卻還是每天都要求擦澡。

……這也太奇怪了吧？每天耶?!

雖然梅茵說：「有些地方我自己擦不到，多莉妳幫幫我。」所以我會在旁邊幫忙，但還是無法理解。

「妳身體都這麼乾淨了，還用熱水不會太浪費嗎？」

「我身體很髒啊，才不會浪費呢。」

不管我怎麼說，梅茵還是堅持每天擦澡。而且不知道為什麼，梅茵甚至也想幫我擦身體。就算我說「不用啦」，她也拿布用力擦我的臉，一邊還說：「多莉因為會出門，所以比我還髒喔。」

的確，本來梅茵在擦過澡後還很乾淨的熱水，在她替我擦過身體後卻變得很髒。被逼著看到自己身上可以擦出這麼多汙垢，我有些不太高興。梅茵居然還笑嘻嘻地說：「兩個人一起用就不浪費了吧？」

……明明每天都用熱水真的很浪費，而且要從水井汲回一桶水的量也非常辛苦，到底該怎麼做才能讓梅茵明白呢？

梅茵的奇怪舉止不只有每天都要擦澡而已，她現在還突然綁起頭髮。梅茵的頭髮很直，不管用繩子綁得再緊也會馬上鬆脫，所以目前為止都沒有把頭髮綁起來。

但現在梅茵又想綁頭髮了，而且在挑戰了好幾次都失敗後，不高興地鼓起臉頰，忽然往我的籃子裡面摸索翻找。緊接著，她從籃子裡面拿出了木頭身體由父親削好、衣服則由母親縫製的娃娃來。那可是我的寶物。

「多莉，這個我可以折斷嗎？」

「那是娃娃的腳耶！梅茵，妳太過分了！」

居然想折斷娃娃的腳，這也太殘忍了。我生氣制止後，梅茵說著「對不起」垮下腦袋瓜，同時撩起劉海嘆氣。明明她才五歲，那個動作卻莫名有種成熟女性的感覺，讓我不由得屏住呼吸。

「對了，多莉。我想要細長的木棒，哪裡才有呢？」

原來梅茵想要的並不是娃娃的腳，而是木棒。那只要拿蒐集回來的木柴簡單削一下，我也做得出來。於是在梅茵弄壞我的娃娃之前，我決定用小刀削塊木頭，做根木棒給她。雖然梅茵的要求有點多，比如「這邊再削細一點」、「這邊不要太尖，要有點圓圓的」，但最終我似乎削出了梅茵滿意的形狀。

「多莉，謝謝妳！」

梅茵露出燦爛的笑容接過木棒後，突然就往自己頭上一插。

「梅茵，妳做什麼?!」

我正大吃一驚時，梅茵把頭髮捲在彷彿要插在頭上的木棒上，然後用力一轉。不知道她是怎麼辦到的，竟然只用一根木棒就把頭髮盤上去了。看到她盤起頭髮的方式就像貴族大人在施展魔法一樣，我嚇了一跳，但也驚訝於她盤成了大人的髮型。

「梅茵，這樣不行啦。只有大人才可以把頭髮全部盤起來。」

「……是喔。」

梅茵張大眼睛，好像真的不知道這麼理所當然的事情，抬手抽出木棒後，頭髮馬上披散開來。接著她抓起上半部的頭髮，和剛才一樣捲在木棒上盤起來，展示給我看。

「那這樣可以嗎？」

「我想應該可以吧。」

自那之後，梅茵每天都用木棒盤起頭髮。從正面看過去，簡直就像有根木棒插在頭頂上一樣，非常奇怪，但本人似乎很滿意。

這天因為母親工作休息，留在家裡照顧梅茵，所以我久違地能和大家一起去森林。除了要撿木柴，我還摘了好多果實和菇類，跟很多可以用來為肉調味的藥草。為了接下來的過冬準備，一起來森林的孩子們都很認真採集。

……要是梅茵能早點恢復活力，一起來森林就好了。

回到家後，梅茵走過來迎接我說：「多莉，妳回來啦。」看來她今天精神不錯。

「妳採了哪些東西？借我看、借我看。」

梅茵一臉新奇地探頭看向籃子裡面。明明全是之前也採回來過的東西，她把藥草和菇類拿出來時，表情卻像是頭一次看到。

……梅茵好奇怪……

我正這麼心想時，梅茵就雙眼發亮地從籃子裡拿出密利露。

「這個！給我這個！」

梅茵很少像這樣表明自己想要什麼東西。「可以給妳一點沒關係。」於是我這麼回答後，給了她兩顆密利露。

「多莉，謝謝妳。」

梅茵露出天使般的笑容，用臉頰往密利露蹭了幾下後，走進儲藏室，興沖沖地拿著椰頭走回來。

「梅茵，妳要做……」

在我說完之前，梅茵就朝著密利露揮下椰頭。「咂」的悶聲響起後，密利露便「噗唰」地裂開，果汁還噴到了我身上。

……拿椰頭來敲，想也知道果汁和果肉一定會亂噴吧？這種事情應該不用動腦想也知道吧？

「喂，梅茵，妳在幹嘛？」

我沒有急著擦掉噴到臉上的果汁，硬是擠出笑容這麼問。梅茵發出「嗚噫」的怪叫，嚇得彈了起來。

「那……那個，呃，因為我想取油……」

梅茵一臉「完蛋了」的表情，用求救的眼神往我看來。從她的表情就能知道，她絕對沒有想到用椰頭敲果實的話會讓果汁亂噴。

「取油也要用對方法吧?!妳到底在做什麼?!」

「是喔……」

梅茵頓時意志消沉，但反而讓我非常擔心她。明明不久前我們才一起取過油，她已經忘了嗎？

……搞不好因為發燒的關係，真的把腦子燒壞了？該不該找媽媽商量呢？

後來我們花了好久時間才把房間清理乾淨，去井邊準備晚飯的母親一回來，果然氣得臭罵我們一頓。但明明是梅茵做的，我卻跟著一起挨罵，當姊姊真是太倒楣了。這種時候我一點也不覺得梅茵可愛。

「多莉、多莉，該怎麼做才能取油？教教我嘛。」

眼看母親氣得要命，梅茵偷偷挨過來問我。

……自以為偷偷問，其實早就被發現啦。看，媽媽都看過來了。

「媽媽，我可以教梅茵嗎？」

「唉，如果不先教她，以後可能就麻煩了。多莉，妳好好教她吧。」

母親一臉厭煩地指著儲藏室說。取油用的布和工具都放在儲藏室裡，所以我帶著梅茵一起進去，決定從頭教她一遍。

「……油和果汁會滲進廚房的木桌裡頭，所以不可以直接在桌上取油，要放在這邊的金屬臺上。首先把布攤平，再把果實放進來。不包起來的話，果汁就會亂噴。還有，密利露的果實可以吃，所以都是用吃完後的種子取油。」

「只有種子的油不夠，所以我連果實的油一起取吧。」

梅茵興高采烈地揮起榔頭，但她敲的地方根本不對，力氣又小，還畏畏縮縮地不敢使勁去敲。先不說柔軟的果肉，種子完全沒被她敲扁嘛。更何況梅茵的力氣也小到擰不了布。

「梅茵，妳這樣不行啦。種子根本沒搗碎，都沒有油滴出來喔。」

「嗚……多莉……」

梅茵抬起頭來看我，表情實在太沒出息了，我只好出手幫忙。拿走梅茵手中的榔頭後，我發現榔頭已經被果汁沾得黏答答的，感覺一揮就會不小心飛出去。我先拿布擦了擦，然後用力握緊。

「要像這樣，把種子完全敲碎……」

父親的話甚至不需要用榔頭，用壓榨器一下子就能搗碎了。男孩子只要有辦法使用壓榨器，就會開始負責一些代表獨當一面的勞力工作。但壓榨器太重了，我們無法使用，只能用榔頭慢慢敲碎。

「然後再像這樣擰布……」

「嗚哇！多莉，妳好厲害喔！」

看到油慢慢地滴進小容器裡，梅茵高興得不得了。那副模樣雖然非常可愛，但我的手臂好痠。

「多莉，謝謝妳。」

「梅茵，事情做完要收拾才可以。來，快點收拾吧。」

梅茵一派手忙腳亂，好像不知道該怎麼收拾。我一邊教她，一邊也幫忙收拾工具。梅茵因為體弱多病長不高，看起來比實際年紀還小，讓我常常忘記她其實已經五歲了。等到了七歲，就要去神殿參加洗禮儀式，然後以學徒的身分開始工作。撇開梅茵不說，明年我就七歲了。一旦我開始當學徒，家事就變成是梅茵要做，但她卻不曉得工具的擺放位置與使用方式，這樣真的沒問題嗎？接下來必須在顧及她身體狀況的同時，也要讓她學著做家事，否則沒有一個老闆願意雇用現在的梅茵吧。

……也要讓媽媽別再縱容梅茵，我得好好教她才行。

「多莉，也給我藥草吧。」

「一點點而已喔？」

梅茵一臉認真地聞著已經拿出籃子的藥草，挑了幾種放進取好的油裡面。這麼做會讓油帶有藥草的香氣，但梅茵添加的藥草當中，有的是專門用來除蟲，讓人一聞就不想吃。

……嗚哇……在油徹底染上藥草的味道之前，最好趕快在煮晚飯時用掉吧？

我急忙端走密利露油，想要用來煮晚飯時，梅茵大驚失色地衝過來阻止我。

「多莉！不行！妳做什麼?!」

「不快點吃會壞掉吧？要是染上太多藥草的味道，這些油就不能吃了。」

「這些不可以吃啦！」

不管我怎麼勸，梅茵都只是拚命搖頭，怕我搶走裝了油的容器。我傷腦筋地轉頭看向母親後，母親也生氣了。

「梅茵！那些果實是多莉採回來的吧！不可以任性！」

「我才沒有任性！多莉已經給我了！」

我確實說過要給她，但也不想看著好不容易採回來的食物被這麼糟蹋掉。但就算母親再生氣，今天梅茵就是不肯讓步。

明白到她不會聽話以後，我們也決定不理她，結果梅茵又像平常一樣說她想要熱水。感覺今天的她比平常還要興奮。我幫她把熱水倒進桶子裡後，梅茵突然把剛才的油也倒進去，而且至少有一半的量，然後開始攪拌。

「梅茵?!妳在做什麼?!」

「嗯？我要洗頭髮啊。」

我完全聽不懂梅茵在說什麼。這幾天她不管說話還是做事真的都變得好奇怪。我滿腹疑惑地低頭看著梅茵，發現她把頭髮浸在桶子裡開始清洗。

她搓洗了浸在桶子裡的頭髮後，也不斷用手把水淋在頭上。反覆沖洗到她滿意為止後，梅茵就把頭髮擰乾，接著用布擦拭。擦了好幾遍後，梅茵用梳子一梳，藏青色的頭髮突然散發光澤。

「……這是什麼？」

「嗯～這算是『簡易版洗髮精』……吧。」

「這東西叫作這個名字嗎……」

由於親眼在旁邊看到梅茵的頭髮變得這麼漂亮，我不禁也想用用看，想讓自己的頭髮變得一樣漂亮。可是，剛剛我才對梅茵大發脾氣，實在很難開口跟她說「我也想用」，所以有些尷尬。

「多莉，妳也用用看吧？兩個人一起用就不會浪費了。而且這些密利露和藥草都是多莉採回來的，取油的也是妳……」

梅茵笑著這麼說完以後，本來還不好意思的我忽然一點也不在意了。畢竟準備好這些東西的人全是我嘛。我馬上解開辮子，模仿梅茵剛才做的把頭髮浸到桶子裡搓洗。梅茵也伸出她的小手，幫忙沖洗我摸不太到的地方。

「多莉，我想洗到這樣就差不多了。」

接著我反覆用布擦拭，再用梳子梳開後，頭髮就變得和梅茵一樣充滿光澤。本來我的頭髮總是蓬鬆又毛躁，梳頭髮時老是打結，現在居然變成了很有光澤的大波浪。簡直就像魔法一樣，我不禁感動不已。

「變得好漂亮呢。多莉，味道好香。」

不知為何梅茵看起來比我還開心，還喜孜孜地幫我梳頭髮。

……頭髮變得這麼漂亮我當然很高興，但梅茵為什麼知道這種事情呢？

梅茵果然變得好奇怪。以後會不會每發燒一次，她就變得越來越奇怪呢？想到這裡，我覺得有點恐怖。

「那我們拿去倒掉吧。」

「等一下！」

我和梅茵正想把桶裡的水倒掉時，母親慌慌張張地制止我們，開始洗起自己的頭髮。我和梅茵對看一眼後，忍不住笑了起來。雖然是個奇怪的妹妹，但一想到梅茵下次不知道又會做些什麼，也讓人有些期待。

路茲視角・我的救世主

Kazuki Miya's commentary

原本只刊登在網路上的番外篇。
故事背景在第一部 I 左右。
路茲視角，
描寫兄弟四人如何同心協力，
採到冬天的珍貴甜品帕露。
由於梅茵無法去採帕露，本傳裡不會有採集的場景，
但透過這則短篇可以知道帕露實際上是怎樣的樹木，
果實是如何採集。

小小幕後筆記

關於札薩與奇庫，其實是在寫這則番外篇的時候才正式完成設定。記得在這之前，都只用哥哥1、哥哥2來稱呼而已……在這則短篇裡，也首次揭露了《小書痴的下剋上》原來是存在著奇幻生物的世界。

「喂，路茲！快起床！」

大哥札薩一腳踢過來，我還想睡地揉了揉眼睛。這幾天因為一直在颳暴風雪，外頭灰濛濛的，但今天竟然有明亮的日光從板窗縫隙透進來。

……天氣放晴了！

睡意剎那間徹底消失。就算屋內冷得要命，我還是忍不住打開木板窗。屋外是萬里無雲的藍天，放眼看去所有事物都覆蓋在白雪底下，反射著耀眼的陽光，讓整座城市看起來閃閃發亮。

冬天放晴的日子很少，所以大人和小孩都會不約而同前往森林。要是動作比別人慢就糟了。我趕緊關上板窗，衝進廚房。

「路茲，你快一點！」

吃完早飯的三哥拉爾法正急匆匆地開始準備。我也把乾硬的黑麵包放進熱牛奶裡泡軟，吃完後馬上做起準備。

今天是採帕露的絕佳好天氣。城裡的人紛紛湧向森林，要採只有在雪地裡才採得到的帕露。如果想要多採一點，手腳絕對不能比別人慢。況且一年到頭我們平常能取得的甜食並不多，所以每個人肯定都想採到越多越好。

這天不只拉爾法，連平常要去工坊當學徒的札薩和奇庫也會一起去森林。有四個人，一定可以採到很多。我們揹著籃子與工具，一個箭步衝到屋外。人在井邊的母親看到我們，大力揮手。

「你們現在才要去森林嗎？路上小心啊！多採一點回來！」

母親每次出來，總會和左右鄰居召開她們稱之為情報交流的井邊會議。

……天氣這麼冷，居然可以聊天聊上那麼久的時間，我實在佩服。

伊娃阿姨也是在井邊和母親閒話家常的人之一。因為兩家的母親感情很好，所以我們和多莉及梅茵從小就認識，交情也不錯。

「多莉和昆特已經出發了喔，你們加快腳步吧。」

伊娃阿姨對我們這麼說，但沒有提到梅茵的名字。她十之八九留下來看家了吧。因為要是在這種天氣出門，梅茵鐵定會病倒。這麼說來，我聽說秋天尾聲處理豬肉的那一天，梅茵也和去年一樣中途身體不舒服，在板車上暈倒了。

……居然每年都吃不到剛做好的新鮮香腸，也太可憐了。超好吃的耶。

梅茵非常嬌小、虛弱又可愛，也成天讓人替她感到擔心。我們雖然同年，但梅茵對我來說就像妹妹一樣。

……對了，準備過冬的那陣子她還難得地說過想要草莖吧。那傢伙到底打算做什麼啊？

穿過南門，抵達森林的時候，帕露的爭奪戰早已經開始了。帕露只有在積雪極深的森林裡頭，而且還是一大早天氣放晴的時候才會出現，是冬天珍貴的甜食。每個人的表情都認真得嚇人。

「奇庫！你快去那一棵！」

札薩一下指示，二哥奇庫立刻放開雪橇的繩子，拔腿往前狂奔。他一路撥開積雪，到了札薩指定的帕露樹下後，快手快腳地開始攀爬。我們三個人則在與帕露樹有段距離的地方準備生火。挖開積雪讓地面露出來後，點燃帶來的木柴。這時，我看見奇庫已經決定好要採哪一顆果實了。

「路茲，該你上去準備了。」

聽到札薩這麼說，我朝著奇庫所在的位置開始攀爬。帕露是種魔樹，整體呈白色的，彷彿由冰和雪所組成。由於樹幹上有很多樹枝，相當便於攀爬，只不過果實都生長在很高的樹枝上。一般的樹木可以用小刀採果實，但帕露樹的果實沒辦法。這就是採帕露麻煩的地方。

「路茲，你準備好了嗎？」

「再等我一下。」

來到奇庫的背後以後，我迅速脫掉手套，握住他正握著的樹枝。我接手後，奇庫馬上重新戴回手套，敏捷地爬下去。

「呼，冷死我了。路茲，接下來就交給你了。我想再一下就好了。」

我徒手握著的細小樹枝跟冰一樣冷，再加上周遭的氣溫很低，感覺手一下子就變冰了。

……快點掉下去吧！

採帕露果實時，必須利用手的溫度讓樹枝變軟。因為在樹上絕對不能用火，否則會被樹木擁有的魔力吹熄，所以只能脫下手套，徒手溫暖樹枝。

……還沒好嗎？再一下還要多久？

雖然感覺得出掌心裡的樹枝在慢慢變軟，但果實仍然沒有掉下去。我的手已經開始發麻，漸漸失去知覺。想找人接手的我剛轉過頭，就發現自己站著的樹枝突然「嘰」地微微往下彎。

「路茲，換我吧。」

「札薩哥，只差一點了。」

「拉爾法，就跟你說果實快要掉了！」

札薩一握住樹枝，帕露果實就「啪」一聲掉了下去。大概是因為札薩剛才一直在火堆旁邊取暖，所以他的手比我還要溫暖吧。和我臉一樣大的果實筆直地往下掉，這時在下面負責回收的是拉爾法。

「路茲，你快去取暖吧。手都凍紅了。」

札薩接著在樹枝上移動，鎖定下一顆果實。我一邊看著他一邊重新戴上手套，小心地往下爬，以免摔下去。一到地面我就衝向火堆，脫下手套，靠著熊熊燃燒的火焰取暖。不斷摩擦雙手後，失去知覺的指尖開始刺痛起來。「我要丟了喔！接住！」

拉爾法撿起落地的帕露果實後，高舉雙手往我們這邊丟過來。丟完他就爬上帕露樹，準備和札薩接手。奇庫撿起掉在我們附近的果實後，放進籃子裡。果實現在凍得和冰塊一樣，只要待在氣溫極低的地方，就算隨便亂丟也絕對不會裂開。

「唔噢，好冷。奇庫，接著換你了。」

「好！」

札薩摩擦著雙手回來後，這次換奇庫縮回取暖的雙手，戴上手套，跑向拉爾法所在的帕露樹。

採帕露時最重要的就是合作，所以手溫高的人跟能輪流的人越多越有利。我們兄弟四人輪流上去溫暖樹枝後，一共採到了五顆果實。

「就快中午了嗎？應該還能再採一個吧。路茲，你把手烤暖一點，跟奇庫交換。」

札薩瞪著太陽的方向說。這時我的雙手早已經紅通通的，一點感覺都沒有。也不知道是被帕露樹的樹枝凍傷了，還是因為靠火靠得太近的關係。但難得有機會採帕露，能多一個是一個。我盡可能烤暖雙手後，跑向帕露樹。

「樹枝稍微有點變軟了，應該快好了。」

「知道了。」

我和奇庫交接後，第六顆果實也差不多快掉下來了，但隨著時間一過正午，陽光開始從上方照進森林。帕露樹的葉子如同寶石般亮晶晶地反射起陽光，樹木也彷彿擁有意志似地晃動起來，葉子發出沙沙沙的摩擦聲響。

「糟了！路茲，你快下來！」

才剛聽到哥哥他們的大喊，腳底下的樹枝突然猛烈一晃。微微傾身握著樹枝的我立刻失去平衡，抓著樹枝掛在半空中。

「嗚哇！」

我急忙再伸出另一隻手抓住樹枝，以免自己掉下去。

「不行，路茲！你鬆手沒關係！快點跳下來！」

於是就在我鬆手的同時，因兩手抓握而變得柔軟的樹枝也「啪」一聲斷裂。我整個人和帕露果實一起往下墜落。

「哇啊啊啊！」

幸好地面上覆蓋著鬆軟的積雪，再加上我鬆手前先掛在了半空中，所以沒有頭部著地，也就沒受什麼傷。

周遭的人們也和我一樣，紛紛從樹上跳下來。採帕露的時間正式宣告結束了。

帕露樹邊反射著陽光邊發出沙沙沙的聲響，自己也彷彿渴求著陽光般不斷往上長高。長得比森林裡茂盛的樹木還要高以後，就好像女人在甩頭髮一樣，明明無風卻開始搖晃樹枝。一照到陽光，那些還在樹枝上的果實就飛往四面八方。等到所有果實都飛走了，換帕露樹融化般慢慢變小，最後一眨眼就消失不見了。這就是只在冬天放晴時才出現的魔樹帕露，和森林裡其他的樹木完全不一樣。

「結束了，那我們回去吧。」

大家帶著各自採到的帕露回家。下午的時候，肯定每戶人家都在處理帕露吧。這項工作既耗體力，也是一種樂趣。

「總之先一人一個吧。」

還在樹上的時候，帕露果實就和我的臉一樣大，但帶回家以後，表面的果皮就開始融化、逐漸縮小。

「盛裝容器都準備好了嗎？」

我們把細小的枯枝放進暖爐裡點燃，然後戳向帕露表皮。表皮立即裂開一個洞，從中流出了濃稠的白色果汁，屋內頓時彌漫起甘甜的香氣。我嚥了嚥口水，把有著甜香的果汁倒進容器裡，很小心地避免灑出來。帕露果汁可是非常珍貴的甜食。就算內心有著想要一口氣喝完的衝動，也必須非常珍惜地慢慢品嘗。

倒完果汁以後，接著要壓碎果實取油。帕露油可以食用也可當成燈油，是冬天中旬人人都想採到的珍貴果實。

取完油後變成碎末的果渣乾巴巴的，人沒有辦法吃下肚，但對雞來說是營養豐富的飼料。因為牠們之後下的雞蛋都會變得非常好吃，從這點就可以看出來。

「不好意思～請和我們交換雞蛋。」

今明兩天會有很多人跑來我們家，想用帕露果渣和我們交換雞蛋。但老實說就我個人而言，拿了那麼多帕露果渣根本一點用也沒有。雞大概會很高興，但我很不喜歡看著自己能吃的雞蛋不斷變少。

……既然要來換雞蛋，就別只拿果渣，也帶點肉過來嘛。雞蛋因為一人一個，我絕對吃得到，可是肉每次都被哥哥他們搶走，我幾乎吃不到多少。

正當我這麼心想的時候，梅茵和多莉也帶著帕露果渣上門了。看麻袋裡的果渣，那應該是兩顆帕露果實的份。

「打擾了。路茲，請和我們交換雞蛋吧。」

梅茵笑咪咪地把麻袋遞過來，但我實在很不想收。不過，因為母親會生氣，所以我當然不能趕走她們。

「我們家飼料已經夠了。別拿那個，有肉嗎？肉都被我哥他們搶走，我根本沒吃到多少。」

冬天因為一家人經常都在家，飯被搶走的機率也變高了，我老是餓肚子。雖然知道跟多莉和梅茵抱怨也沒用，但我還是忍不住吐露心裡的不滿。

「因為體格不一樣，很容易被搶走呢。」多莉苦笑著說，沒把我的不滿當回事。但梅茵不知道想到了什麼，突然把麻袋舉到我面前。

「路茲，那你吃這個吧？」

「雞飼料怎麼能吃！」

虧我平常對梅茵那麼好，沒想到她居然叫我吃雞飼料！我不禁受到嚴重打擊，反射性地吼了回去，梅茵卻一臉愣愣地歪過頭。

「……只要做法對了，就可以吃喔。」

「啊？」

「現在是因為把果實榨乾了才吃不下去，但既然果實很好吃，果渣也只要好好料理就沒問題。」

梅茵說得一派從容自若，我不敢置信地看向多莉。怎麼可能會有人吃雞飼料。然而，多莉只是露出疲倦的笑容，輕輕聳了聳肩。看來梅茵真的吃了帕露果實。

「妳！妳這樣做太浪費了吧！與其把果實吃掉，把果實分成果汁、油和雞飼料更能有效利用吧?!一般根本沒有人會去吃果實，這樣太浪費了！」

正好這陣子雞飼料就快沒有了，所以尤其在我們家，絕不會有人想到要吃果實。況且辛辛苦苦採到了帕露，自然要充分利用，怎麼可能拿來吃。整座城裡會這麼做的笨蛋就只有梅茵了吧。

「呃……要當成雞飼料當然也可以，但現在飼料已經夠了吧？那用來填飽人的肚子有什麼關係呢？」

「我都說了，乾巴巴的果渣不是人吃的東西！」

「那是因為想把油榨到一點也不剩的關係，才變成了人無法吃下肚的東西。其實只要花點工夫，就可以吃了喔。」

「梅茵，妳啊……」

看著面帶笑容，講話內容離譜至極的梅茵，我渾身無力。

……這種不管怎麼說，對方也聽不進去的感覺是什麼?無力感嗎？還是敗給她了？

「路茲，我跟你說。」

梅茵的姊姊多莉小聲開口。既然是有血緣的親人，多莉肯定能說服梅茵，讓她知道「這不是人吃的東西」吧。我懷抱著期待回頭後，卻看見多莉無力地垮下腦袋。

「你可能很難相信，但真的可以吃喔……而且很好吃，我受到了好大的衝擊。」

「咦?真假?多莉，她讓妳吃了雞飼料?!」

梅茵似乎已經逼家人親身體驗過了。怪不得她對自己的主張這麼有信心。

「實際做給你看比較快吧？路茲，你還有剩下的帕露果汁嗎？」

梅茵一邊說，一邊往小碗裡面放了一些自己帶來的帕露果渣，再倒了兩小匙我的果汁進去，開始加以攪拌。最後她捏了一口放進嘴裡，嗯嗯地輕輕點頭。

「路茲，啊——」

不僅用了我珍貴的帕露果汁，現在還逼我吃雞飼料，這也太過分了吧……儘管我這麼心想，但看梅茵吃得那麼若無其事，膽戰心驚的我還是張開了嘴巴。她把指尖上的黃色果汁渣放在我舌頭上後，我一閉上嘴巴，甘甜的滋味就擴散開來。明明只是加了一點果汁而已，果渣真的就變甜了，而且一點也不乾。每年我都只能小口小口地舔著自己分到的那份果汁，但以後只要加入果渣，分量不就變多了嗎？

「看，很甜很好吃吧？」

梅茵「唔呵呵」地得意挺胸，笑著這麼說完後，直到剛才還一臉狐疑的哥哥們立刻衝了過來。

「真的假的？路茲，借我吃吃看。」

三個哥哥爭相把手指頭伸進碗裡。就算我想逃跑不讓他們搶走，卻因為體型差太多了，別說逃跑，連躲也躲不了。

「喂，放開我！不要舉高！搶走弟弟的東西，你們還是哥哥嗎?!」

「弟弟的東西就是我的東西。」

「好吃的東西就要大家一起分。」

「好耶！拿到了！」

被三個哥哥合力壓住，我再怎麼反抗也沒用，結果碗還是被搶走了。三個人接連把手指伸進碗裡頭，轉眼間裡面的果汁渣就被吃完了。

「啊啊啊！我的帕露！」

「真好吃耶。」

「這是雞飼料吧？」

哥哥們完全無視我的慘叫，試吃了味道後，和我一樣不敢相信地瞪大眼睛看梅茵。梅茵在注視下害羞地搔搔臉頰，接著又說出了讓人不敢置信的話。

「如果是在路茲家，可以做得更好吃喔。」

「真的嗎?!」

也難怪大家一聽都撲了上去。因為我們兄弟全是食欲旺盛的男孩子，就連最年長的大哥札薩也成天總說：「怎麼吃都吃不飽。」就算是雞飼料，只要可以做得很美味，我們也非常歡迎。

「……啊，可是，可能得請你們幫忙才行。因為我沒力氣也沒體力。」

梅茵沒力氣也沒體力是大家都知道的事情。如果只要提供協助就能吃到又甜又好吃的東西，要我做什麼都沒問題。

「好，包在我身上吧！」

「怎麼能讓路茲獨占，我也一起幫忙吧。更何況我比你更有力氣和體力。」

哥哥們突然間都非常樂意幫忙。這下子是不是沒有我表現的機會了？我正這麼擔心時，梅茵興高采烈地開始分配工作給大家。

「呃……那麻煩哥哥們去準備煎東西的鐵板吧。路茲負責準備材料，拉爾法負責準備攪拌。啊，還有，只用路茲的果汁太可憐了，請大家都要各出一點喔。好了，快點拿出來。」

梅茵和母親一樣拍著雙手，催促哥哥們。居然要求大家都拿出自己的果汁，梅茵看起來簡直和天使沒兩樣。如果沒有她這句話，大家肯定只用我的而已。

「路茲，去拿兩顆雞蛋和牛奶過來。拉爾法，你用那邊的木鏟負責攪拌吧。」

平常做事只會礙手礙腳的梅茵，現在卻活力充沛地下達指示，使喚大家。札薩和奇庫搬了鐵板過來，開始在爐灶上加熱。拉爾法接過木鏟後，攪拌起梅茵接連加入材料的麵糊。我則照著梅茵的指示跑來跑去，準備她說的東西。

「嗯，這樣就差不多了。路茲，有奶油嗎？」

梅茵用小湯匙挖了我遞給她的奶油後，站上有點高度的椅子，把奶油放在鐵板上。看到她這麼危險的姿勢，我們所有人全嚇得冷汗直流，但梅茵恐怕沒發現。

鐵板上的奶油伴隨著滋滋聲響融化後，誘人的香氣接著撲鼻而來。我突然覺得肚子好餓。然後梅茵又用大一些的湯匙，舀起拉爾法攪拌過的濃稠麵糊倒入鐵板。滋滋滋的聲音立刻響起，現場除了奶油，還多了帕露的甘甜香氣。這股香味帶來的衝擊太強烈了。外表雖然和母親用考夫薯泥做的煎餅很像，香味卻完全不一樣。

「就像這樣，麻煩每個人各煎一片吧。」

梅茵示範性地煎了一片以後，就交給不需要站上椅子的哥哥他們，自己只負責在旁邊監督、下達指示。但是，這樣就好了。因為只要看過一遍就知道該怎麼做，而且看到梅茵站在那麼高的椅子上，整個人邊煎邊搖搖晃晃，只會讓人嚇得心臟快跳出胸口，所以倒不如我們自己來。哥哥他們馬上從梅茵手中接過料理工具。

「像這樣開始冒泡的話就可以了，該翻面了喔。」

札薩依著梅茵的指示，用木鏟將煎餅翻面後，表面正好已形成了完美的金黃色澤。看起來好吃得讓人口水都快流下來了。四周接連傳來吞嚥口水的聲音。

「那把這片移到那邊去，騰出來的空間再煎一片吧。」

快要煎好的煎餅被稍微往旁邊移，鐵板上再重新倒了奶油與麵糊。在梅茵確認過沒有問題後，煎好的煎餅一一疊在盤子上。

最後梅茵端著煎好的第一塊煎餅，露出燦爛笑容。

「鏘鏘！『用豆腐渣簡單做鬆餅』完成了！」

梅茵雖然講了一串文字，但聽不懂的我們卻不知道該怎麼反應，只是微偏過頭。

「……咦？妳說什麼？」

「啊……我是說，簡單的帕露煎餅完成了～」

梅茵露出有些尷尬的表情，只差沒把「糟了」兩字寫在臉上，改口這麼說。擺在桌上的帕露煎餅全都冒著騰騰熱氣，讓人很想馬上張口咬下。

「小心燙喔。那大家請享用吧。」

我先咬了一口慢慢品嘗，發現帕露煎餅簡直好吃得教人大吃一驚。餅皮鬆鬆軟軟的，一點也沒有雞飼料那種乾澀感。而且也和考夫薯煎餅不一樣，不用添加果醬或其他配料就很甜。再加上每個人都有一片，完全不用擔心被哥哥他們搶走。

「路茲，這個的做法很簡單，也能填飽肚子吧？」

「是啊。梅茵，妳好厲害。」

由於會有很多人拿果渣來跟我們換雞蛋，所以家裡一定會有大量的帕露果渣，我們又自己養雞，隨時都有雞蛋。雞蛋也能拿去換牛奶，所以從來不缺，代表整個冬天我們隨時都能做帕露煎餅。

「其他還有幾種可以用到帕露果渣的料理，但我因為力氣不夠，做不出來呢。」

「只要妳教我怎麼做，我可以幫妳喔。」

這一件事讓我從此認定，只要照著梅茵的指示去做，就可以吃到好吃的東西。

後來每到放晴的日子，採到帕露以後，梅茵都會教我們做一些以前從沒吃過的美味食物。多虧了梅茵，這年冬天我很少餓肚子。

……梅茵簡直是我的救世主。既然她沒力氣也沒體力，就由我來幫她的忙吧。

當時因為好吃的帕露煎餅而沉浸在幸福中的我，怎麼也想不到這樣的認定，將徹底改變我今後的人生。

昆特視角・女兒的犯罪預兆?!

Kazuki Miya's commentary

原本只刊登在網路上的番外篇。
故事背景在第一部 I 左右。
昆特視角，
描寫長期慢慢走去大門、增強體力的梅茵，
第一次去森林的情況。
在大門等著兩個女兒歸來的父親，
完全不曉得因為黏土板而引發的紛爭。
看到女兒們終於在關門前一刻回來，
究竟他會有什麼反應呢？

小小幕後筆記

因為想從他人的視角來描寫眼珠變色時的梅茵，最終選定了昆特。

傻爸爸昆特寫起來真是有趣呢。

我有個叫作伊娃的美麗妻子，和分別叫作多莉與梅茵的兩個可愛女兒。梅茵長得很像伊娃，但五官比伊娃更精緻。所以我想，她肯定受到了諸神的眷顧。梅茵會體弱多病，也是因為諸神對她特別寵愛，總是招著手想召喚她前往自己身邊。

梅茵只要稍微勞累過度就會發燒，但不知道從什麼時候開始，她慢慢變得比以前要有活力。雖然言行舉止也變得怪怪的，但她很努力以自己想到的方法在增強體力。本來光是走出家門、離開建築物就需要休息的梅茵，在過了一個季節以後，已經可以一路走到大門都不用休息了。

……很厲害吧？我女兒是不是很有毅力啊？

而且我還聽說梅茵非常聰明……之所以是聽說，是因為我也不曉得怎樣叫作聰明。不過，以前不管我怎麼叫歐托招個助手，他都只會斷然回道：「徵個沒用的累贅來當助手也只是浪費時間。」然而梅茵出現以後，他卻興奮地跑來找我商量，說想讓梅茵當他的助手。所以我想，梅茵是真的很聰明吧。

聽說她計算能力很強，只要看一眼會計報告就能看出哪裡有錯，字母更是教一下就學會了，現在甚至正在背文件的格式與常用例句。再加上她還具有能夠敏銳看出細微變化的觀察力，以及能對目標進行規劃的判斷力，似乎各方面都非常優秀。

……什麼意思啊？

歐托講了那麼多，我也只聽懂一半，但總而言之，結論似乎就是我女兒聰明到了連歐托也大吃一驚的地步。

……梅茵真不愧是我女兒，果然受到了諸神的寵愛。

而今天是梅茵頭一次去森林。這天我值中班，所以打算直接待在大門接梅茵回家，但我心裡實在擔心得不得了。

「班長，請你冷靜一點。」

「嗯？喔。」

雖然梅茵現在可以走到大門了，但她真的有辦法走到森林嗎？就算勉強走到了森林，但那裡畢竟不是大門，休息時得一直待在戶外。她會不會被太陽晒到身體不舒服？會不會在森林裡發燒暈倒？我滿腦子全是揮之不去的負面想像。

「班長，你別再出神地盯著城外，快點工作吧。梅茵要對你失望了喔。」

「歐托，你啊……不准你說這種話！」

「那請做好自己的工作。反正她們傍晚才會回來吧？」

教人火大的是，梅茵居然尊稱這麼臭屁的歐托為「老師」。

……不過，梅茵一定更尊敬我吧。哼哼！

因為我做了鉤針和多莉髮飾要用的簪子給梅茵時，她還說：「爸爸最厲害了！」所以這點肯定錯不了。

這天工作的時候大家一直提醒我專心，但我仍是心神不寧地等著多莉她們回來。因為多莉責任心很強，跟我說好了會早點回來。但梅茵身體虛弱，走路速度還很慢，有可能中午過後才會離開森林。

既然預計中午過後，那當然現在還沒回來。這我也知道。

太陽開始有些西斜了。兩個人還沒回來。但也差不多了吧。

離開城市的人慢慢變多了。她們怎麼還沒回來？

「都已經說好了會早點回來，算算時間也差不多了吧。班長，我拜託你，別再瞪著進出城市的行人了。你的表情也太恐怖了。」

這個時間，比起賣完農作物要離開城市的鄰近農民，更多的是為了返家或投宿而進城來的人。然而，多莉和梅茵卻還沒有回來。明明快要到平常該回來的時間了。

……太慢了！多莉，妳不是說會早點回來嗎！難不成是梅茵在半路上昏倒了?!

腦海中立刻浮現出了在路上暈倒的梅茵，和為此不知所措的多莉，我整個人再也無法站在原地不動。

「歐托，我去看看情況……」

「班長，你想扔下工作不管嗎?!……啊，你看！那不是多莉嗎?!」

「在哪裡?!」

比我高的歐托踮起腳尖，看向人群尾端。

「她在最後面，正要排隊進城。我們趕快讓大家排好隊伍吧。」

「好，我知道了！」

為了讓多莉她們趕快進城，我賣力地吆喝眾人排好隊伍。和剛才不同，人們進城的速度明顯加快許多，連我也看到了多莉她們。

……但是，明明多莉她們現在才剛走到隊伍尾端！可惡！歐托，居然騙我！

只不過，我沒在多莉身邊看見梅茵的蹤影。多莉責任心那麼重，我不認為她會撇下妹妹，但不管我來回掃視了多少遍，就是沒看到梅茵。

「多莉，梅茵呢?!」

「她等一下會和路茲一起回來，可能快關門了才會到吧。」

多莉也擔心地往後回頭，但在肉眼可見的範圍內並沒有兩人的身影。如果快關門了才會回來，代表她們並沒有提早離開森林。

「妳不是說好了會早點回來嗎？怎麼這麼晚。」

我這麼一問多莉，居然連她以外的孩子們都露出了複雜表情，互相對看。感覺就像在說：「要說嗎？」「不，我看還是算了吧。」現場彌漫著孩子們都想隱瞞同一件事時的特有詭異氣氛。

「多莉，到底發生了……」

「是發生了很多事情沒錯，但詳細情況可以等一下再說嗎？因為我們已經比平常晚回來了，媽媽她們可能都很擔心，我得先送大家回去才行。」

儘管我想當場問個明白，多莉卻打斷對話，逕自邁步走開。和她一起回來的孩子們也都一臉疲憊，走進城裡頭。

「難道出了什麼事嗎？歐托，你覺得呢？」

「要是真的出了什麼事，他們早就向你求救了吧。」

歐托說得一副這沒什麼大不了。但換作是平常，就算我沒問，多莉也會活潑地簡單告訴我當天發生了哪些事情，今天卻是我問了也不肯馬上回答。這教人怎麼不擔心。

……梅茵到底在做什麼?!

我擔心得開始心浮氣躁起來，在門前來回走動，最後終於看見梅茵臉色蒼白地靠著路茲，真的快要關門了才回來。

「梅茵！」

「……爸爸，對不起。」

梅茵用沙啞到幾乎聽不見的微小音量這麼道歉後，倒在我的懷裡。我和路茲一起從她背上取下僅僅裝有木鏟的籃子，再把梅茵抱起來。

「路茲?!這到底是怎麼回事?!梅茵剛才為什麼要道歉?那是什麼意思?」

「啊……大概是指她有計畫地違背約定這件事吧?因為她今天突然在森林裡挖洞，做起了黏土板，還對弗伊他們生氣大吼，情緒非常激動……所以我猜她可能會睡上三天左右。」

路茲按著太陽穴，一一列出梅茵幹的好事，我的眼睛也越瞪越大。

「你沒有阻止她嗎?!」

我只差沒撲上去地質問後，路茲露出老大不高興的表情往我看來。

「昆特叔叔，你以為我和多莉都沒阻止梅茵嗎?」

對喔，路茲和多莉怎麼可能不阻止。我會拜託他們監督梅茵，就是因為兩人在這件事情上都做得很好。尤其是路茲跟梅茵剛開始來大門時比起來，扮起監護人的角色簡直得心應手，難以想像他和梅茵同年。

「啊，呃，抱歉。」

「叔叔，你別怪多莉喔。因為她已經很努力了。啊，不過，你倒是可以罵罵梅茵。剛才我也罵過她了……雖然被她敷衍過去了。」

梅茵癱軟無力地倒在我的懷裡，大概是開始發燒，原本蒼白的小臉逐漸變紅。

「那梅茵就交給昆特叔叔了，我也要趕快回家。」

「嗯，辛苦你照顧梅茵了。多謝。」

我走進值宿室，讓滿臉通紅、呼吸急促的梅茵躺在長椅上。這裡不知不覺間也成了梅茵的專用位置。我也盡快把工作做完，然後抱著梅茵回家。

「昆特，你回來啦。梅茵暈倒了對吧？」

伊娃似乎已經料到了梅茵會在大門暈倒，很快地幫她換了衣服，再讓她躺在床上。我則在廚房與多莉面對面坐著，準備向她詢問情況。

「所以，今天到底是怎麼回事？路茲雖然簡單向我說明過了，但我也想聽妳說。」

多莉整個人一震，畏怯地觀察起我的表情。大概是因為個性認真、責任感強，多莉任何事情都想做到完美，所以也極度害怕失敗與挨罵。為了讓她放心，我轉述路茲說過的話。

「路茲已經提醒過我別生妳的氣，我也聽說妳很努力了。他還說我倒是可以罵罵梅茵，所以到底發生了什麼事？」

聽到我不會生氣，多莉僵硬的小臉漸漸放鬆下來。接著她的眼神在空中游移了一會兒，思考該怎麼說明後，緩慢開口：

「其實，我也不太清楚。走到森林的時候，梅茵就和平常一樣累了，開始坐在石頭上休息，我和路茲就去採集了。而且今天因為要提早離開森林，我也急著想趕快採完……」

「嗯，我想也是。然後呢？」

梅茵的情況與多莉的行動我都能理解。開口催促後，多莉一臉為難。

「就在我心想差不多該回去的時候，突然聽見梅茵的大叫聲，趕緊跑了過去，就看見梅茵非常生氣，而且還哭了。她說是自己好不容易做好的東西，被弗伊他們弄壞了。她氣得要命，不管我們怎麼安慰也沒用，還說絕不原諒弗伊他們……直到路茲說他也會幫忙、一起重做以後，梅茵的眼淚才停下來。」

聽完多莉不太流暢的說明，我微微閉上眼睛，試著想像那幅畫面。

……簡直莫名其妙。總之梅茵做了某樣東西後，被弗伊弄壞了，她就生氣大哭？

「那梅茵到底做了什麼東西？」

「她說是『黏土板』，但我也不太清楚，好像是一種土塊吧？因為大家一起重做的關係，我們才那麼晚回來。」

雖說還是一頭霧水，但有件事我倒是明白了。

「也就是說，梅茵違背了她說好在森林裡什麼也不做的約定吧？」

「咦？……啊……大概吧。」

梅茵違背了她說好在森林裡什麼也不做的約定，擅自做了某樣東西後，卻被弄壞了。而且她不僅連累所有人一起重做，導致大家晚歸，還害得自己發燒病倒。未免給大家造成太多困擾了！

「那以後就不准梅茵再去森林了。」

「咦咦?!那怎麼可以!梅茵會生氣的喔?!」

多莉一聽小臉發白，不知為何大力反對。這跟梅茵生不生氣有什麼關係。明明都說好了卻沒有遵守約定，應該是我要生氣才對吧。

「哪有什麼不可以，不遵守約定的孩子就不能去森林。」

我也得罵罵梅茵才行。只有孩子們一起行動的時候，如果她不懂得遵守規則，還會違背約定讓父母無法安心出門的話，這樣實在太危險了。

「爸爸，拜託你。再考慮一下!」

我走向臥室要與梅茵談話時，多莉突然抓住我的手臂，拚命想阻止我。眼看多莉這麼愛護妹妹，雖然對她很過意不去，但我一定要好好訓斥梅茵。

「不行，梅茵不能再去森林了!要怪就怪她不遵守約定，這也是當然的吧。」

大概是聽到了我的聲音，梅茵轉過頭來。由於發高燒的關係，她整張臉紅通通的，兩眼泛著淚光，痛苦地張合了好幾次嘴巴才開口。

「……爸爸，再一次就好……讓我做『黏土板』。」

然而從她嘴裡說出來的，卻不是我想聽的反省或道歉，反而是要求。看來她還打算去森林做什麼東西。剎那間怒火直往上衝。

「妳在說什麼?!絕對不行!」

我厲聲怒斥後，梅茵輕吐了口氣，看向一旁的多莉。

「……多莉，那我改在家裡做……」

「知、知道了，我會幫妳拿回來。」

……給我等一下，多莉。妳為什麼一派理所當然地接受妹妹的要求?!梅茵，妳到底打算在家裡頭做什麼?!還有，妳完全沒看到爸爸在生氣嗎?!

「就是那個『黏土板』害妳暈倒的吧?!我不准妳們把那種東西帶回家！」

我一這麼宣告後，梅茵倏地瞇起雙眼，毫無表情的小臉非常冰冷。不知道是什麼刺激到了她，梅茵整個人散發出來的氣息忽然改變。那對金色眼珠彷彿覆上了一層油膜，慢慢變作複雜難辨的色彩。

「……爸爸，你是認真的嗎？」

明明梅茵的話聲非常平靜，卻帶有著十足的壓迫感，讓我不寒而慄。難以想像自己的女兒竟能帶來這種壓迫感，我不由自主後退一步。

「那、那當然！」

「是嗎……」

梅茵垂下雙眼，彷彿突然對我失去了興趣。

「那麼……只好讓弗伊他們變得像那時候的黏土板了。呵呵……」

梅茵的雙眼搖曳著複雜難辨的色彩，臉上還帶著無情的冷笑，讓我狠狠打了個哆嗦。我完全搞不懂眼前的女兒在想什麼，異樣的氣氛讓我倒吸口氣。

「爸爸！你快點說梅茵可以去森林啦！」

多莉就好像看到了怪物一樣，臉色慘白地猛拍我的手臂。

「……梅茵，妳在想什麼？」

「嗯～？……我在想如果要讓弗伊他們也去不了森林……應該要怎麼做……製造會留下陰影的恐怖事件？還是『井裡的數盤子女鬼』？乾脆扮成『貞子』好了？」

梅茵講話斷斷續續，很像是發了高燒在說夢話，但也許是大腦還在照常運作，嘴裡一直嘰哩咕嚕地在說些什麼。雖然聽不清楚，但聽起來都有種陰森駭人的感覺。是我的錯覺嗎？是錯覺吧。一定是因為梅茵的聲音聽來有點沙啞的關係。我的女兒不可能這麼恐怖。

「……為什麼提到弗伊？這跟他完全沒有關係吧？」

「嗯？大有關係喔……總之，我知道了……也明白爸爸的意思了。」

儘管呼吸十分困難的樣子，梅茵還是輕輕點了幾下頭。雖然剛才有些被詭異的氣氛嚇到，但梅茵能明白我的意思就好。畢竟她腦袋聰明，應該很清楚自己做的這些事情是不對的。

「是嘛。既然妳願意反省……」

「我會卯足全力惹哭他們……以上，我要睡了。」

「梅茵，妳給我等一下！妳根本沒搞清楚吧！為什麼會得出這種結論?!」

……她到底是怎麼解讀的，才會得出要「卯足全力惹哭他們」這個結論?!他們是指誰?!包括爸爸嗎?!我完全聽不懂梅茵在說什麼！爸爸已經想哭了喔！

「好吵……你們出去。」

「爸爸，你過來！不要再惹梅茵生氣了！」

兩個女兒似乎都得出了要把我趕出臥室的結論。多莉抓住我的手臂，把我拉回廚房。

「多莉，那孩子是梅茵沒錯吧？」

「這大概是梅茵最生氣的一次喔。她眼睛還發出奇怪的光芒，很嚇人呢。弗伊他們弄壞了『黏土板』時，梅茵生氣大哭的樣子也很奇怪。那時候她不只眼睛，好像連身體也飄出了淡淡的黃色霧氣，大家都說很可怕。」

……嗯，我也覺得很可怕。小孩子們一定更害怕吧。

「開始重做『黏土板』以後，梅茵的心情就變好了，所以我一直不敢打斷她，說我們該回家了……」

看梅茵那股氣勢，也難怪多莉說不出口。就連我也想撇下不管。

「後來因為快要關門了，我才哭著拜託梅茵。路茲也說他下次一定會幫她完成，終於讓梅茵願意停下來……大家還說好了下次會一起幫忙，然後才回到城裡來。」

說好下次會一起幫忙後，好不容易平息了梅茵的怒火，回到城裡來，結果我竟然要禁止梅茵去森林，多莉才急忙阻止我吧？我總算明白了多莉目前為止的行為。

「爸爸，至少讓梅茵再去一次森林好嗎？我很擔心梅茵把怒火發洩在弗伊他們身上。她還說要讓弗伊他們變得像『黏土板』一樣，到底是想做什麼呢？」

「讓他們像『黏土板』一樣是什麼意思？」

說起來我根本不曉得「黏土板」是什麼。這究竟是指什麼東西？

「我猜是指要像被弗伊他們踩爛的黏土板一樣，但梅茵打算怎麼做呢？把弗伊他們踩扁嗎？還要讓弗伊他們再也無法去森林，梅茵究竟想做什麼呢？如果想卯足全力惹哭他們，爸爸覺得梅茵會做哪些事情？弗伊他們不會有事吧？」

重新聽多莉這麼一說，未免太恐怖了。如果想照字面所言讓弗伊他們「去不了森林」，最快的方法就是讓他們的腳骨折，不然就是挑斷他們的腳筋。但一想到犯罪者會有的下場，我覺得自己血液都在倒流。我才想知道梅茵到底想做什麼！

「多莉，該怎麼做才能阻止梅茵？」

「我也不知道……不然問問路茲吧。因為在森林裡阻止了梅茵的也是路茲喔。」

隔天，我在大門叫住了正要出城去森林的路茲，問他知不知道梅茵那些話是什麼意思。因為可能只是多莉想太多了，其實大可不用這麼擔心。然而，路茲用著輕快的口吻，非常乾脆地粉碎了我心裡微小的希望。

「啊～這個啊……梅茵肯定會卯足全力把氣出在弗伊他們身上沒錯。因為梅茵的眼睛一旦變成虹色，就很難阻止她了。」

「咦？」

「梅茵和發現一點破綻就會撲上來的魔獸一樣，想做的事情就一定會做到。不管要用什麼方法、要花多少時間，她都一定要達到目標。」

梅茵很厲害吧？路茲挺起胸膛說，眼中甚至帶有尊敬。

……不不不，路茲。你再仔細想一想。萬一梅茵因此傷害到別人，她就會變成危險人物喔？再說了，為何你一副這麼自豪的樣子？梅茵可是我女兒！

「黏土板也是喔。梅茵說過，她會想去森林，花了長達三個月的時間增強體力，就是因為想做黏土板。所以一旦決定要做，我想梅茵絕對不會放棄。」

「……原來黏土板是這麼重要的東西嗎……」

我完全不曉得梅茵對黏土板這麼重視且執著，看來昨天不應該隨口就禁止她去森林。我下定決心要再與梅茵好好談談時，路茲更是投來震撼彈。

「啊～話又說回來，梅茵好不容易做好的黏土板卻被踩壞，不僅沒有時間重做，回家以後又發燒病倒，還被禁止去森林，甚至不准她把黏土帶回家……看來所有怒火會全部發洩在弗伊他們身上吧。希望弗伊他們能平安活下來。」

「別說這麼恐怖的話！你想讓我女兒成為罪犯嗎?!」

她雖然說過會卯足全力惹哭他們，但可沒說會殺了他們。沒事的。我相信！

「咦？但讓梅茵變成這樣的就是昆特叔叔吧？」

「啊？我嗎？」

「是叔叔禁止梅茵做黏土板，還禁止她去森林吧？梅茵口中的卯足全力連我都害怕喔。提供協助還沒問題，但我絕對不敢妨礙她，更不可能禁止她做什麼事情。」

「你怕梅茵嗎？」

聽路茲這麼說，我眨了眨眼睛。任誰看了也知道，梅茵雖然就要六歲了，但外表卻像只有三、四歲而已。再加上她體弱多病，個子嬌小，沒力氣也沒體力。事實上梅茵就算用盡全力撲過來，大概也造成不了多少傷害。然而路茲聳了聳肩，開始訴說梅茵的可怕之處。

「因為梅茵的大腦構造和我們不一樣啊。她力氣那麼小，就算拿著武器衝過來也不用怕。可是，梅茵絕對不會想靠打架來解決。雖然不知道她會在什麼時候、採用什麼方法，總之一定會精準針對你的弱點。這點真的很恐怖。」

看著一臉認真，說得非常篤定的路茲，我發出呻吟。沒想到對於梅茵口中的卯足全力，我和路茲的解讀會有這麼大的差異。光是無法想像梅茵認真起來是什麼樣子，這點確實很可怕。無法預料這件事本身就很恐怖。

「前陣子梅茵還讓奇庫哥哥認輸了喔。我親口聽到奇庫哥哥說，拜託妳饒了我吧。梅茵還說，別以為力量就是全部。像我最近也慢慢可以贏過哥哥他們了。」

……給我等一下！這件事我還是頭一次聽說！讓奇庫認輸嗎？梅茵到底做了什麼?!我女兒究竟是怎樣的人物?!「啊……路茲，那我認真問你，到底該怎麼做，才能消除梅茵的怒火？」

「挖來一堆黏土擺在梅茵面前就好了啊。到時候，她只會滿腦子都想著要完成黏土板。」

找路茲商量過後，為了維護城市的安寧，也為了不讓女兒成為罪犯，我不情不願地同意了梅茵退燒後可以去森林。得到我的同意後，梅茵卻不滿地鼓起臉頰說：

「……枉費我想了那麼多計畫……不會太可惜嗎？」

明明發著高燒身體不舒服，梅茵好像還是擬好了如何擊垮弗伊他們的計畫。

「可惜個頭！快把妳那些計畫全部丟掉！」

「咕……」

真不知道梅茵是太聰明，還是太生他們的氣，總之幸好危機已經解除了。

不僅避免了讓梅茵成為罪犯，弗伊他們也不會被當成出氣筒，我成功守住了城市的和平與家人的幸福。我不禁由衷感謝提供建議的路茲。一切順利解決後，我如釋重負地吐了口氣，接著忽然察覺一件事。

……奇怪了？那梅茵對於自己違反約定該做的反省呢？

葳瑪視角・以前的主人與現在的主人

Kazuki Miya's commentary

原本只刊登在網路上的番外篇。
故事背景在第二部Ⅰ左右。
葳瑪視角，
描寫她成為梅茵的侍從後，
平常在孤兒院過著怎樣的生活。
內容還包括孩子們在孤兒院的生活，
以及葳瑪對梅茵的看法。
另外也從葳瑪的視角，描寫她與羅吉娜的談話。

小小幕後筆記

當初會寫這則短篇，記得是因為雖然在梅茵眼裡，只覺得羅吉娜十分令人頭疼，但其實她也有著自己的看法與固有常識，所以決定由讀者們更為熟悉的葳瑪擔任主角。

前些日子，青衣見習巫女梅茵大人招納了我為侍從。聽到我不想離開孤兒院，梅茵大人便允許我留下來，然後命我管理孤兒院，並照顧受洗前的孩子們。

「大家都拿到食物了嗎？那向神的恩惠獻上祈禱與感謝吧。感謝司掌浩浩青空的最高神祇與分掌瀚瀚大地的五柱大神，惠予萬千事物成為我們的食糧，在此為諸神的旨意獻上感謝與祈禱，必不浪費這些食物。」

尚未受洗的年幼孩子們跟著我齊聲複述飯前禱告，隨後開始吃午餐。大概是餓壞了，孩子們專心一意地埋頭吃飯。食物送來孤兒院後，都會由已經成年的神官和巫女先吃，接著是見習生們，最終剩下來的飯菜再分給尚未受洗的年幼孩童，所以他們總是最後才吃。

由於得等上好一段時間，看到他們飢腸轆轆的模樣，我內心十分同情。但是，以前別說是拿剩菜過來了，神的恩惠幾乎是一點也不剩。跟那段日子比起來，現在光是一定有食物可吃，也算是一種幸福了吧？

「今天的食物也很美味吧？」

我因為是成年巫女，已經吃過飯了，所以在孩子們用餐的時候，只負責在旁邊教他們用餐禮儀、幫忙清理食物殘渣，但同時要看顧六個孩子還是有些吃力。

「湯好好喝。」

「今天湯裡蔬菜的大小都一樣，應該是輪到麗茲煮湯了吧？」

現在不管神的恩惠多還是少，每天的餐桌上必然有湯。看著碗裡的湯，我總會想起梅茵大人。感覺為孤兒院帶來改變的所有一切，都濃縮在了這碗湯裡。

「我們能喝到這碗湯，都是多虧了梅茵大人把做法教給我們，大家還一起去森林裡採集，也靠著賣紙所賺的錢去購買食材喔。」

「葳瑪，妳每次都講一樣的話。接下來一定是這句吧？所以要感謝梅茵大人。」

孩子們異口同聲地調侃我，說完笑了起來。但我想最感謝梅茵大人的，其實就是這群孩子吧。因為是梅茵大人讓他們得以洗淨身體、獲得食物，還能前往位在外面世界的森林。

灰衣神官及巫女的工作，就是每天將青衣神官會行經的地方打掃乾淨。但由於青衣神官不會走進孤兒院，所以我們至今從不曾認真地進行打掃。頂多周遭環境若是太過髒亂的話，維持自身整潔也會很花時間，所以偶爾會打掃一下自己身處的環境。

因此好比食堂，還有見習生們與灰衣神官及巫女的房間，都不至於髒亂到讓人看不下去的地步。然而，大家從沒想過要幫受洗前的孩子們洗淨身子，打掃他們的居住環境。因為負責照顧受洗前孩童的，一向是生過孩子的灰衣巫女，孩子們也都待在底樓吃飯，既不會出現在我們的視野裡，更不會去意識到。

從梅茵大人的侍從法藍口中得知受洗前孩子們的慘況時，為此感到吃驚的想必不只我一個人吧。因為我們竟然是經由孤兒院外的人，才知道現在早已沒有了負責照顧的巫女，而孩童們受到的照料，僅僅只有見習生們在吃完飯後，會把所剩無幾的食物放在盤子裡而已。

「葳瑪，吃完飯後我可以去工坊嗎？」

「可以，但要先自己收拾好碗盤，再把臉和雙手洗乾淨喔。否則弄髒了紙，吉魯會生氣的。」

「跟吉魯比起來，路茲才兇呢。」

我經常聽說管理梅茵工坊的吉魯會訓斥眾人，還會把人趕出去，至於商人學徒路茲，我只知道他是深受梅茵大人信賴的少年。

「他每次都會怒吼說：『你知道這樣一張紙得花多少時間和工夫嗎?!』對吧？」

「啊，前陣子我連碰都還沒碰，就被他罵了一頓喔。」

里克把手扠在腰上，模仿生氣怒吼的路茲說：「你知道這張紙能賣多少錢嗎?!別用那麼髒的手摸商品！」孩子們都大笑起來：「好像喔！」在神殿裡頭，我從沒聽過有人用這麼兇的語氣、說出這麼直截了當的話來，不由得大吃一驚。

「要是不小心把紙弄髒了，之後還會有好一陣子被禁止去森林喔。」

「之前他甚至動手打人。我們還提醒路茲說，在神殿這裡不能使用暴力，結果他一臉若無其事地說：『只能怪聽不懂人話的人不好。』」

我因為對男士感到恐懼，從不出入工坊，並不曉得這些事情。但是這樣聽來，梅茵工坊即便位在神殿裡頭，感覺卻又不像存在於神殿內部，而且是以梅茵大人獨創的、融合了商人與神殿做法的規矩在運作。

……其實現在的孤兒院，有很多事情也是照著院長梅茵大人訂下的新規定。

比如：孤兒院內部現在也和神殿一樣需要打掃、大家必須自己煮飯讓所有人都能填飽肚子，還有不能只是一味等待神的恩惠，也要自己賺錢購買食材……聽說梅茵大人教給我們的這些事情，對平民來說全都稀鬆平常。

雖然梅茵大人總說：「我只是教你們怎麼做而已，如果能讓生活變得更好，那也不是我，是大家努力的成果。」然而，在這只有貴族與孤兒的神殿裡，還有誰會願意教導我們這些事情呢？我深深感謝指引梅茵大人來到神殿的眾神。

看見我照顧孩子們的模樣，梅茵大人還形容我是聖女，但是在我看來，梅茵大人更像聖女。

……不過她的外表這麼年幼，比起聖女，或許該形容為神的孩子吧。

我輕笑一聲後，想起了上午梅茵大人來到孤兒院時說過的話。內容是關於和我一起被梅茵大人納為侍從的羅吉娜。

對於已經返回貴族區的前主人克莉絲汀妮大人，羅吉娜一直將她視為最好的主人，所以我不認為羅吉娜有辦法服侍平民出身的梅茵大人。況且，克莉絲汀妮大人與梅茵大人對於侍從有著截然不同的認知。儘管梅茵大人在聽完我的請求後表示「我會考慮」，但我總覺得羅吉娜會被送回孤兒院來。

羅吉娜真的是非常美麗的少女。不論是帶了點成熟嫵媚的容貌、蓬鬆的栗色鬈髮，還是寶石般的藍色眼珠，都完美符合喜愛美麗事物的克莉絲汀妮大人的喜好。再加上羅吉娜不只擁有出眾的外貌，還與克莉絲汀妮大人同年，同樣對各種技藝抱有興趣，也擁有這方面的才能。正因如此，不得不與家人分開並進入神殿的克莉絲汀妮大人，才會將羅吉娜視為朋友。但羅吉娜在梅茵大人那裡，不可能得到相同的待遇。

「……時間應該差不多了吧？」

梅茵大人說過，等用完午餐，她會詢問所有侍從的意見，再與羅吉娜好好談談。倘若羅吉娜的想法還是與她服侍克莉絲汀妮大人時一樣，完全沒有改變的話，這段時間對她來說恐怕是種折磨吧。

送吃完午餐的孩子們前往工坊後，我回到自己的房間，拿出了做歌牌用的木板。這次的歌牌是梅茵大人要送給孩子們的禮物，必須用心繪製才行。而且往後孩子們會認定神祇就是我畫的模樣，所以圖畫的繪製讓我有些緊張，但也躍躍欲試。

為了讓吉魯能學會文字，梅茵大人想出來的歌牌實在太了不起了。吉魯時常帶著歌牌來食堂炫耀，然後和大家一起玩，不知不覺間孩子們也都記住了歌牌上的文字與諸神的名字。

我以梅茵大人送的筆和墨水，開始在削磨得非常平滑的木板上繪製神與神具。由於好幾次聽人唸過詠唱牌上的內容，所以幾乎所有內容我都記下來了。而且就算我看不懂，只要問問孩子們，就有人會替我解答，也能知道該畫什麼圖案。

雖然照顧孩子們也很開心，但專心作畫時這種興奮難抑的心情還是格外不同。我直到這時才明白，原來自己是如此渴望畫畫。

畫好了幾張圖時，門外響起輕輕的敲門聲。唉，果然嗎？我這麼心想著，請外面的人進來。果不其然來人是羅吉娜。進房後一關上門，她的雙眼立刻盈滿淚水。我第一次見到羅吉娜這種表情。她究竟忍耐了多久呢？

「葳瑪，梅茵大人太過分了。她竟然要我去做灰衣神官在做的工作！」

「羅吉娜，沒頭沒尾的我聽不懂喔。妳先告訴我，到底發生了什麼事情吧。」

「嗯，妳聽我說。能夠明白我心情的，就只有也在克莉絲汀妮大人身邊當過侍從的葳瑪了。」

我停下作畫的雙手，將椅子轉向床鋪。羅吉娜在床邊坐下來與我面對面後，斗大的淚珠隨即滑下臉頰，開始向我哭訴。

「最過分的就是戴莉雅了。」

「羅吉娜，我不知道戴莉雅是誰呢。而且梅茵大人的侍從我並非所有人都認識，可以先介紹一下妳會提到的人嗎？」

成為梅茵大人的侍從後，很少離開孤兒院的我除了用餐時與人交談，或是孩子們提供的消息外，完全不曉得外面的情況。先前打掃孤兒院時，法藍和吉魯曾以梅茵大人的侍從之身分發號施令，而且早在那之前就已經是出了名的人物，所以我早就知道他們的名字，也認得長相，但戴莉雅這個名字我還是頭一次聽說。

「戴莉雅是原本在神殿長身邊服侍的見習巫女，個性十分強勢，最讓人印象深刻的就是她那一頭紅髮吧。」

如果她今年八歲，那在我們被送回孤兒院時，她應該還在底樓。可是，明明有著一頭令人印象深刻的紅髮，我卻不記得自己見過這樣的見習巫女。

「既然是八歲的見習巫女，我應該見過她才對，但我怎麼一點印象也沒有呢。」

「聽說戴莉雅一受洗完就被神殿長納為侍從，所以她不曾到一樓來，直接從底樓搬去了貴族區域。因為我也對她毫無印象，曾提出這個疑惑，結果她便自豪地這麼回答我。而且，她竟然還不知羞恥地宣稱自己以後要當愛人，要是被克莉絲汀妮大人聽見了，真不知道她會說些什麼呢。」

克莉絲汀妮大人十分厭惡當捧花的灰衣巫女，還說只有仗著自己是女性、除此之外一無是處的人才會去當捧花。因為這個緣故，我們一點也不想被青衣神官納為侍從。但是，孤兒院裡的其他灰衣巫女似乎並不排斥當捧花。甚至曾說與其過著吃不飽的生活，每天還得做些重度的勞力工作，只要能吃飽飯，寧願去當捧花。

「但如果戴莉雅以前曾在沒有灰衣巫女負責照顧的底樓裡待過，那她會想離開孤兒院、過上穩定的生活，這一點也不奇怪吧？羅吉娜，想想假如是妳曾被關在底樓裡面呢？」

「葳瑪，妳別說了。這種想像也太讓人不愉快了。」

先前明明奉命為底樓的孩子們洗淨身體，然而一打掃起女舍，羅吉娜卻最先跑得老遠。從前克莉絲汀妮大人總說：「我希望自己眼裡只看見美麗的事物。」想必羅吉娜是深受她的影響吧。和偶然發現孩子們後，便竭力想救出他們、還找了吉魯幫忙的梅茵大人截然不同，這讓我不由自主嘆氣。

「而且戴莉雅一點教養也沒有，也不懂得藝術的美好，甚至嫌棄飛蘇平琴的琴聲很吵。明明她成天一直『討厭啦！討厭啦』地喧譁吵鬧，梅茵大人卻只是有些為難地笑了笑，完全不責罵她……」

其實羅吉娜與戴莉雅現在的身分是一樣的，都是從此不在神殿打雜，搬到貴族區域居住。但一般而言，見習侍從的工作也是打雜，只是以打理主人的生活起居為主，這樣看來梅茵大人對戴莉雅的印象似乎不壞。

「還有，戴莉雅一直向梅茵大人說我的壞話。」

羅吉娜轉述了戴莉雅在發表意見時訴說的種種牢騷。抱怨當中有不少內容都是重複的，感覺這更是體現出了戴莉雅有多麼不耐且生氣。

「聽完戴莉雅的抱怨以後，其他人有什麼表示呢？他們都同意戴莉雅說的？沒有人站在妳這一邊嗎？」

「是啊，吉魯也站在戴莉雅那一邊唷。他還說什麼『不勞動者不得食』，希望我不要在晚上彈琴，而且遣詞用字非常粗俗……」

假使羅吉娜仍和克莉絲汀妮大人那時一樣，到了很晚還在彈琴的話，也難怪他們會抗議吧。因為戴莉雅與吉魯都還是見習生，肯定和孤兒院的孩子們一樣早睡。

「對他們這個年紀的孩子來說，到了很晚還彈琴確實會造成困擾呢。妳要是在孤兒院孩子們的房裡彈琴，我也會很為難喔。」

「葳瑪?!」

「以往在克莉絲汀妮大人的房間裡，早上大家都是慢吞吞地悠哉起床，但梅茵大人那裡和孤兒院一樣，大家都很早起吧？」

羅吉娜微微垂下眼簾。可能是有人對她說過類似的話。

「話說回來，印象中我只記得吉魯非常頑劣，沒有人治得了他，但聽起來他好像變了許多呢。」

關於吉魯，我只記得負責統管神殿打雜事務的灰衣神官，以前經常將他關進反省室裡。聽到吉魯要成為青衣巫女的侍從時，孤兒院裡的所有人還不敢置信。

「葳瑪若看到吉魯跪在梅茵大人面前，請她誇獎自己的樣子，肯定會更吃驚喔。」

相隔許久再次見到吉魯，看得出來他是由衷敬仰梅茵大人。既然還得到了歌牌作為獎勵，代表吉魯一定是用心服侍，與梅茵大人建立起了良好的主從關係。

「那法藍說了什麼呢？他原先是神官長的侍從，應該和年紀還小的見習生們不一樣，能以公正的眼光給予評判吧？」

孤兒院裡的人都知道法藍原是神官長的侍從，還負責協助、教導和指引平民出身的梅茵大人。同時，他也是梅茵大人的侍從中唯一已經成年的灰衣神官。旁人也看得出梅茵大人十分信任、倚賴他。

「法藍分明是灰衣神官，卻完全不肯聽從我的指示，也不願去做需要體力的工作。反而一有什麼事情就想命令我。」

「……但法藍對妳下命令，不是理所當然的事情嗎？」

「哎呀，為什麼？」

羅吉娜一臉愕怔，好像真的完全不明白。看她這副樣子，也難怪會讓梅茵大人的侍從們心生反感，梅茵大人還跑來找我商量。

「因為法藍是梅茵大人的首席侍從，羅吉娜是新加入的見習生呀。」

「可是，我是負責教飛蘇平琴……」

「羅吉娜，梅茵大人與克莉絲汀妮大人是不一樣的。妳就算提出一樣的要求，她也不可能接受。」

「……梅茵大人也說過同樣的話呢。」

「其他還說過什麼嗎？」

「梅茵大人還說，很晚還彈琴會給大家造成困擾，所以要我第七鐘響後就別再彈琴了。還有，她能明白彈奏樂器的人非常重視雙手，如果我不想做雜務，那就改做文書工作……」

「文書工作嗎？」

我反問後，羅吉娜用力點頭。

「因為梅茵大人房裡的侍從太少了，所以所有事務工作都由法藍負責，與工坊以及孤兒院男舍有關的事情則是由吉魯負責，戴莉雅再負責房裡的各種雜務。」

「……這樣聽來確實很少呢。」

原本侍從的工作就只是幫主人打理生活起居，但梅茵大人同時是孤兒院長，又是梅茵工坊的工坊長。侍從的工作量勢必跟著變多，還會涉及其他領域，但與之對應的侍從人數明顯太少了。

「葳瑪，妳負責畫畫與管理孤兒院的女舍吧？梅茵大人說了，希望我除了彈琴以外也要做其他工作。她說她沒有餘力能讓侍從只專注在音樂上。」

侍從竟不會做自己本來該做的工作，這可真是教人頭疼。聽說梅茵大人說，因為羅吉娜快要成年了，希望她能幫法藍分擔一些工作。

「那文書工作包括哪些事情呢？」

「聽說就是代筆寫信，還有計算院長室、工坊與孤兒院的帳本。梅茵大人希望我能幫忙減輕法藍的負擔。」

「這樣啊……那麼對於剛成為侍從，還無法讀寫文字的吉魯與戴莉雅來說，他們確實無法勝任呢。梅茵大人應該是覺得，即將成年又有教養的妳能夠勝任吧……」

我長長嘆了口氣。我總算清楚意識到了，我們自己至今始終都沒能發現的缺點。一旦成為侍從，就要學會讀寫文字和計算。但是，克莉絲汀妮大人身邊的灰衣巫女們只懂得寫詩、比誰的字更優美，卻從來沒有過代寫書信的實務經驗。計算更是一點也不擅長，無法立即派上用場。我們真的只是一群不斷鑽研技藝的侍從。

「如果想減輕法藍的負擔，梅茵大人大可以增加侍從的人數，她卻希望我學會那些事情……她還說如果是不會做、不知道該怎麼做的話，從現在開始學就好了，然後表示她不需要宣稱自己絕不工作的侍從。」

「嗯，我想也是。畢竟梅茵大人與克莉絲汀妮大人不同，是平民喔。她既不是貴族，財力也不足以讓她招攬十人以上的侍從吧。」

梅茵大人甚至對尚未受洗的孩子們說：「如果想填飽肚子，就要自己努力為孤兒院賺到經費。」我不認為她的財力能讓她想納多少侍從就納多少。

「但梅茵大人是青衣巫女吧？怎麼可能……」

「神殿裡的青衣神官也大多只有五名侍從吧？克莉絲汀妮大人那是特例。」

一般都是招攬三到五人左右的侍從，再雇用廚師和助手。

但是，克莉絲汀妮大人不僅有老家派來的兩名侍女，還招納了六名一同欣賞藝術的灰衣巫女，與四名負責打雜和處理事務工作的灰衣神官，另外還有廚師和助手，更雇用了好幾名家庭教師，所以不能拿她當標準。

「羅吉娜，妳是不是不適合當梅茵大人的侍從呢？要是雙方都心懷不滿，這樣生活下去只會很痛苦喔。」

「葳瑪，妳也要我回孤兒院嗎？」

啊，果然嗎——這樣的思緒立即占據腦海。看來梅茵大人果然說了，要讓羅吉娜回到孤兒院。

「既然妳們的想法與行事原則如此不同，梅茵大人也只能做出這個選擇吧。」

「……梅茵大人要我在明天之前想清楚。看我是要選擇回到孤兒院，還是接受與克莉絲汀妮大人那時不同的環境。」

「是嘛。那接下來就是妳自己的問題了呢。」

梅茵大人都已經聽取了我的建議，願意做出妥協，給羅吉娜一點時間好好考慮，那我也沒什麼好說的了。現在就只剩羅吉娜自己做出選擇。

「葳瑪……妳並不認為，不應該讓巫女去做灰衣神官的工作嗎？」

看到我又開始畫畫，羅吉娜以充滿不安的話聲向我問道。明明同樣曾是克莉絲汀妮大人的侍從，我卻沒有贊同她說的話，聽得出來羅吉娜十分困惑。

「是呀，因為這在克莉絲汀妮大人以外的地方是理所當然的事情。」

「……所以，錯的人是我囉？」

羅吉娜喃喃低語。對她來說，克莉絲汀妮大人曾是全部。以前離開孤兒院的時候羅吉娜只體驗過那樣的生活，所以就算回到了孤兒院，她也一直渴望著能再與克莉絲汀妮大人一起生活。當初在那裡學習到的一切，如今卻遭到否定，想必讓她很痛苦吧。但是，克莉絲汀妮大人已經不會再回來了，羅吉娜也必須認清，至今她所以為的侍從該具備的常識，在其他地方並不適用。

「羅吉娜，並不是妳錯了。就只是克莉絲汀妮大人訂下的規矩，只有在她那裡才適用。同樣地，梅茵大人訂下的規矩也只有在她那裡才適用。」

「只有在她那裡、才適用……？」

「羅吉娜，妳仔細想想。如果不是梅茵大人，而是其他青衣神官招納妳為侍從的話，說不定根本不會提供樂器給妳，就連捧花也可能變成妳的工作。但是，妳能對此表達不滿嗎？」

面對青衣神官，灰衣見習巫女即使表示「我不想去沒有樂器的地方」、「捧花不是有教養的巫女該做的工作」，也不可能得到理會。

「梅茵大人並沒有不准妳彈琴吧？她只是說了，她那裡沒有辦法讓妳彈一整天的琴，然後希望妳做些其他侍從也在做的工作。知道妳不想讓手指頭受傷，還說了妳可以改為學習文書工作。明明是妳說過會全心全意侍奉梅茵大人，結果那根本不是妳的真心話嗎？」

像這種不合己意的侍從，大可以直接退回孤兒院，說自己不要了。但是在我看來，梅茵大人已經是做出最大的讓步。

「本該服侍的主人都已經做出了妥協，要是妳心裡仍有不滿的話，那代表羅吉娜除了克莉絲汀妮大人以外，無法服侍任何人。在為旁人造成困擾之前，還是回到孤兒院比較好吧。」

羅吉娜一臉茫然自失，好似放棄了所有一切，只是靜靜地淌著淚，緩緩垂下長長的睫毛。

「……所以就算我成了見習巫女的侍從，也無法再回到那時候了吧。」

「是啊。因為其他人不可能成為第二個克莉絲汀妮大人。」

後來，我都已經完成了好幾幅圖畫，羅吉娜卻只是坐在床上，靜靜低頭垂淚。她彷彿把千頭萬緒全化成了淚水，一直到她淚水流盡為止，我都沒有出聲打擾。

「……葳瑪。」

羅吉娜抬起頭來時，眼中含著決心。

她決定放眼未來、揮別過去的表情格外美麗動人，甚至讓我十分懊惱為何手邊沒有顏料。

「我想盡可能與音樂有所接觸。所以，我會回去繼續服侍梅茵大人，並且學習怎麼處理文書工作。」

「只要努力，梅茵大人一定會看到妳的表現。就像她第一次來孤兒院給大家獎勵時那樣……雖然我也只能聽妳說說話，但妳加油吧。」

幾天後，梅茵大人帶著十分開心的笑容來到孤兒院。儘管已是見習巫女，但梅茵大人的體型卻和受洗前的孩童相差不了多少。

「葳瑪，是妳幫忙開導了羅吉娜吧？雖然她還不太擅長的樣子，但現在也努力在學習計算喔。謝謝妳。」

梅茵大人瞇起金色雙眸，露出滿面笑容。這樣的她看來天真又可愛，讓我很想像對其他孩子一樣伸手抱抱她，但梅茵大人終歸是主人。由於她是平民，遣詞用字即便有禮，給人的感覺還是相當隨和。不是說她俗氣的意思，而是與天生的貴族克莉絲汀妮大人相比，缺乏主人該有的威嚴與品行。

「梅茵大人，我聽說神官長會指定羅吉娜當您的侍從，是想讓您提升教養。既然神殿裡頭沒有其他青衣巫女能夠當您的榜樣，那麼最能為您做示範的，便是克莉絲汀妮大人曾視為朋友、還一起接受過教育的羅吉娜。如今羅吉娜正在努力克服自己不擅長的事情，那您也必須努力提升自身的教養喔？」

梅茵大人「唔……」地語塞，不知所措地眼神來回游移。但是，身處上位的人，不該表現出如此驚慌失措的模樣。

「梅茵大人，您召集所有侍從、詢問大家意見的時候，羅吉娜曾把目光別開過嗎？當沒有任何人站在她那一邊時，她有沒有低下頭哭泣呢？」

「……她一直是抬頭直視前方，直截了當地陳述自己的想法喔？」

梅茵大人側過臉龐，像是不明白我這麼問的意思。小孩子做出這種動作當然可愛，但梅茵大人這樣是不行的。

「這正是貴族應有的表現……羅吉娜是來找我之後，才讓眼淚潰堤。在那之前她一直拚命忍著喔。」

「……所以，我必須表現得和羅吉娜一樣才行囉？」

梅茵大人抿緊雙唇，仰頭朝我看來。她這時的眼神，與羅吉娜下定決心時的眼神幾乎一模一樣。

「就連孤兒院出身的灰衣巫女也學得會，梅茵大人當然也能擁有一樣的言行舉止。請您仔細觀察羅吉娜的儀態，好好向她學習吧。」

「……是。」

……希望梅茵大人與羅吉娜能夠成為對彼此帶來良好影響的主從。

我在心中向神獻上祈禱。

昆特視角・女兒絕不交給任何人

Kazuki Miya's commentary

二〇一五年安利美特店舖限定的特典短篇，
故事背景在第二部 I 左右。
昆特視角，
描寫原本預計在大門幫忙處理文書工作的梅茵，
因為成了神殿的見習巫女，無法再來大門。
梅茵不再出沒以後，
為此深感困擾的守門士兵列克爾找了昆特商量。

小小幕後筆記

在這則短篇中登場的列克爾，在第四部IV的短篇〈為了防止大改造〉中也出現過。

若有讀者對有所成長的列克爾感興趣，還請移步前往翻看。

「班長，你女兒怎麼了嗎？」

交班後，我正要從大門口走進城裡，列克爾叫住了我。列克爾這小子比較擅長計算，先前梅茵認真工作的模樣似乎還刺激到了他，聽說在大門這裡負責大半會計工作的歐托已經盯上了他，想讓他接下自己的工作。如今歐托已決定幾年後要辭職不幹，將以大店老闆家中的一分子，正式接下店裡的工作，所以正為接任人員的栽培傷透腦筋。

「你問起我女兒做什麼？我兩個女兒都不可能嫁給你喔。」

「她們還那麼小，我怎麼可能考慮娶她們啊。班長，你到底在胡說什麼？啊，先別管班長有多愛女兒了。我的意思是都已經夏天了，她完全沒來過大門吧？結果歐托先生現在老是使喚我去幫忙。」

歐托的行事風格，一向是把事情交給有能力的人，看來在接任人員的栽培上，他把心力都投注在了列克爾身上。本來歐托還想把計算的核對工作交給梅茵，請她偶爾來大門當助手，但如今她已經無法來大門幫忙了。因為梅茵已經被神殿徹底搶走了。歐托還常常為此抱頭吶喊，說他怎麼也沒算到會是這種結果。

「梅茵因為計算能力優秀，開始在大店工作了，現在根本沒時間來大門幫忙。就算沒有這個原因，她本來就身體虛弱。」

梅茵進入神殿這件事並未公開，對外都宣稱她是在奇爾博塔商會工作。事實上她現在仍會出入商會，也和路茲不知道在做什麼東西，然後賣給商會，所以不算騙人。

「歐托先生一直拿我跟班長的女兒做比較，我真是有苦難言。」

聽說梅茵非常聰明……因為我不清楚怎樣叫作聰明。不過，以前不管我怎麼叫歐托招個助手，他都只會斷然回道：「徵個沒用的累贅來當助手也只是浪費時間。」然而梅茵出現以後，他卻興奮地跑來找我商量，說想讓梅茵當他的助手。後來，梅茵還自己通過了成為大店商人學徒的測試；神殿的人也把孤兒院交給她管理；聽說她在神殿裡頭，還會幫忙神官長處理公務。所以，我想梅茵是真的很聰明吧。

……梅茵還真有兩下子。不愧是我女兒。

「哼哼，因為我女兒受到諸神的寵愛啊。和列克爾不一樣，她是特別的。」

但也因為太過特別，居然被神殿搶走了。我最近對神倒是有些不滿。

「唉，班長是講的比較誇張，但一直和這麼特別的孩子做比較，誰受得了嘛。」

……也是，當其他士兵都在鍛鍊身體、守在門前的時候，自己卻只能一直看著文件和木板，一定會很厭煩吧。

根本沒有士兵會和歐托還有梅茵一樣，開開心心地做那些文書工作。如果有人要我從早到晚都坐著計算數字，我大概也會想辭職不幹。

「確實不能把這份重擔都推給你一個人。我會去吩咐歐托，要他也栽培其他士兵。」

……順便也問問梅茵，在教別人計算的時候有沒有什麼好方法。

我聽伊娃說過，路茲為了成為商人學徒，冬季期間曾請梅茵教自己寫字和計算。而且不過一個冬天，他就進步了很多。

我找梅茵商量這件事後，她這麼說了：

「首先，應該要找到和歐托先生一樣不討厭文書工作的人吧？最好是找個和我一樣身體沒那麼強壯，在找工作時也希望可以不用做體力活的孩子，然後專門雇用他來處理文書工作。畢竟士兵們都充滿熱情，想要鍛鍊身體、守護城市，根本不適合做這種靜態工作。就連一開始受訓的時候，他們學這些也學得不情不願。」

對於沒有學習意願的人，再怎麼教也學不會——梅茵說的話就和歐托一樣。

「要是大門可以雇用灰衣神官就好了呢。有的灰衣神官不僅懂得計算，也很了解該怎麼與貴族應對喔。」

有我的介紹，應該能讓灰衣神官來做這份工作吧。但是，灰衣神官太缺乏生活常識了。真的就如字面所言，我們生活的世界不一樣。若要雇用一個完全沒有平民區的常識，甚至不會自己買東西的人，我不可能連同他的生活大小事也幫忙照料到。

「……我們確實很需要他們的能力，但實際上實在不太可能雇用他們。」

想起孤兒院的傢伙們來到平民區時，全都戰戰兢兢地邊走邊來回張望，聽到怒吼聲、看到別人舉起拳頭，還會嚇得縮成一團，對此我只能搖頭。我也知道他們人不壞，但就算做得了文書工作，恐怕也不適合在大門工作，我更不覺得他們能在平民區生活。

「雖然現在還沒辦法，但我希望十年、二十年後，孤兒院的孩子們也能理所當然地到外頭來，還能在平民區找到工作呢。」

梅茵笑著說道，臉上的表情完全就是為了孤兒們著想的孤兒院長。儘管神殿是我無從踏入的世界，梅茵卻好像很快就融入了。感覺梅茵突然變得好遙遠，我忍不住張手抱緊女兒。

……不管是神還是神殿，我絕不會把梅茵交給任何人！

多莉視角・繪本與文字的練習

Kazuki Miya's commentary

二〇一六年書泉GROUP×TOBOOKS
特展用特典短篇。
故事背景在第二部II左右。
多莉視角。
看到梅茵帶著聖典繪本回家來，
多莉便請她教自己寫字。
開始在石板上練習寫字後，卻老是寫不好。

小小幕後筆記

聽到梅茵的金錢觀，多莉嚇得面無血色。但其實多莉這種想法在平民區才是正常的。

「那我幫妳，也給我一本書吧。我也想學寫字。」

梅茵拜託我幫忙完成聖典繪本的時候，我鼓起勇氣這麼開口說了。因為自從經常出入孤兒院、為大家提供協助以後，我發現好像只有我一個人不會讀寫文字。

……明明這一帶的居民普遍都不識字，卻剛好我身邊會讀寫文字的人特別多呢。

不只是製作書籍的梅茵，連擔任守門士兵的父親也會讀寫文字。父親以前雖然看得懂字，但似乎不太會寫，就在歐托先生開始教梅茵寫字以後，我曾看見父親這麼吶喊：「我身為父親的威嚴！」然後偷偷在練習寫字。

而路茲為了成為商人學徒，去年冬天才請梅茵教自己寫字，卡蘿拉伯母甚至曾向人炫耀說，路茲現在就連契約書也看得懂了。珂琳娜夫人工作的時候，也會在木板上做紀錄。所以我以後如果想在珂琳娜夫人的工坊工作，勢必需要懂得讀寫文字吧。最主要是，路茲與梅茵都已經先去奇爾博塔商會工作了，我不想再被兩人拋在後頭。

「多莉，這個是石筆，要這樣子拿喔。啊，不對啦。不可以那樣子握。」

此刻我的眼前放著黑色石板，正從要怎麼拿白色石筆和怎麼畫線開始練習。

……居然不能從一開始就練習寫字呢。

我照著梅茵說的拿好石筆，再以她畫的線條為範本畫線。然而，我卻沒辦法好好施力，畫不出和範本一樣筆直的線，線條歪七扭八，而且淡淡的很不清晰。

「梅茵，筆這樣握我沒辦法施力。」

「就跟針有正確的拿法一樣，筆也有正確的拿法喔。雖然石筆不管怎麼握都能畫線，但如果妳不習慣這個拿法，以後拿筆的時候，筆尖很快就會斷掉。」

聽梅茵這麼說，我只好維持著難以施力的拿筆方式，操控石筆繼續畫線。可是，明明梅茵畫線時看來很簡單，自己實際上畫起直線卻不容易。

「多莉，就算練到失去耐心也要加油喔。因為要是沒辦法畫出直線和自己想要的圓形，以後也沒辦法畫服裝。」

另外，在練習書寫的同時，梅茵也要我練習唸出文字。

「妳要先用耳朵記住文章，然後一邊用眼睛看一邊唸出文字，最終要可以用手寫出來。多莉如果能換去珂琳娜夫人的工坊，還是很久以後的事情，所以不用像路茲那樣急著趕快學完吧。」

「可是，就連路茲也學了半年以上的時間吧？如果我想拜託珂琳娜夫人，讓我換去她的工坊，也不能想得這麼悠哉喔。」

都盧亞學徒的契約為期三年。如果想換工坊，就必須盡早取得對方願意讓我換過去的承諾，所以只剩下一年左右的時間了。

「既然還有一年，沒問題的。再說了，讀書還是快樂一點比較好喔。要是變得討厭看到書本和文字，就會完全記不住內容。在大門那裡，見習士兵們都學得不甘不願，得花很久時間才記得住文字，負責教他們的歐托先生可是一個頭兩個大呢。」

梅茵笑著這麼說道，攤開兒童用的聖典繪本。

「好久好久以來，在漫長得數不清有多久的時間裡，黑暗之神都是獨自生活。」

梅茵用手指為我比出她正在唸的地方，慢慢地朗讀內容。她臉上帶著開心得不得了

的笑容，一雙月亮般的金色眼睛閃閃發亮。看著一臉幸福的梅茵，我跟著複述。雖然現在我還看不懂半個字，只是梅茵唸什麼，就跟著她複述而已。

「好久好久以來，在漫長得數不清有多久的時間裡，黑暗之神都是獨自生活。」

「沒錯，唸得很好。那我繼續囉。在始終孤單一人的黑暗之神面前，光之女神出現了，她的光芒照亮大地。」

黑暗之神與光之女神相遇後，兩人結婚生了小孩。兩人的孩子就是水之女神、火神、風之女神、土之女神。

「第一個孩子是水之女神芙琉朵蕾妮。芙琉朵蕾妮擁有治癒與淨化的力量。」

之後我照著梅茵說的，反覆朗讀繪本內容，練習用石筆在石板上畫線。

「嗯，現在多莉的線條已經畫得很好了，我想應該可以寫字了吧。」

結束了好幾種線條的練習後，終於可以開始練習寫字了。梅茵最先教的，就是我的名字。

「因為寫字時最常用到的，就是自己的名字了。路茲進入奇爾博塔商會的時候，還曾被要求寫下誓約書喔。多莉如果也打算進入珂琳娜夫人的工坊，可能也需要呢。」

「是嗎?!這麼重要的事情妳早說啊！」

光是畫線就這麼困難，那要記住所有的文字，肯定更是難上不知道多少倍。路茲可是在冬季期間就學會了，但我能在去拜託珂琳娜夫人之前學會嗎？我突然感到非常不安。

我看著梅茵寫的範本，練習寫下自己的名字。除了自己的名字，梅茵也教了我家人的名字、朋友的名字、珂琳娜夫人的名字，和奇爾博塔商會的寫法。

「路茲來接我了，那我出門囉。」

為了過冬的準備工作，最近梅茵幾乎每天都去神殿。明明也是見習生，梅茵卻和我不一樣，不是每隔一天才要去工作。

……但也是因為梅茵很常發燒病倒，所以能去的時候就每天去吧。

我則照著梅茵的吩咐，在抄寫繪本上的文字，這時聽見「咚」的一聲。抬頭一看，挺著大肚子的母親正為我倒了杯水，說：「多莉好認真呢。」

「練習寫字真的好難喔。過了一個冬天就學會的路茲固然厲害，但我覺得之前能在大門一邊幫忙計算，一邊學習寫字的梅茵更了不起。」

忘了是什麼時候，我曾聽說梅茵會在大門那裡，跟著指導見習士兵的歐托先生擔任助手。也就是說，從開始去大門後還不到一年的時間，梅茵就已經能反過來教別人寫字了。當時我聽了也沒放在心上，但現在想想這根本不可能嘛。

「呵呵，在大門幫忙啊……我以前成年之前，也會被爸爸叫去幫忙呢。」

「媽媽的爸爸……所以是爺爺嗎？」

「是啊。因為他以前是大門的士長。貴族大人不是偶爾會召開會議嗎？所以我得學會怎麼泡茶，還有端茶時要怎麼說話才得體。不過，那時因為沒有必要，倒是沒教我文字。」

現在爺爺和奶奶都不在了，我很少聽到關於他們的事情。

「梅茵如果沒有進入神殿，繼續待在家裡做些代筆工作、偶爾也去大門幫忙的話，往後肯定也會和我一樣，得負責在開會的時候泡茶吧。」

「嗯……我實在想像不出梅茵燒水的樣子呢。」

梅茵現在還沒辦法從水井汲水，要再等到她能泡茶，都不知道是什麼時候的事了。我和母親笑著聊著這些事情，接著我把目光投向石板。

「媽媽，趁我剛好在學，妳要不要也一起學寫字呢？」

「我現在正忙著做小寶寶的衣服和尿布，所以再過一段時間吧。等冬天有空閒的時候，多莉再教我吧。」

「我教媽媽嗎？」

意想不到的話語讓我抬起頭來，眨了眨眼睛。母親一臉促狹，笑著說道：「是啊。多莉可要好好學習，之後才能教我喔。」

「嗯，我會加油！」

聽到母親要我教她，我高興得產生了要更努力學習的衝勁。

在我燃起了熊熊鬥志、埋頭認真練習寫字時，腦海裡忽然冒出一個疑問。

……這本書要多少錢呢？

我知道自己做的髮飾會以高價賣出，所以等梅茵從神殿回來，正在思考下一本繪本的時候，我問了她繪本的價格。

「呃……因為繪本是在工坊裡印製的，成本其實不高，但在店裡頭，一本是賣一枚小金幣和八枚大銀幣吧？」

「咦咦?!」

我大驚失色，來回看著繪本與梅茵。她居然把這麼昂貴的東西帶回家裡來，我簡直不敢相信。更別說梅茵以後還打算帶更多回來，我更是無法想像。

「其實我也希望價格能再壓低一點，但現在植物紙還很貴，最主要是墨水的費用實在不便宜……想要確保獲利的班諾先生也沒那麼好說服，所以恐怕很長一段時間都降不下來吧。」

梅茵很認真地思考著該怎麼做才能壓低價格，但不對。問題不是這個。

「這麼貴的東西怎麼能放在家裡呢？根本不是可以拿來練習寫字的東西吧！」

「……咦？我做這本繪本就是要給孩子們當教科書，用來學習文字喔。多莉，妳在說什麼啊？」

……梅茵，倒是一臉茫然的妳在說什麼啊?!

居然把要價快兩枚小金幣的東西放在家裡，再讓我還有即將出生的小寶寶隨意翻閱，梅茵似乎一點也不覺得這有什麼問題。可是，我根本沒想到這本繪本要這麼多錢。想起自己至今對待它的方式，我不由得面無血色。

「梅、梅茵，這本書可以洗嗎？」

「多莉，書怎麼可以洗！要是浸到水裡面，紙張會變得破破爛爛，絕對不行喔！」

「咦？不能洗嗎？那要是弄髒了怎麼辦？」

我往繪本瞥了一眼。由於我一直用摸過石筆的手翻書，看得出來書上到處都沾有白粉。儘管我正在心裡瘋狂吶喊：「怎麼辦?!」梅茵卻一派悠然自得地笑說：

「最好是翻書的時候就要小心別弄髒，但也不用這麼緊張啦。」

「聽到那種價格誰會不緊張！」

我再也不敢像剛才那樣觸碰繪本，只覺得非常害怕。

……怎麼辦?!早知道不該隨口說出自己想要一本書！

黎希達視角・新的大小姐

Kazuki Miya's commentary

原本只刊登在網路上的特別短篇，
故事背景在第二部IV與第三部Ｉ之間。
黎希達視角。
描寫薇羅妮卡被捕後，城堡內部陷入一片混亂。
而就在這時候，黎希達接到齊爾維斯特的傳喚，
希望她擔任他剛收為養女的羅潔梅茵的侍從。

小小幕後筆記

向讀者們募集短篇主角的人選時，由於經常見到有人想看黎希達視角的短篇，便決定寫下她與羅潔梅茵見面前曾發生過哪些事情，當作是第三部IV的發售紀念。

足以撼動整個艾倫菲斯特的大事發生了——齊爾維斯特大人竟然逮捕了自己的親生母親薇羅妮卡大人。而且為此，他還與既是騎士團長，也是護衛騎士的卡斯泰德大人一同悄悄溜出領主會議……

這起計畫就連齊爾維斯特大人的近侍也不曉得，對所有人來說更是猝不及防。想當然耳，整座城堡都陷入一片混亂。而我就是在這個時候接到了齊爾維斯特大人的傳喚。注視著變回黃色魔石的奧多南茲，我偏過頭。

「齊爾維斯特大人到底要和我說什麼事情呢？」

「黎希達，麻煩妳問清楚奧伯的想法吧。萬一今後再發生這麼突然的事情，我們實在不知該如何行動。」

其他近侍會感到不安也是無可厚非。畢竟齊爾維斯特大人沒找任何人商量，不惜中途離開領主會議，也要回來逮捕薇羅妮卡大人。從他至今的行事風格來看，這實在難以想像。再加上有卡斯泰德大人同行，騎士團的行動也非常迅速，發生地點還是在神殿裡頭，由此可知這是僅有齊爾維斯特大人、卡斯泰德大人與斐迪南小少爺三人才知道的計畫。但是，有些事情可以獨斷獨行，有些事情卻不應該。

……我得好好訓斥三人，提醒他們凡事都要考慮到會造成多大的影響。

雖然薇羅妮卡大人擅自使用奧伯的印章，觸及了不該觸碰的底線，理當接受處罰，但齊爾維斯特大人完全沒有預先做好打點，還把他領貴族也牽扯進來，導致事態變得更加嚴重，最終使得領內的貴族們人心惶惶。對此，我必須提出諫言。應該有更溫和的手段來執行這起計畫才對。

「齊爾維斯特大人，我是黎希達。奉您之命前來晉見。」

我走進除了卡斯泰德大人與艾薇拉大人，其他人皆已被屏退在外的房間，看見更是遞到眼前來的防止竊聽用魔導具後，可以想見接下來的對話內容是機密。而在聽完以後，我簡直不敢置信。

「齊爾維斯特大人，您說您要收名養女嗎?!」

「沒錯。卡斯泰德有個女兒將在夏天受洗，我打算收她為養女。」

「卡斯泰德大人並沒有女兒吧？難不成是我先前都不曉得的女兒……？」

我來回看向卡斯泰德大人與艾薇拉大人問道。卡斯泰德大人明顯想打糊塗仗地回答：「她是第三夫人羅潔瑪麗留下來的孩子。」但是，這並不是實話吧。曾經指導卡斯泰德大人的我，一眼就能看出他在撒謊。

「黎希達大人，是誰的女兒都沒有關係。因為洗禮儀式過後，她便是我的女兒。」

艾薇拉大人的表情雖然僵硬，眼中卻有著堅定的決心，顯然收養養女一事已經拍板定案，而我完全無權過問。儘管如此，身為齊爾維斯特大人的奶娘，也曾是負責指導他的人，我非問不可。因為敢於直接質問奧伯的人寥寥無幾。

「齊爾維斯特大人，如今整座城堡已經因為薇羅妮卡大人被捕而陷入混亂，您還想要火上加油嗎？請好好考慮這會對眾人造成多大的影響。此時與其收養養女，更該多為薇羅妮卡大人一手拉拔長大的韋菲利特大人著想。假如養女一事是為了鞏固韋菲利特大人的地位，那在他進入貴族院就讀前再收養也不遲吧？」

齊爾維斯特大人與芙蘿洛翠亞大人已經有三個孩子了。在這種情況下，若再收養卡斯泰德大人與艾薇拉大人的女兒，更別說她還屬於萊瑟岡古的陣營，想也知道會導致貴族失和、引發混亂。現在應該先平息眼下的混亂局面。

「關於收養養女一事，芙蘿洛翠亞大人有何表示呢？」

「她和妳一樣，質問我究竟在想什麼。然而此事已經定案，不會再作更改。」

齊爾維斯特大人的深綠色雙眼毅然堅決。看來即便為此與心愛的芙蘿洛翠亞大人起了爭執，他也堅持要收養養女，那我再怎麼勸也沒用吧。我很清楚齊爾維斯特大人一旦下了決心，便不會再推翻。既然事情已經定案，為了身邊的人，我必須盡量多蒐集資訊。

「這樣啊……那麼，請問對方是怎樣一位小姐呢？奧伯居然要在如此險惡的時期將她收為養女，想必有什麼非收不可的理由吧？」

我把手扠在腰上，目光銳利地瞪著齊爾維斯特大人，絕不容許他撒謊。他尋思了一會兒後，往卡斯泰德大人瞥去一眼。

「因為她是艾倫菲斯特的聖女，不僅魔力豐富，還能在諸神的世界取得知識。」

「……請您認真回答我。」

「這不是謊話。她雖然年幼，魔力量卻足以讓直轄地的收成有所增長，還能為艾倫菲斯特帶來新產業。我也已經決定，由她接任神殿長一職，斐迪南則繼續擔任神官長負責輔佐她。只不過她因為在神殿長大，不太了解貴族的常識，所以我想請妳……擔任羅潔梅茵的首席侍從。」

「她不僅在神殿長大，您還要她接任神殿長一職嗎?!」

齊爾維斯特大人竟如此輕易地說出這種話，我不禁感到一陣暈眩。

「居然要讓在神殿長大的孩子進入城堡……她只會成為貴族們說閒話與發散惡意的對象，這您不可能不知道吧？她不過是個即將受洗的年幼孩子，竟然要讓她承受這些無謂的惡意，恕我反對。卡斯泰德大人，這是您女兒喔！您身為父親，怎麼都不設法保護她呢?!」

一個即將成為養女的孩子處境竟如此令人擔憂，我真是大吃一驚；一想到她還將要面對貴族們的嘲笑與不滿，我更是背脊發涼。但即使我厲聲怒斥，齊爾維斯特大人與卡斯泰德大人也只是很快對看一眼，沒有改變想法的樣子。

「黎希達，羅潔梅茵無論再痛苦，就算會成為眾人閒言碎語的對象，她也必須成為領主的養女，才能保護她想保護的東西。」

「為了守護重要的事物，羅潔梅茵自願選擇了成為我的養女。事到如今她不可能反悔。會讓她以神殿長的身分留在神殿，也是為了她好，不要一下子就將她與神殿徹底切割開來……這是斐迪南說的。」

聽完兩人所說，隱隱可以推敲出羅潔梅茵大人重視的就是神殿裡的某樣東西，抑或是某個人，而且也與前些天在神殿裡發生的騷動有著密切關係吧。我聽說當時還與他領的上級貴族起了爭執。肯定是發生了什麼若不成為領主一族就無法平息的事情。

「黎希達，如今情勢如此險峻，羅潔梅茵又是在神殿受到斐迪南庇護的孩子，我沒有其他人能拜託了。能把她託付給妳嗎？」

斐迪南小少爺曾遭到薇羅妮卡大人的嚴重欺凌，沒有多少人能讓他放心地託付在自己庇護下的孩子吧。這樣看來，確實也只有我既受到奧伯齊爾維斯特大人的重用，還得到斐迪南小少爺的信任，而卡斯泰德大人就算把自己的女兒託付給我也不奇怪。

「遵命，我願意接下重託。」

「黎希達，繼我這個父親，現在連我女兒也要麻煩妳多照顧了。」

「黎希達大人，謝謝您。」

卡斯泰德大人與艾薇拉大人皆鬆了口氣地面帶微笑。從兩人的表情，可以看出他們都十分擔心即將從神殿進入城堡的女兒。若想護她周全，我也必須竭盡所能。

「艾薇拉大人，請叫我黎希達吧。因為今後我便是令嬡的侍從了。」

由於夏季的洗禮儀式上就要被收為養女，我們急急忙忙地為羅潔梅茵大人準備房間。原本若是在城堡長大的領主之子，都要花上不少時間慢慢進行準備，順便練習怎麼對近侍們下達指示，但羅潔梅茵大人的情況無法這麼做。因為若等到她進入城堡再開始整理就來不及了，所以必須由我與她的母親艾薇拉大人一起籌備。

「艾薇拉大人，請告訴我羅潔梅茵大人的喜好吧。」

「我看她似乎已經適應了現在的房間，所以打算維持一樣的風格……希望能幫助她稍微放鬆心情。」

「啊，她現在正在接受教育吧？羅潔梅茵大人究竟是怎樣一位小姐呢？光有男士們的看法並不足以當作參考，我也想聽聽艾薇拉大人怎麼說。」

齊爾維斯特大人與卡斯泰德大人從頭到尾只是強調，羅潔梅茵大人是「非常優秀但特立獨行的孩子」。雖然已經比只說她是「艾倫菲斯特的聖女」要好得多，但我還是一頭霧水。

「正如斐迪南大人所說，羅潔梅茵在剛來我們家的時候，言行舉止並沒有上級貴族該有的樣子。但是，她每天都以令人瞠目的速度在吸收成長。不僅教師大吃一驚，就連我也十分驚訝呢。她的專注力非常驚人喔。相信洗禮儀式之前，她便能擁有難以想像是神殿出身的優雅儀態了。」

「看來是位優秀又勤勉向上的小姐呢。」

「是呀，柯尼留斯好像也有些被她刺激到了。不過，她這孩子確實相當奇特。可能因為在神殿長大，羅潔梅茵的想法與判斷標準都和我們不太一樣，有時候也會無法理解她在想什麼。但是仔細詢問過後，也能知道她是有自己的一套看法……」

看來齊爾維斯特大人對她的描述雖然教人摸不著頭緒，但確實不是謊話和敷衍，真的是位優秀又勤勉向上、想法也十分獨特的小姐。不過，比起這些事情，看到艾薇拉大人竟在短時間內就如此了解羅潔梅茵大人，也越來越將自己當作是她的母親，這更是讓我感到驚訝。

「艾薇拉大人，從語氣和表情都能看出您對羅潔梅茵大人的擔憂呢。明明並非親生女兒，想不到您竟為她如此費心。」

「因為自從羅潔梅茵來到我們家，家裡的氣氛就變了許多。在我看來，她是非常可愛的女兒唷。斐迪南大人也對她關懷備至……」

艾薇拉大人笑得十分開心，與我分享斐迪南小少爺對她有多麼關心。

「小少爺竟然每隔一天就登門拜訪嗎？」

「是呀。有時也會相隔兩天，但通常是每隔一天便過來。他會與我們一起用晚餐，向家庭教師確認進度，詢問羅潔梅茵有沒有哪裡不懂的地方，也會檢查她的身體狀況，比卡斯泰德大人還像她的父親呢。雖說將她納在了自己的庇護之下，但斐迪南大人如此頻繁地過來探望，還是教我非常意外。」

聽說羅潔梅茵大人也十分親近、依賴斐迪南大人。一直以來我認識的小少爺，總是隨時隨地提防戒備，也不讓他人靠近自己，所以我簡直不敢相信自己聽見的。

「那位斐迪南小少爺居然會照顧年幼的小孩子……羅潔梅茵大人到底是如何解除小少爺那宛如銅牆鐵壁的戒心呢？」

「大概就是因為她年紀尚幼、身體虛弱……吧？聽說她就算什麼也不做都有可能喪命，所以必須牢牢看著她。」

艾薇拉大人莞爾微笑，講述羅潔梅茵大人是如何在興奮過度下發起高燒，緊接著臉色變得凝重，以手托腮嘆氣。

「羅潔梅茵真的是非常乖巧的好孩子。不論出於什麼理由，既然她將以貴族的身分生活下去，若能趁著受洗時離開神殿是最好不過的。然而，齊爾維斯特大人、卡斯泰德大人與斐迪南大人卻都無意這麼做。我開始在想，也許不只是為了羅潔梅茵……也是為了讓芙蘿洛翠亞大人的孩子能夠當上下任領主，這是必要的弱點。」

意思豈不是若沒有這樣的弱點，羅潔梅茵大人就有可能成為下任領主嗎？在有男性領主候補生的情況下，女性領主候補生若想成為奧伯，必須擁有足以克服自身不利條件的強大實力。就連未來丈夫的力量，也是不利的條件之一。我曾看著喬琪娜大人無比怨嘆性別的不公，所以一時間無法理解艾薇拉大人為何這麼說。

「芙蘿洛翠亞大人並不只有由薇羅妮卡大人拉拔長大的韋菲利特大人，還有其他兒子喔。」

「嗯，這我知道。因為芙蘿洛翠亞大人曾問過我，男孩應該如何養育……但羅潔梅茵一旦受洗為我與卡斯泰德大人的女兒，萊瑟岡古將成為她的後盾吧。倘若備受薇羅妮卡大人欺凌的貴族們一致想擁戴她，屆時她的處境將能競爭下任領主之位。」

艾薇拉大人十分擔心，會不會因下任領主之位而引發紛爭。對此我微微一笑，緩緩搖頭。

「既然齊爾維斯特大人他們這麼堅持收養養女一事，代表已經深思熟慮過了吧。況且第一夫人生了不只一個男孩，不可能擁立羅潔梅茵大人為下任領主吧。」

「如果真是這樣就好了，我也不希望芙蘿洛翠亞大人再有更多無謂的煩憂。但真不知道是如何教育的，羅潔梅茵竟能這麼優秀，這點我實在百思不得其解呢。」

「想必是斐迪南小少爺的教導非常嚴厲吧。因為就連留在自己身邊的人，他的要求也非常高。」

我想起兒子尤修塔斯想當侍從時，以及決心獻名時的情景。尤修塔斯曾嘟囔說，小少爺出給他的條件與任務還不少，所以我想他對年幼的孩子說不定也如此嚴厲。

「他確實不停地出作業給羅潔梅茵呢……但如果要成為領主一族，我認為那些都是她需要做到的事情。不過，羅潔梅茵總說，只要能看書就是她最大的幸福，我只希望她別被捲進無謂的紛爭裡。」

後來，我與艾薇拉大人一邊討論一邊布置房間，奧黛麗也是在這時候被選為了擔任羅潔梅茵大人的新侍從。聽說她是艾薇拉大人的朋友。由於羅潔梅茵大人神殿出身的關係，挑選近侍一事似乎十分不易。畢竟近侍會貼身隨侍，一定要挑選信得過的人才行，所以不難想見會有這種情況。

「黎希達，妳也要參加洗禮儀式吧？」

「是啊。因為我想先親眼看看羅潔梅茵大人是怎樣的人。」

我和奧黛麗一樣，都參加了羅潔梅茵大人的洗禮儀式。原本要等羅潔梅茵大人進入城堡，再以侍從的身分將我介紹給她，但卡斯泰德大人與艾薇拉大人十分貼心，有意在那之前讓我與她先打個照面。

只可惜洗禮儀式上，韋菲利特大人將正與人問候的羅潔梅茵大人帶走後，導致她受了重傷，儀式就此戛然而止。最終，我還是到了城堡才與大小姐正式相見。

「黎希達，妳是羅潔梅茵的侍從嗎……？」

「是呀，受齊爾維斯特大人所託。」

在諾伯特的帶領下，羅潔梅茵大人與斐迪南小少爺一同走進房間。接著她看了看我，再看向小少爺，納悶地偏過臉龐。其實洗禮儀式那時我便覺得，羅潔梅茵大人看起來比實際年齡還要年幼。那雙盈滿好奇的金色眼眸晶燦發亮，往上看著小少爺。確實如艾薇拉大人所說，她看來十分親近小少爺的樣子。我不由自主想要微笑。

「羅潔梅茵大人，這位是黎希達，擔任您的首席侍從。」

「還請不吝賜教。」

諾伯特介紹後，羅潔梅茵大人向我行禮。那一頭長髮散發著驚人的光澤，輕柔地滑下她的肩膀。而動作之優雅流暢，就連指尖也毫不馬虎，難以想像是神殿出身的孩子。聽說艾薇拉大人初次見到她時，她的舉止儀態還只有中級貴族的程度，因此一眼便能看出她為了成為領主的養女有多麼努力。

羅潔梅茵大人仰起頭，小臉帶有緊張地往我看來，小少爺似乎也有些忐忑地等著我開口回話。

……哎呀呀，斐迪南小少爺真是變了不少呢。

於是我揚起微笑，對新來的大小姐表達歡迎之意。看得出來，反倒是小少爺先如釋重負地放鬆了緊繃的身軀。

「不愧是卡斯泰德大人的千金，教養真好，因應進退十分得體哪。羅潔梅茵大小姐，我是黎希達，往後還請您多多指教了。」

哈特姆特視角・命運的洗禮儀式

Kazuki Miya's commentary

原本只刊登在網路上的特別短篇。
故事背景在第三部 I 開頭。
哈特姆特視角。
描寫他的母親奧黛麗確定成為羅潔梅茵的侍從後，
他儘管心有不滿，
仍以親族的身分參加羅潔梅茵的洗禮儀式。
在儀式上看見的光景，從此改變了他的人生。

小小幕後筆記

這則特別短篇是為了慶祝鈴華老師生日。因為鈴華老師每次聊起哈特姆特總是激動忘我，再加上有許多讀者表示想看，所以試著寫下了哈特姆特單方面認識羅潔梅茵的經過。但我聽說，鈴華老師好像比起哈特姆特更喜歡斐迪南。嗯～？（笑）

「夏天艾薇拉大人的女兒羅潔梅茵大人將舉行洗禮儀式吧？聽說她已預定成為領主的養女，今後我將在城堡侍奉她。」

與艾薇拉大人舉辦了私人茶會的母親大人回到宅邸來後，便握著防止竊聽的魔導具如此宣告。同樣握著防止竊聽魔導具的我，很快地環顧四周的侍從們，不疾不徐開口：

「……母親大人，您要擔任艾薇拉大人女兒的侍從嗎？」

艾薇拉大人是騎士團長的第一夫人，與母親大人私交甚篤。甚至在我還沒受洗之前，她便經常帶著我去騎士團長家遊玩。但是，截至目前為止我從未見過艾薇拉大人的女兒，同年的柯尼留斯也不曾透露過他有個妹妹。

……想必不是艾薇拉大人的親生女兒。

既然如此，那就代表是卡斯泰德大人第二或第三夫人的女兒，但她們兩人皆是中級貴族，而且還隸屬於薇羅妮卡派。我早就聽柯尼留斯稍微提起過他們家裡的情況。

……就算是艾薇拉大人的請託，母親大人真的要去服侍這樣的對象嗎？

我內心感到非常不快，甚至作嘔想吐。大概是看出了我的不悅，母親大人簡單說明了羅潔梅茵大人是怎樣的人。

「羅潔梅茵大人接受教育的時候，我曾在旁邊稍微參觀過。她的五官秀麗精緻，表現也非常優秀，可以理解領主為何要收她為養女呢。而且，一旦她以艾薇拉大人之女這個身分成為領主的養女，也將成為萊瑟岡古貴族的希望吧。」

聽說由於羅潔梅茵大人已預定成為領主的養女，現在正開始在找侍從，但我覺得實在太可疑了。目前這個時機，我一點也不覺得奧伯有必要從萊瑟岡古的貴族中收養一個養女。背後肯定有什麼重大秘密。而且居然不先找父親大人商量，就決定要擔任羅潔梅茵大人的侍從，這完全不像母親大人會做的事。

「……母親大人，您這次的決定是否太草率了？想也知道養女這件事情，背後一定還有什麼隱情。」

「就是為了了解背後的隱情，我需要可以進入城堡的門路。薇羅妮卡大人垮臺以後，城堡內部的情勢一直在變，除了芙蘿洛翠亞大人身邊，也需要向不同立場的人蒐集情報，而對此最為渴望的正是雷柏赫特大人。」

……如果是父親大人想要情報，代表就連奧伯的第一夫人芙蘿洛翠亞大人，也不曉得詳細內情嗎？

奧伯將收羅潔梅茵大人為養女一事，總覺得背後隱藏了太多人的意圖，我盤起手臂。

「再者，現在正是萊瑟岡古的貴族們能否重新壯大聲勢的重要時期吧？若能成為領主一族的近侍，這是不可多得的好機會。」

「……原來如此，確實是這樣沒錯。」

我嘴上這麼應道，煞有其事地點點頭，但緊接著把目光投向窗外。

……什麼派系，什麼影響力，簡直愚蠢至極。

只要到了貴族院，再不願意也會意識到艾倫菲斯特在尤根施密特內的處境，以及他領是以怎樣的眼光看待我們。由於政變時保持中立的關係，艾倫菲斯特的排名雖然有所上升，但其他領地對我們卻沒有半點好臉色。在屬於獲勝陣營的領地眼裡，我們因為政變時並未提供協助，所以就和落敗陣營的人沒有兩樣；看在落敗領地眼裡，又因為我們明明什麼也沒做，卻輕輕鬆鬆就提升了排名，因此懷恨在心。

……就算在艾倫菲斯特領內擁有影響力，根本一點意義也沒有，為何大人們都不這麼認為？這點更讓我匪夷所思。

但是，母親大人仍為了父親大人與派系，決定要侍奉中級貴族女性所生的孩子。我忽然覺得這一切都毫無意義，輕輕冷哼一聲。

多數情況下，洗禮儀式都會在季節剛開始時舉行。然而，羅潔梅茵大人的洗禮儀式既不是在初夏，也不是趁著貴族都集結在貴族區的星結儀式之前舉行，反而訂在一個介於中間的奇怪時間。

這天騎士團長卡斯泰德大人的宅邸裡，聚集了超過兩百名貴族。洗禮儀式最主要的目的，就是在親族面前首次亮相，因此在場多是萊瑟岡古的貴族。大概是預計要宣布養女一事，奧伯夫婦及其孩子韋菲利特大人也來了。跟在奧伯及韋菲利特大人身邊的近侍多是薇羅妮卡派貴族，他們看起來相當緊繃。

「我聽艾薇拉大人說，黎希達大人也會去服侍羅潔梅茵大人……」

「是呀，這是齊爾維斯特大人的命令。」

黎希達大人曾負責指導卡斯泰德大人，也當過奧伯的奶娘，聽到這樣的她居然奉命成為侍從，我不禁有些陷入沉思。

……羅潔梅茵大人似乎相當受到重視，奧伯到底在想什麼呢？

「不僅如此……感覺就連斐迪南小少爺也對羅潔梅茵大人抱有很高的期待呢。聽說若想讓艾倫菲斯特有更進一步的發展，羅潔梅茵大人的存在不可或缺。但對一個尚未受洗的孩子寄予如此厚望，我反倒十分擔心。」

黎希達大人說話的同時，望著以神官長之姿走到臺上的斐迪南大人。斐迪南大人雖是領主一族，卻因為薇羅妮卡大人對他深惡痛絕，不得不躲進神殿。

……斐迪南大人也和養女一事有什麼關聯嗎？

我雖然沒有與斐迪南大人正式交談過，但長兄曾與他一起就讀過貴族院。根據長兄提到過的，斐迪南大人似乎是非常優秀的人。當初他為了昭告自己不會干涉政務才進入神殿，難道是他因為長年來的怨恨，暗中策劃了拉下薇羅妮卡大人一事嗎？

「羅潔梅茵大人入場。」

確認身為神官的斐迪南大人已經做好準備後，在門口待命的館內侍從打開大廳大門。父母卡斯泰德大人與艾薇拉大人率先進場，接著是羅潔梅茵大人。儘管現場超過兩百人的貴族都在注視著她，羅潔梅茵大人絲毫沒有驚慌失措，也沒有一臉好奇地來回張望，只是面帶溫和又柔美的微笑，優雅地緩步前進。

……她就是羅潔梅茵大人嗎？

那頭充滿光澤的長髮飄逸柔順，宛如星星正在綻放光輝的夜空，頭上還裝飾著我從未看過的髮飾。她的五官端正，清麗脫俗。雖說由中級貴族的母親所生、還在神殿長大，但儀態幾乎挑不出半點毛病。看來她為了以艾薇拉大人之女的身分受洗，確實接受過嚴格教育，教師們曾異口同聲地稱讚她很優秀這點也沒騙人。

……看起來根本就像是上級貴族的女兒嘛。

這樣一來，就算公開聲稱她是自己的妹妹，柯尼留斯也不會覺得丟臉吧。我這麼心想著移動目光，發現柯尼留斯正以捏著冷汗似的表情注視羅潔梅茵大人。看樣子他似乎十分擔心她。明明柯尼留斯非常討厭第二與第三夫人，對於要把第三夫人的女兒當作是親生妹妹接納，現在看來卻一點也不排斥。

……真奇怪。難道是背後有什麼特別的原因嗎？

羅潔梅茵大人握住魔導具後，使其發光，展現出了自己足以成為上級貴族的魔力量。但有這樣的魔力量也是當然的吧。我一邊輕輕拍手，一邊仍以冷靜的目光注視。雖說她的言行舉止符合上級貴族的身分，但我還是無法理解，為什麼奧伯打算在洗禮儀式上宣布要收她為養女。

「羅潔梅茵，恭喜妳。如此一來做為卡斯泰德的女兒，妳已正式得到認可。艾倫菲斯特迎來了新的一分子。」

斐迪南大人的話聲一落，現場響起掌聲與喝彩。這時卡斯泰德大人拿著戒指走上祭壇，在臺上高舉起嵌有藍色魔石的戒指。

「在諸神與諸位的見證下，在此將戒指贈予我的女兒羅潔梅茵。」

父親贈予戒指以後，接著是神官給予祝福。「為羅潔梅茵獻上火神萊登薛夫特的祝福。」以神官身分站在臺上的斐迪南大人說完，便以自己的戒指給予祝福。

……不是使用從神殿帶來的神具，而是讓貴族才擁有的戒指發光、給予祝福，這點倒是和其他神官不一樣。

我正與自己的洗禮儀式進行比較時，羅潔梅茵大人致謝道：「感謝神官長。」接下來只要回贈祝福，洗禮儀式就結束了。然而，羅潔梅茵大人卻沒有向斐迪南大人回以祝福，反而轉過身來面向大廳。

「希望為我獻上祝福的神官長與齊聚於此的諸位，亦能蒙受火神萊登薛夫特的祝福。」

對於不同往常的發展，眾人皆面面相覷，好奇著接下來會發生什麼事情。這時，羅潔梅茵大人的戒指突然迸出大量藍光。

「……咦？」

她說要把祝福給予眾人，竟然是真的。只見從戒指飄出的藍光先是飛向天花板，旋轉了數圈以後如同甘霖一般灑向大廳裡的所有人，這幕光景讓在場眾人始料未及。

……這是怎麼回事?!

「竟能灑下這麼大量的光芒？」

「她那年幼的身軀裡到底擁有多少魔力？」

也難怪周遭的貴族們紛紛驚呼出聲。因為祝福通常只會回贈給主持洗禮儀式的神官，並不會回贈給會場裡的所有人。但是，看卡斯泰德大人與斐迪南大人那副若無其事的樣子，可想而知這絕對不是羅潔梅茵大人誤會了。恐怕是他們想藉著這個機會，讓大家知道羅潔梅茵大人儘管是個還不曉得魔力壓縮法的小女孩，魔力量卻已經足以讓祝福的藍光灑滿整座大廳。

但是，我吃驚的並不是魔力量。當然，羅潔梅茵大人的魔力量非比尋常，但我更因為那美麗的光景而屏住了呼吸。雖然不知該如何形容，但這和我至今見過的祝福截然不

同。藍色光芒所帶有的耀眼光輝，彷彿真的受到了諸神的祝福。

……我第一次看見這種祝福光芒。

我的胸口忽然發熱。剛才那麼大量的祝福，就連學過魔力壓縮法的大人也會感到吃力，羅潔梅茵大人卻是一派神色自若，看起來有如神的使者。只要是貴族，都會在受洗時回贈祝福，但我從不知道居然能有這樣的差異。

……到底是哪裡不一樣？為何羅潔梅茵大人的祝福會如此美麗？

我正為初次見到的美麗光景陶醉不已時，奧伯．艾倫菲斯特走到臺上，開始宣布他將收養羅潔梅茵為養女。

「奧伯要收她為養女嗎?!」

「這件事我從來沒聽說。這到底是怎麼回事？」

看來這件事的確是內部機密，整個大廳鬧烘烘地亂成一團。但是，在見識到了如此與眾不同的祝福後，我完全可以理解奧伯為何會看中羅潔梅茵大人。反倒是領主所講述的聖女事蹟太過精采，我恨不得再聽更多。

……居然能夠發現據說是在神殿裡長大的羅潔梅茵大人。

我在心裡稍微修改了對領主的評價，同時環顧周遭的貴族。在場有這麼多貴族，稍後都會向羅潔梅茵大人問候致意。除非特別讓人印象深刻，否則羅潔梅茵大人大概寒暄過後就忘了吧。回想自己洗禮儀式時的情景，要把只見過一面的貴族全部記下來，根本是不可能的事情。

……不過，我的父親大人是芙蘿洛翠亞大人的近侍，母親大人也將以侍從的身分介紹給羅潔梅茵大人，也許會讓她對我產生點興趣。

思及此，我猛然覺得有些不可思議。我竟然會對他人產生興趣，這還是生平頭一遭。對於自己的變化，恐怕我才是最吃驚的人。

聽說從明天開始會在神殿擔任護衛騎士的人，會最先介紹給羅潔梅茵大人，然後是領主夫婦的近侍等經常會碰到面的人們。再來，是母親大人與黎希達大人這些在她進入城堡後將擔任近侍的人，接著是波尼法狄斯大人等親族。而我將以親族的身分被介紹給羅潔梅茵大人。

「羅潔梅茵，在這裡太無聊了，我們去玩吧。走。」

然而，我正引頸期盼著在介紹下面見羅潔梅茵大人時，韋菲利特大人卻一把將她帶走，而且自那之後就沒有再回大廳來。聽說是身體虛弱的羅潔梅茵大人跟不上韋菲利特大人的腳步，中途便暈倒在地，甚至受了重傷。後來在斐迪南大人施予了治癒魔法後，她便被送回房間。

……居然讓羅潔梅茵大人受傷……？往後必須特別小心韋菲利特大人。

我也意識到自己很自然地將他視為敵人，然後看向自己的雙手。

……看來得把他拉下來才行了……為了讓羅潔梅茵大人能夠成為奧伯。

克莉思黛視角・與姊姊大人的茶會

Kazuki Miya's commentary

第三部 I 的特典短篇。
故事背景在第三部 I 的飛蘇平琴演奏會結束後。
主角是路人角色之一的
艾倫菲斯特中級貴族克莉思黛。
內容是姊妹兩人的對話。
妹妹克莉思黛雖然出席了飛蘇平琴演奏會，
姊姊卻因為嫁給薇羅妮卡派貴族而無法參加。

小小幕後筆記

由於當時開始創作《小書痴的下剋上》已經三年了，便寫下這則短篇當作是給讀者們的禮物。主角克莉思黛是不太可能出現在本傳裡的路人角色之一，透過她來描寫艾倫菲斯特的變化。

去年夏天與薇羅妮卡派貴族結婚的姊姊大人在取得丈夫的許可後回來了，這次將在老家待上數天。今天是久違的只有姊妹兩人的茶會。

自從姊姊大人出嫁後，見面機會便大幅減少。再加上在外參加茶會時，比起家人，更要優先與其他夫人小姐進行交流，也就不可能與姊姊大人單獨聊些悄悄話。所以現在能和姊姊大人一起單獨喝茶，我真的非常開心。

我依著禮儀先喝一口茶後，再請姊姊大人喝茶。姊姊大人用著比以往在家裡時更優雅的動作喝著茶，然後馬上進入正題。

「克莉思黛，飛蘇平琴的茶會究竟是什麼樣子呢？妳和母親大人去參加了吧？」

「是的，非常精采唷。正如姊姊大人告訴過我的，斐迪南大人彈奏的飛蘇平琴真是非常出色。他的歌聲也澄澈嘹喨，讓人不知不覺間聽得入迷呢。據說他曾受邀去為公主彈琴這件事，想必是真的吧。」

一起就讀貴族院的克莉絲汀妮大人彈奏起飛蘇平琴，也是婉轉又優美。但是，我更加喜歡斐迪南大人的演奏。

……畢竟情歌是男士唱來更動聽嘛。

我輕輕閉上眼睛，回想著斐迪南大人彈奏的飛蘇平琴聲，陶醉在其中。姊姊大人用焦急的語氣說了：

「妳快點詳細告訴我，茶會究竟是什麼樣子吧。現在無論參加哪裡的茶會，都在討論這件事。」

姊姊大人與薇羅妮卡派的貴族結了婚，因為丈夫不允許，所以沒能參加飛蘇平琴的茶會。但是，今後好一段時間不論哪裡的茶會，話題都會繞著飛蘇平琴茶會打轉吧。我輕輕嘆一口氣。

「……因為姊姊大人的丈夫是薇羅妮卡派的貴族，所以我們與中立派的貴族不一樣，無法輕易改變派系吧。誰想得到結婚才不到一年，薇羅妮卡大人便失勢了呢。姊姊大人結婚的時機真是太不湊巧了。」

只要再多等一年，也許就能中止與薇羅妮卡派貴族的聯姻了。但是這樣一來，便等同是解除婚約，世俗的眼光將變得嚴苛。更重要的是，若要再一次尋找對象，姊姊大人就會過了適婚年齡。

「兩年前，我會決定與薇羅妮卡派的貴族結婚，就是因為當時開始謠傳薇羅妮卡大人在為韋菲利特大人準備洗禮儀式。還以為薇羅妮卡大人會繼續掌有強大的權勢……世事真是不如人意呢。是時之女神的絲線交纏出了差錯嗎？」

「……都是奧伯．艾倫菲斯特不好。雖然他演奏的飛蘇平琴很出色，但姊姊大人和我們家會面臨這種處境，都是奧伯的錯。」

因為現在在場只有家人，我才敢開口批評奧伯，但其實我對奧伯的作為一直心懷不滿。無論薇羅妮卡大人如何下令，奧伯始終堅決不肯迎娶第二夫人，對芙蘿洛翠亞大人視若珍寶。因此之前許多貴族還心想，等到現在的奧伯繼任之後，薇羅妮卡大人的權勢或許也會產生變化吧。

然而，現在的奧伯繼任後，薇羅妮卡大人的權勢依然沒有任何改變。曾在貴族院得到最優秀表彰的斐迪南大人，隨後更進入神殿，領主一族身邊全圍繞著對薇羅妮卡大人阿諛奉承的貴族，萊瑟岡古那邊的貴族明顯受到冷落。觀察了情勢的演變後，中立派的貴族們於是接連傾向薇羅妮卡派。

「而且，因為齊爾維斯特大人與芙蘿洛翠亞大人的孩子交由薇羅妮卡大人養育，我們才以為薇羅妮卡大人的權力穩若泰山呀。」

「是啊。所以我才拜託了父親大人，說我想與薇羅妮卡派的貴族結婚。」

姊姊大人是在去年夏天與薇羅妮卡派的貴族成婚。自那之後，我也被叮囑要從薇羅妮卡派的貴族當中挑選對象，在貴族院也別與萊瑟岡古的貴族有過多往來，我們家從中立派大幅傾向了薇羅妮卡派。

「但是，情勢居然在一夕之間有了翻天覆地的改變……」

今年春天尾聲，在姊姊大人結婚還不滿一年的時候，奧伯無預警地親手逮捕了薇羅妮卡大人。在此之前，奧伯對薇羅妮卡大人一直是相當順從，誰也想不到他會採取這種行動吧。而且既然是要逮捕奧伯的母親，原本事前應該做好萬全的準備，然而奧伯在檯面下卻沒有採取過半點貴族們能看出端倪的舉動。

「老爺告訴我，連一同出席領主會議的高層貴族與近侍們，也從來沒有聽奧伯提起過這件事。這一切真是太突然了。奧伯究竟在想什麼呢？」

姊姊大人語帶不滿地說著，喝了一口茶。我也拿起茶杯。如果要採取這種行動，真希望奧伯能更早就表現出有意排除薇羅妮卡大人的徵兆。

「雖然我也不明白奧伯在想什麼，但他收養了之前受到薇羅妮卡大人冷落的艾薇拉大人的千金吧。我想從今往後，萊瑟岡古那邊的貴族會開始受到重用。」

「我也這麼認為呢。倘若薇羅妮卡大人沒有垮臺，即便那個孩子的魔力再多，領地也有需要，她絕不會答應收養艾薇拉大人的千金為養女吧。」

收養羅潔梅茵大人為養女一事，象徵著奧伯依舊不會迎娶芙蘿洛翠亞大人以外的妻子，並且開始重用萊瑟岡古那邊的貴族。

「克莉思黛，由於老爺對薇羅妮卡派太執著了，我很擔心我們會不會就此落在其他貴族後頭呢。因為老爺直到現在，還無法接受情勢已經改變了的事實。」

就好比少有萊瑟岡古的貴族會對薇羅妮卡大人表示服從，我想能夠馬上接受現狀的薇羅妮卡派貴族也不多吧。

「我明白姊姊大人的不安，但我想奧伯應該不會急著排除薇羅妮卡派的貴族，而會著重於提拔萊瑟岡古那邊的貴族吧？飛蘇平琴的茶會上，也有薇羅妮卡派的貴族參加，奧伯的近侍更幾乎是薇羅妮卡派的貴族吧？我想應該不會因為所屬派系，便馬上排擠所有人。」

如今艾倫菲斯特的高層職位，絕大多數都是由薇羅妮卡派的貴族擔任。考慮到領地的運作與日常公務，不可能一鼓作氣全部排除。

「倘若真是如此就好了，但奧伯可是在一夕之間，便不為人知地讓自己的母親失去了所有權力……真讓人擔心他會不會考慮到我們的立場與未來呢。」

我們家本就屬於中立派，端看如何周旋，要靠向哪個派系都可以。但是，和薇羅妮卡派貴族結了婚的姊姊大人，只要丈夫不改變想法，便很難改變派系吧。

「……那麼，將來克莉思黛會與萊瑟岡古的貴族結婚嗎？」

「我想應該會吧。為了讓我們家重新變回中立派，父親大人認為有必要與萊瑟岡古的貴族聯姻。我也是為此才參加了飛蘇平琴的茶會。」

姊姊大人出嫁後，我們才剛偏向薇羅妮卡派，薇羅妮卡大人卻很快就失勢了，父親大人可是面無血色。他每天無不絞盡腦汁，設法接近今後將成為主流派系的芙蘿洛翠亞派。而且也要趁著現在貴族們還亂成一團、局勢尚未完全明朗時，盡可能先往今後的主流派系靠攏。如今我們家已經因為姊姊大人的出嫁而傾向薇羅妮卡派，若想改變派系，我將與誰結婚可說是決定性關鍵。

「妳今年冬天在貴族院是最終學年了吧？能在這麼短期間內找到男伴嗎？」

姊姊大人擔心得不錯。我必須趕在冬季來臨之前，在萊瑟岡古那邊找到願意在畢業典禮上護送我的男士。倘若找得不順利，我打算拜託叔父大人或祖父大人。

「雖然我也想找到還算匹配的對象，但恐怕很難吧。我打算拜託荷米娜大人，在冬天來臨前盡可能與萊瑟岡古那邊的貴族接觸。」

「荷米娜大人？她母親是萊瑟岡古的貴族，我們不是一直禁止妳與她深交嗎？妳還與她有密切往來嗎？」

姊姊大人露出了不敢置信的表情看我。即便父親大人和母親大人禁止，但我仍是私下與荷米娜大人結為了好朋友，不禁有些侷促難安。

「……但荷米娜大人是位很好的人，我不喜歡因為大人的關係便禁止與她深交。而且雖說是深交，也只有在貴族院上課的那段時間而已，我並沒有為家人帶來困擾。」

我一邊解釋說著，一邊別開目光。我也知道無論怎麼辯解，自己沒有聽從雙親囑咐仍是不爭的事實。

「可是，多虧了荷米娜大人，我們才能在飛蘇平琴茶會這樣公開的場合上，與萊瑟岡古的貴族相談甚歡喔。最終也帶來了不錯的結果，現在應該已經沒關係了吧？」

我和母親大人能在飛蘇平琴茶會上與萊瑟岡古的貴族相談甚歡，都是多虧了荷米娜大人與她的母親態度和善地向我們攀談。

「我還擔心因為我結婚的關係，會害妳也受到無謂的牽連，現在聽到妳還有機會能夠接觸到萊瑟岡古的貴族，我便放心了。心頭的重擔卸下了不少呢。」

姊姊大人面帶歉疚地微笑，我也露出同樣的笑容。

儘管沒剩多少時間，但我還是能從現在開始尋找男伴，結婚對象更是以後才會敲定。屆時應該可以在局勢穩定一些的情況下，挑選結婚對象吧。僅僅出生的時間差了數年，情勢卻大不相同，所以儘管不是自己的錯，我仍然不自覺地對姊姊大人感到歉疚。

……但當然，也有可能在我結婚之後，情勢又突然有所轉變。

當下的局勢，都是由奧伯與他身邊的人在左右。我們只能服從上位者的決定，盡可能在對自己有利的條件下尋求生路。

懷抱著對彼此感到過意不去的心情，我們靜靜喝茶。沉默持續了好一段時間，我們誰也沒有開口說話。但是，並不是那種會讓人感到窒息的不快氣氛，為了讓自己的心緒平靜下來，這是必要且溫柔的靜默。

「……克莉思黛，那告訴我飛蘇平琴茶會的詳細情況吧。」

姊姊大人輕輕放下茶杯，轉換心情後露出微笑。

「在我昨天參加的茶會上，有位女士一臉洋洋得意，說那天茶會上發生的事情她都是生平頭一次經歷，非常新奇少見呢。然後一群參加過的人自己討論得非常熱絡，誰也不肯詳細告訴我究竟發生了什麼新奇的事情，很過分吧？」

在姊姊大人出席的茶會上，沒能參加飛蘇平琴茶會的人似乎不多，所以讓姊姊大人覺得很沒面子吧。可是，我和荷米娜大人聊到飛蘇平琴的茶會時，一憶起斐迪南大人的演奏，情緒也會有些激動起來，許多事情也很難付諸言語，所以省略了很多詞彙，其他人聽了大概也會聽不懂吧。

「我倒是無法責怪那位女士呢。因為很多事情都只有參加過的人才能體會，我也不曉得該怎麼說明才能讓沒有參加的人也明白。」

「哎呀，克莉思黛，妳怎麼和大家說一樣的話。」

姊姊大人露骨地表現出不高興的樣子，我輕笑起來。

「因為單靠言語真的很難表達，也有些事情不能對沒有參加的人透露。既然現在是在家裡，我可以一邊展示實物一邊說明，姊姊大人也會比較容易理解吧？」

我命令侍從拿來文件盒。盒裡放有我在飛蘇平琴茶會上取得的所有寶物。首先，我從文件盒裡拿出僅有半邊的門票。

「不同於一般的茶會，飛蘇平琴的茶會並非是收到邀請函，而是必須購買這個所謂的門票才能參加。購買的時候，還要看著座位表，自己挑選還無人購買的座位，而不是由招待者指定喔。」

我說出了自己當初感到吃驚的事情後，姊姊大人也雙眼圓睜，掩著唇說：「所以不是依據身分與派系指定座位嗎？」

「是的。而且門票也有各種不同的金額，同樣金額的位置，可以隨意選擇自己要坐在哪裡。位置離彈琴的斐迪南大人越近，門票金額越高，越遠則越便宜。」

已經買好門票的人，名字會寫在座位表上，所以自己還得考慮是否要與不擅應對的人保持距離，是相當嶄新的座位決定方式。

「聽荷米娜大人說，芙蘿洛翠亞大人還特地挑選了離舞臺較遠的位置，就是為了向大家展示可以儘管選擇自己喜歡的座位。雖然與芙蘿洛翠亞大人同桌的全是同派系的人，但鄰近的桌子也坐著其他派系的貴族，坐在附近的人應該有不少機會能夠問候與交談吧。」

我和母親大人因為比較晚購買門票，所以沒能坐在芙蘿洛翠亞大人附近，最後在荷米娜大人的邀請下，購買了她旁邊座位的門票。多虧於此，我才能和荷米娜大人一起聆聽演奏。

「……如果任何人都可以購買自己想要的位置，那薇羅妮卡派的貴族不就也能坐到前面去嗎？」

「聽說為免讓演奏的斐迪南大人感到不快，艾薇拉大人在前面的位置都安排了萊瑟岡古那邊的貴族唷。」

「因為斐迪南大人一直受到薇羅妮卡大人的刁難排擠，能夠這樣安排，我便放心了。」

聽說斐迪南大人雖是領主候補生，但以往連在貴族院的時候，有些學生及其侍從們仍會奉薇羅妮卡大人之命，對斐迪南大人做些過分的行為。知道這件事情的姊姊大人聽到艾薇拉大人的細心安排後，露出放心的微笑。

「抵達茶會的會場以後，侍從們會檢查門票，再領著我們到座位上，然後把門票剪掉一半帶走。妳看，門票這裡被剪掉了吧？」

雖然不知道為什麼要收回半邊的門票，但總之有半邊被剪掉帶走了。

「飛蘇平琴茶會上的點心是磅蛋糕和餅乾，都是羅潔梅茵大人想出來的新點心，連在芙蘿洛翠亞派的茶會上也是最近才剛開始出現呢。」

「我聽說都很少見，而且非常美味呢……」

姊姊大人嘆息說道，我「呵呵」笑著拿出一包東西。

「這個是加了茶葉的餅乾，聽說是斐迪南大人十分喜愛的口味唷。演奏會結束之後，說是可以買下來當作那天的回憶。姊姊大人請吃一片看看吧。」

我把珍藏的餅乾給了姊姊大人一片。姊姊大人先是興味盎然地端詳餅乾，再輕輕張口咬下。

「……這股甜味是砂糖嗎？不過，因為不會太甜，感覺可以吃很多呢。」

「餅乾酥脆的口感與淡淡的甜味很美味吧？雖然會不自覺地想伸手拿下一片，但我把餅乾當作是茶會的回憶，非常、非常珍惜著吃呢。」

把自己要吃的那一片也放在碟子上後，我馬上收起餅乾。雖然規定自己一天只能吃一片，但現在只剩下兩片了。

「只要吃了這個餅乾，當時的琴聲便會在腦海中重新浮現。我在吃這個餅乾的時候，都會先進行一項重要儀式喔。」

「哎呀，什麼儀式呢？」

姊姊大人好奇地盯著我瞧。我接著從文件盒裡拿出節目單。正面有著目前為止相當少見、以略粗線條清楚勾勒而成的黑白圖畫，畫中是一名在彈奏飛蘇平琴的人，另外還印有曲目及歌詞。姊姊大人將身體稍微朝我挨過來，看起節目單。

「姊姊大人，這個叫作節目單，列有茶會上演奏的曲目。由於這場茶會的目的是為印刷業募款，所以聽說會製作節目單，就是為了讓更多人能夠了解這個新事業。我每次都會拿出這張節目單，看過一遍曲目與歌詞，在腦海中仔細地回想演奏會當時的情景，然後再吃餅乾。」

我仔細地看了一遍節目單後，才張口咬下餅乾。接著輕輕閉上眼睛，感受著餅乾的甜味，當時的飛蘇平琴聲也隨之在腦海裡重現。

「全是我沒聽過的曲子呢。」

「姊姊大人，請看作曲者那裡。上面寫著羅潔梅茵大人的名字吧？」

「由羅潔梅茵大人作曲，編曲者是斐迪南大人和羅吉娜……？羅吉娜是哪一位呢？」

「應該是羅潔梅茵大人的專屬樂師吧？我想這些應該是羅潔梅茵大人吩咐自己樂師作出來的曲子。」

我不認為年幼的羅潔梅茵大人作得出這麼多首曲子，想必是把專屬樂師創作的曲子，當成是自己創作的吧。指示專屬樂師作曲也不是什麼稀奇的事情。

「但若是因為作曲與點心，提高了大家的期待，我想羅潔梅茵大人在冬季首次亮相的時候，壓力會非常巨大吧。不過，節目單上的每首曲子都非常出色喔。尤其是這首獻給蓋朵莉希的情歌，更是動聽得難以筆墨形容。」

「斐迪南大人演奏了情歌嗎？我也好想聽聽看呢。以前在貴族院，我只能趁著斐迪南大人練琴時偷偷聆聽，那時便已經是動人心弦的優美演奏了。」

不同於有段時間曾與斐迪南大人一同就讀貴族院的姊姊大人，我是第一次聽到斐迪南大人的演奏，但他那天籟般的嗓音，真的讓人不禁深信他肯定受到了藝術女神裘朵季爾的眷顧。

「飛蘇平琴的茶會上還設置了許多魔導具，讓斐迪南大人的歌聲能夠傳到屋內每個角落，就好像在耳邊唱歌一樣呢。我彷彿看見了春天的女神們皆聚集而來、婆娑起舞，肯定也有不少女士感受到了萌芽女神布璐安法的到來吧。」

「是呀，我能明白。就連公主也非常喜愛斐迪南大人的琴聲嘛。」

姊姊大人咯咯笑著，點一點頭。

「可能因為唱的是情歌，也可能是因為斐迪南大人的歌聲太迷人，茶會上接連有人過於激動和感動，結果失去了意識呢……這件事我只告訴姊姊大人，其實就連母親大人也暈過去了唷。」

「母親大人嗎？」

「是的。雖說是為了轉換派系，但這次花了不少錢吧？所以母親大人起先並沒有什麼興致，卻在情歌唱到一半的時候……其實不只母親大人，連我也忍不住趴在桌上，騎士差點要來把我扶走呢。我急忙坐起來，表示自己沒事。」

聽見我說有好幾位女士暈厥過去，被騎士團帶出會場，姊姊大人目瞪口呆。

「竟然在那樣的公開場合失去意識……」

這是身為淑女該感到羞愧的失態。然而，對於參加了那場茶會的人來說，那一點也不算是失態。待在那樣的空間裡，只會覺得這樣也是情有可原。

「那真的是一段非常特別的時間。所有人都在桌子底下緊緊握著空魔石，強壓下激昂的情緒。發現自己的情緒竟然激動到了讓空魔石都盈滿魔力，我也吃了一驚呢。」

平時我們都會隨身攜帶空魔石以防萬一，但很少真的拿出來使用。因為原本不該是使用空魔石，而是該藉著理智壓下激昂的情緒。

「……這下子我終於能明白，為什麼無法對沒有參加的人詳細說明呢。」

因為這場飛蘇平琴茶會，並不是以往那種注重體面的社交場合，反倒會讓人赤裸裸地表露出自己的情感。之所以難以向沒有參加的人說明，是因為這也等於要暴露自己的醜態。若不是能夠理解那種激昂有多麼愉快的人，很難熱絡地討論這件事情。

「最後連奧伯也趕來一同參與，和斐迪南大人一起彈奏了飛蘇平琴唷。我也是第一次聽到奧伯的演奏，想不到相當出色呢。兩人一同演奏後，琴聲更是渾厚飽滿，非常活潑歡快。而且彈的又是大家熟悉的賽何莫涅之歌，所以大家便一起唱歌。茶會現場有種前所未有、彷彿融為一體的奇妙感受，如果能夠體會第二次，我很想再次參加呢。」

「……我也好想去呢。」

姊姊大人羨慕地吐了口氣。

「呵呵，這樣東西我只拿給姊姊大人看唷。這個也是只有參加過的人才知道的秘密，也是我的寶物喔。」

我從文件盒裡拿出一包布包，小心翼翼地把布掀開。

「哎呀！這不是斐迪南大人的畫像嗎！這是怎麼回事？倘若被薇羅妮卡大人發現，

我們家……啊，她已經不在了呢。」

姊姊大人目不轉睛地望著斐迪南大人的畫像，神色充滿喜悅。我知道有段時間曾與斐迪南大人一同就讀貴族院的姊姊大人，暗地裡十分崇拜他。

……因為姊姊大人告訴了我很多有關斐迪南大人的事蹟，例如他在迪塔比賽上如何大顯身手，琴藝又有多麼出色。

「這些是用叫作印刷術的新技術印出來的畫像。很美麗吧？是不是很精緻？充分表現出了斐迪南大人的容貌有多麼俊秀呢。只要看著這些畫像，我便能在腦海中不斷重現當時的演奏。」

我一邊小心著別弄髒和弄縐，把三張畫像擺在桌上。雖然已經訂做了預計擺在房裡的畫框，但還要一段時間才會完成。在那之前，必須慎重保管。

「荷米娜大人曾告訴我，印刷是一種可以做出一模一樣文書的新技術。當時我雖然覺得可以做出大量相同的東西十分了不起，但並不認為有必要為此募集捐款。」

荷米娜大人把她在演奏前購買的節目單拿給我看時，我只覺得如果需要相同內容的文書，集結大量的文官來抄寫就可以了。

「是呀。現在因為貴族人數減少了，這項新技術也許還有用，但一旦文官增加，只要交給他們去做就好了。這項技術如果發展開來，會讓魔力不多的下級文官失去工作吧？」

我不像姊姊大人這樣，還考慮到了下級貴族的生計，但我想應該有不少貴族都無法理解為什麼要花那麼多錢投資在印刷上。

「但是，在聽完斐迪南大人的演奏後，再看到現場販售的這些畫像，我便不再這麼認為了。可以做出大量完全相同的東西，這點最為重要。因為文官不可能謄畫得出和這些一模一樣的畫像吧？」

一般訂購畫作，必須等上極長的時間才會完成，也不可能同時販售相同的畫作給許多人。但是，所有人都擁有同樣的畫像這點是最美妙的，更能強調出這是眾人共同的回憶。

「這麼說來，還有許多張和這一樣的畫像嗎？」

「是的。飛蘇平琴的茶會上，用印刷這項技術印出的畫像每種都各有一百張，而且全都一模一樣。我還聽說全數售罄……」

姊姊大人著迷地緊盯著斐迪南大人的畫像，最終露出下定決心的表情，看著我說：

「克莉思黛，請把一張畫像讓給我吧。只要有了畫像，我也能夠在茶會上參與大家的討論。」

「姊姊大人，恕我沒有辦法答應。」

「但妳有三張畫像，讓給我一張有何不可呢？我也想要斐迪南大人的畫像。」

我知道姊姊大人十分崇拜貴族院時期的斐迪南大人，也明白未能參加飛蘇平琴茶會的姊姊大人在參加其他茶會時，這張畫像將能成為強大的武器。

但是，桌上的三張畫像每張都不一樣。而且我已經答應過母親大人，直到畫框完成之前會好好保管畫像，不讓它們有半點損傷，她才交由我收藏。我既不能自作主張讓給別人，而當時雙眼閃著亮光買下了三種畫像的母親大人，也不會讓畫像離開我們家吧。

「這些畫像只是母親大人交由我保管而已。即便是姊姊大人，我也不能讓給您，況且一張畫像要價五枚大銀幣呢。」

「沒有上色的畫像居然要五枚大銀幣？一次還購買三張，父親大人能夠接受嗎？」

「父親大人當然訓了我們一頓，說不過只是參加一次茶會，未免花太多錢了……但母親大人辯解說，這是轉換派系的必要經費。」

由於母親大人起先對茶會並不感興趣，是父親大人命令她參加，所以聽到母親大人這麼說，父親大人也無法再有怨言吧。

「哎呀，雖然母親大人這麼聲稱，但其實她還激動到了失去意識吧？」

「哎呀，姊姊大人，母親大人的失態一定要保密唷。我剛才給了妳我十分寶貝的餅乾吧？除了飛蘇平琴的茶會，在其他地方可買不到呢。」

姊姊大人帶著無奈與感佩嘆氣時，奧多南茲飛進了房間。

「是哪一位呢？」

奧多南茲先在房內繞了一圈，然後降落在我面前。

「克莉思黛大人，我是荷米娜。十天後艾薇拉大人將舉辦茶會，請眾人分享那場飛蘇平琴茶會的感想。艾薇拉大人說了，要邀請購買了斐迪南大人所有畫像的人唷。屆時再一起開心討論吧。」

奧多南茲用著荷米娜大人雀躍的嗓音，重複了三次關於茶會的通知。完成了任務後，在桌上變回黃色魔石。

「因為買了所有的畫像，受邀參加艾薇拉大人舉辦的茶會……？這下子父親大人再也不能斥責母親大人了呢。」

姊姊大人瞠目結舌地這麼說，我也不作聲地不住點頭。

「姊姊大人，我會試著向艾薇拉大人提出請求，希望能夠再一次舉辦飛蘇平琴的茶會……」

「克莉思黛，我若沒有老爺的許可便無法參加茶會，所以即便只是販售畫像也好，請拜託艾薇拉大人務必再次販售。」

與姊姊大人愉快共度了茶會的十天後，我和母親大人前往參加了艾薇拉大人主辦的茶會。其實比起分享感想，現場更像是讚揚斐迪南大人大會，但大家彷彿正等著這一刻，澎湃激昂地沉浸在回憶當中，是段任何事物也難以取代的快樂時光。在這麼愉快的時光裡，會有人懇求「請務必再一次舉辦飛蘇平琴茶會」，也是自然而然的發展吧。

然而，艾薇拉大人卻悲痛地沉下了臉，環顧我們說：

「我個人也感到非常遺憾，但今後再也無法聽見斐迪南大人演奏飛蘇平琴，也不能再販售斐迪南大人的畫像了。」

艾薇拉大人說明，因為是說好僅有一次，斐迪南大人才願意鼎力相助，恐怕難有第二次；甚至奧伯還向本人告知了畫像販售一事，斐迪南大人因此疾言厲色地訓了印製畫像的羅潔梅茵大人一頓，並要她以後再也不能販售畫像。

……怎麼會這樣！讓我們明白了印刷有多麼美好以後，卻又在頃刻間將奉獻了莫大金額的我們推入絕望深淵！

我對奧伯．艾倫菲斯特的不滿恐怕永遠也無法消除吧。

蘭普雷特視角・未來的路

Kazuki Miya's commentary

第三部III的特典短篇。
故事背景是第三部III中
韋菲利特所受教育開始變嚴格的時候。
蘭普雷特視角。
描寫蘭普雷特在聽到可以辭去近侍一職後，
煩惱去留的他找了家人商量。

小小幕後筆記

身為斐迪南至上主義者，艾克哈特說的話太過嚴厲，讓我修改了好幾次。其實現在這樣已經非常溫和了（笑）。

對於毫無預警就送出奧多南茲，當天回到了家的我，母親大人什麼也沒有問便出來迎接。我環顧左右，尋找柯尼留斯的蹤影。

「如果你在找柯尼留斯，他用完晚餐便道了晚安，回自己的房間去了。你有話要對他說嗎？」

「不，我是想與母親大人商量……」

因為這件事也和羅潔梅茵有關，說起來與柯尼留斯並非毫無干係。但是，我不想讓弟弟看見自己還沒有整理好思緒的模樣。我搖頭後，母親大人緩緩吐氣，朝我招手。

「蘭普雷特，去我的房間吧。在那裡談話也無妨吧？」

由於我是臨時返家，似乎並未對我的房間進行整理。母親大人一派從容地駁回了我想先回房更衣的請求，指示我進入她的房間。

母親大人吩咐侍從備好酒器，隨即屏退所有人。房內只剩下我們兩人以後，母親大人親自為我斟酒。琥珀色的酒液發出了咕嘟咕嘟的聲響流入杯子。

「蘭普雷特，每次都是我和卡斯泰德大人一起聽你報告，好像已經許久沒有像這樣單獨面對面了呢。」

接過母親大人遞來的酒杯後，芳醇的酒香隨著流動的空氣飄散漫開。從酒香便能知道這和我第一次喝的酒是同一款酒，不由得感到非常懷念。也想起了以前和母親大人喝這款酒，就是在我決定要侍奉韋菲利特大人的那時候。

「今日想與母親大人商量的事情，其實就和上次差不多。」

「哎呀，你已經被解任了嗎？」

現在身為韋菲利特大人的近侍若遭到解任，等於是被黎希達和羅潔梅茵蓋下了「無能」的烙印，對貴族來說是非常不名譽的事情，所以我得嚴正否認。

「不是的，我並沒有被解任……只不過，是首席侍從奧斯華德對我說，如果我想請辭也沒關係。由於不論作了怎樣的決定，都會對家族帶來莫大的影響，我才回來與您商量這件事情。」

母親大人微微垂下目光後，再不語地凝視我，示意我說下去。我抿了抿酒，慢慢吐一口氣。

……該從哪裡說起才好呢……

「母親大人，我想您已經聽父親大人、柯尼留斯和芙蘿洛翠亞大人說過了吧。自從韋菲利特大人與羅潔梅茵互換，去神殿生活了一天以後，他就變得和以前判若兩人。不過十天之前，我幾乎成天都在忙著把逃跑的韋菲利特大人抓回來，所以看在我與其他共事的近侍們眼中，現在的韋菲利特大人真的非常努力。」

我說完，母親大人說著：「關於韋菲利特大人的努力，我也聽許多人提起過。」然後稍稍地把酒杯貼在嘴唇上。

「雖然身為領主的孩子，那也是他應該付出的努力，而且好像還沒達到眾人能夠認可的水準呢……薇羅妮卡大人多半是想要一個對她言聽計從、如同傀儡一般的奧伯吧。關於韋菲利特大人所受的教育，芙蘿洛翠亞大人可是萬分哀嘆，說薇羅妮卡大人太過分了。」

母親大人這番話我無法否認。因為薇羅妮卡大人只在韋菲利特大人不聽從她的指示時才會出聲訓斥，即使他逃避學習，對近侍提出不講理的要求或是百般任性，也從來不曾加以斥責。若有近侍責罵了韋菲利特大人，薇羅妮卡大人還會在事後數落那名近侍：「你怎敢對下任奧伯有意見。」

「……薇羅妮卡大人也經常告訴我，絕對不能違逆主人。」

「倘若身邊都是這樣的近侍，即便開始接受真正的教育，說不定也來不及了呢。奧斯華德已經決定不招攬新的近侍了吧？」

「是。因為一旦韋菲利特大人正式遭到廢嫡，新加入的近侍就會因此在經歷上留下不必要的汙點，再加上若有不認識的人進進出出，也會對生活已經發生巨大改變、正為此感到混亂的韋菲利特大人造成負擔。所以奧斯華德認為，現在還是先由少數幾名近侍分擔工作比較妥當。」

如今韋菲利特大人的近侍中，最勞心傷神的人就是奧斯華德。眼看著近侍的人數不斷減少，他必須重新分配工作，還要提振大家的士氣。

「思及廢嫡的可能性極高，受影響的人自然是越少越好。而且以韋菲利特大人現在的情況來看，萊瑟岡古這邊的貴族也沒有人願意成為他的近侍吧。縱然表面上不會表現出來，但還是可以想見屆時的氣氛肯定劍拔弩張吧。他的判斷很正確。」

由薇羅妮卡大人網羅的近侍當中，雖然也有萊瑟岡古的貴族，但幾乎和我一樣半是在脅迫下成了韋菲利特大人的侍從，所以待遇並不算好。而在薇羅妮卡大人失勢以後，他們立刻就請辭了。如今近侍當中，只有我是萊瑟岡古的貴族。

「奧斯華德似乎十分盡責，但其他近侍又是如何呢？我真是擔心羅潔梅茵。薇羅妮卡派的近侍們，至今都和薇羅妮卡大人一起打壓萊瑟岡古的貴族，羅潔梅茵身為我的女兒，我不認為他們會服從她的做法與指示。即便有奧斯華德下令，應該也無法馬上心服口服吧。難道不是嗎？」

在母親大人的注視下，我低頭看向杯子裡搖曳波蕩的酒。腦海中浮現出了對我大表不滿的近侍們。

發現韋菲利特大人並未受到充足的教育，奧伯夫婦大失所望，而這全是因為薇羅妮卡大人的教育方針不對，近侍們也未克盡己職。但是，把這件事情赤裸裸地攤在眾人面前的，卻是斐迪南大人與羅潔梅茵。韋菲利特大人因此面臨廢嫡的危機，近侍們也有可能遭到解任。不僅如此，在大家正努力改變生活作息、想要解除危機的時候，羅潔梅茵卻會冷不防現身，把韋菲利特大人打擊到體無完膚的地步，還斷然說道：「您的努力還不夠。」「您開始鬆懈了。」「近侍對您太縱容了。」然後逐一淘汰掉近侍。

以往一向是讚美韋菲利特大人的近侍們都忍不住表示：「羅潔梅茵大人根本不明白韋菲利特大人有多麼努力。」「羅潔梅茵大人當真明白自己的身分不過是養女嗎？」

「……正如同母親大人的擔心，這十天來遭到解任的近侍們，皆不是對提議廢嫡的斐迪南大人，也不是對下達解任通知的芙蘿洛翠亞大人，而是對羅潔梅茵心懷不滿。」

是否要解任近侍，最終都是由芙蘿洛翠亞大人作決定，但嚴格監視著他們的，卻一直是奉羅潔梅茵之命的黎希達。因此相繼遭到解任的近侍們，都不由自主地把不滿宣洩在羅潔梅茵身上。

「即便告訴他們，羅潔梅茵是在解救韋菲利特大人脫離廢嫡的危機，他們也無法理解。不對，是大腦雖然理解了，內心卻無法接受，也或者羅潔梅茵正好是發洩不滿的最佳人選吧……甚至還有人說，這可能是斐迪南大人的計謀，想把最有可能成為下任領主的韋菲利特大人踢下來，讓羅潔梅茵成為下任奧伯。」

回到家告訴母親大人這些事以後，我才清楚地意識到，韋菲利特大人的近侍們至今仍然深受薇羅妮卡大人的影響。都到這個節骨眼了，他們竟還理所當然地說出「羅潔梅茵大人不過是養女，竟然對下任領主韋菲利特大人這麼不敬」這種話。因為對我們來說，領主的孩子中韋菲利特大人的地位是最高的，這樣的觀念早已根深柢固。

「我也提醒過柯尼留斯，最好別讓羅潔梅茵太常靠近韋菲利特大人的房間，以免招來周遭人們的怨恨，他卻回答我說這是芙蘿洛翠亞大人的要求。」

不能因為斐迪南大人想把韋菲利特大人拉下臺，就連累羅潔梅茵，讓她承受眾人的惡意。然而對於我的擔心，柯尼留斯卻說我是多管閒事。

「柯尼留斯成為羅潔梅茵的見習護衛騎士後，才剛進入城堡不久，所以我認為他還不了解貴族的惡意有多可怕。倘若母親大人能夠勸他幾句，也許他會稍微改變想法……」

我說完，母親大人點頭表示同意。

「我個人並不在乎韋菲利特大人是否遭到廢嫡，卻不希望羅潔梅茵因此成為眾矢之的呢……」

聽見母親大人如此淡漠地說出「不在乎是否遭到廢嫡」，我不由得閉上眼睛，也想起了當時斐迪南大人的不假辭色。韋菲利特大人都這麼努力了，但在薇羅妮卡大人已經失勢的現在，希望他能脫離廢嫡危機的人卻還是不多，我不禁有種被迫面對現實的感覺。

「看見韋菲利特大人終於能回到自己身邊，芙蘿洛翠亞大人非常高興。在所有人都放棄了韋菲利特大人的時候，是羅潔梅茵提供了可以保住他位置的辦法，所以她似乎非常仰賴羅潔梅茵的協助，要阻止羅潔梅茵繼續干涉也是不可能的吧。」

斐迪南大人提議廢嫡的時候，我人並不在餐廳，所以不知道現場究竟有過怎樣的對話，又是怎麼決定了廢嫡的條件。我只聽說了奧伯的宣告，和奧斯華德向我們轉述的內容。

「羅潔梅茵是受芙蘿洛翠亞大人所託，也是對韋菲利特大人感到不忍，才想要幫助他。然而，應該要守護韋菲利特大人的近侍們卻反倒對她避之唯恐不及……本該要心懷感激，請求她的協助才對吧。」

聽出了母親大人的言下之意是近侍們不知感恩，我急忙開口解釋。並不是所有近侍都對羅潔梅茵有所不滿，只有被解任的那些近侍而已。

「並非所有近侍都無法理解羅潔梅茵的協助。不只奧斯華德，當時人在餐廳的近侍們也都非常明白。正因如此，奧斯華德才對我說，我無須再與那些不願正視現實的愚蠢之徒往來。他說我和其他近侍不一樣，即便不再是韋菲利特大人的近侍，也還有很多途徑可以得到奧伯夫婦的重用吧。」

對羅潔梅茵的不滿，也波及到了身為她親哥哥的我。奧斯華德看不過去，才說我可以請辭離開。我先前就一直在想，在這種大家必須齊心協力的時候，並非薇羅妮卡派貴族的我或許是個異類，只會妨礙到大家，但也說不定奧斯華德還有其他目的。只不過，我想奧斯華德確實希望我離開吧。否則他不會在明明近侍人手不夠，正為此感到頭痛的情況下，還對我說「你可以請辭離開」。

「我想我的決定也會對家人造成莫大的影響，母親大人有什麼看法呢？」

我觀察著母親大人的表情。她用手托腮，像在仔細思考，靜靜注視我。

「蘭普雷特，如今薇羅妮卡大人的影響力日漸薄弱，你已經沒有必要再保護我了。你可以自己作決定。」

「母親大人……」

「如果可以，我根本不想把任何一個孩子送到薇羅妮卡大人身邊去。然而當時就算我反對，你還是離開了吧？因為從前的我無能為力……」

母親大人說完，露出苦澀的笑容。即便是雙親，一旦成年的孩子認定了要侍奉的主人，他們也無法加以阻止，更何況對方還是掌權者。倘若掌權者希望自己的孩子成為近侍，絕不會有人站出來幫忙勸阻。

「一直以來你都代替我承受薇羅妮卡大人的冷言冷語，這段日子想必很難熬吧。但是，如今你已經沒有必要再忍耐了。」

由於艾克哈特哥哥大人拒絕了成為韋菲利特大人的近侍，我才心想自己必須保護母親大人和弟弟，前去侍奉韋菲利特大人。還以為自己一直在保護母親大人，但原來我也讓母親大人非常擔心。直到現在我才發現這件事。

「所以，你就算要繼續侍奉韋菲利特大人也沒關係，覺得自己的職責結束了，要請辭也無所謂。畢竟韋菲利特大人若在冬天的首次亮相上表現不佳，多少也會讓你的經歷留下汙點吧。」

即便家族的力量可以保護我，但若侍奉過遭到廢嫡的主人，這樣的經歷不可能完全消除。你要好好考慮自己的將來——母親大人用充滿擔憂的眼神看著我。那雙眼睛彷彿在無聲地訴說著，希望我能辭去護衛一職。

「羅潔梅茵來自我們家，你若想成為她的護衛騎士，可以由我和卡斯泰德大人推薦。現在羅潔梅茵的護衛騎士人數不足，尤其是已經成年的騎士，所以應該馬上就會獲得任用吧。」

對於母親大人的提議，我盤起手臂思考。羅潔梅茵是神殿出身，又是從上級貴族變成領主的養女，在領主的孩子中地位最低。今後母親大人與父親大人的親族，也就是萊瑟岡古的貴族想必會擁護她，但目前近侍的人數還很少。如果想加入，馬上就能進去吧。

「雖然我從沒想過要當羅潔梅茵的護衛騎士，但如果能繼續擔任領主一族的護衛騎士，這我倒是十分感激。因為近侍這個身分的有無，會給未來岳父留下截然不同的印象。」

在貴族院與交往對象的父親談話時，自己究竟是主人遭到了廢嫡的普通騎士，還是獲得了新主人的護衛騎士，給對方留下的印象將截然不同。我思索著自己的未來時，母親大人慢慢眨了眨眼睛。

「蘭普雷特，你想選擇怎樣的道路都無所謂。但是，既然這一次是照著你自己的心意作選擇，身為上級貴族，你一定要想清楚了成為領主一族近侍所代表的意義，再選擇自己的主人。」

母親大人注視著我的黑色眼眸與剛才不同，變得凜然嚴厲。

「蘭普雷特，艾薇拉告訴我了。」

與母親大人談話完的隔天，去參加騎士團訓練的我被父親大人叫了過去。我們一家人除了母親大人外全是騎士，比起宅邸更容易在騎士的訓練場裡齊聚，這種現象讓我覺得很有趣。

「艾薇拉說她給了你選擇，也提示你可以成為羅潔梅茵的護衛騎士，那你打算辭去韋菲利特大人的護衛騎士一職嗎？」

父親大人的冰藍色雙眼靜靜看著我，眼神銳利，和昨晚的母親大人十分相像。只要稍有失言，便是致命性的失誤。察覺到這一點，我不自覺地收起下巴。

「……不，儘管我因為是羅潔梅茵親哥哥的關係，與其他近侍處得不算融洽，但尚未作好決定。」

我觀察著父親大人的反應，並未明確回答。父親大人輕吐口氣。

「如果你還沒決定，那我想先提醒你。蘭普雷特，我反對你成為羅潔梅茵的護衛騎士。」

父親大人看著我平靜說道。我不明白他怎麼突然反對。

「這是為什麼？」

「因為我認為不適合你。侍奉羅潔梅茵，等於間接地要侍奉斐迪南大人。畢竟他是羅潔梅茵在神殿的監護人，也是庇護者。」

父親大人說，如同薇羅妮卡大人會插手干涉該怎麼養育韋菲利特大人、對近侍們下達指示，既然羅潔梅茵長時間都待在神殿，斐迪南大人自然在教育上也提供了不少建言。想起自己之前曾遭到斐迪南大人輕微的威懾，我背脊發涼。

……等於間接地要侍奉斐迪南大人？

我茫然自失，父親大人接著向我說明在神殿要做哪些工作。

「羅潔梅茵的近侍不只要出入神殿，還要一同巡視孤兒院和工坊，她與商人會談時也必須陪同出席，每天更有義務要向斐迪南大人匯報。我聽達穆爾說，羅潔梅茵的護衛騎士也被當成是斐迪南大人的下屬，得幫忙處理事務工作。既然斐迪南大人批評過你主從二人同樣無能，我不太贊成你成為羅潔梅茵的護衛騎士。」

這真是超出我的想像。上次在神殿會不得不幫忙計算，是因為我得代替羅潔梅茵，然而護衛騎士居然連平常也要協助事務工作，一般而言這根本不可能。完全出乎預料。

「而且我聽說，陪同羅潔梅茵舉行儀式的時候，倘若羅潔梅茵的身體狀況不佳，還得代替她舉行儀式；也要前往各地農村，與平民一同用餐，歇息的時候也是躺在一般貴族根本不會使用的寢具上。」

「……啊？領主一族的近侍要做神官在做的事，還要與平民同桌用餐嗎？我簡直不敢相信，這真的是護衛騎士的工作嗎？」

領主一族的近侍居然要前往各地農村，還和平民同桌吃飯，太荒唐了。

「從貴族的角度來看或許難以置信，但羅潔梅茵是神殿長，這些都是她的護衛騎士該做的工作。至少先前，斐迪南大人命艾克哈特陪著羅潔梅茵去舉行儀式時，吩咐的工作內容就是這樣。」

聽說艾克哈特哥哥大人說著「只要能為斐迪南大人效勞」，毫不躊躇地接受了這樣的工作內容。真是不敢相信。

「倘若你能忍受這麼多對自己無益的事情，依然還想侍奉羅潔梅茵的話，那我不會阻止你。但是，羅潔梅茵也和斐迪南大人一樣，在各方面上都十分特殊。她不是你沒有作好覺悟，只為了出人頭地和自以為順應時勢便能服侍的主人。如今你的行事作風與價值觀早已深受薇羅妮卡大人影響，我不認為你能勝任羅潔梅茵的近侍。」

「父親大人，您是什麼意思？羅潔梅茵還有什麼隱情嗎？」

聽了我的問題，父親大人按著額頭沉吟：「你當真以為什麼也沒有嗎？」隨即緩緩搖頭。看來父親大人無意告訴我詳細情況。

「蘭普雷特，羅潔梅茵既已成為奧伯的養女，以她現在的身分，我與艾薇拉都不能再明目張膽地插嘴和干涉她的任何事情。侍奉她的時候，在神殿你必須聽從斐迪南大人，在城堡則要聽從奧伯夫婦的指示，教育方針當然也會與韋菲利特大人完全不同吧。」

父親大人說得沒錯，這和我至今的工作內容差太多了。不僅要一起去神殿，協助斐迪南大人，還要在舉行儀式時負責護衛，也要出入農村，與平民往來。凡事以神殿為優先，反倒與貴族社會保持著些許距離。這和只為了吃頓美味的餐點就跑去神殿不一樣，我完全想像不出自己成為羅潔梅茵的護衛騎士後，侍奉起她時是什麼樣子。

「蘭普雷特，如何？你要成為羅潔梅茵的護衛騎士嗎？」

父親大人問道，我左右搖頭。

「……我認為自己並不適合。」

「那麼我要說的話，也就到此為止了。」

父親大人要我退下後，我步出騎士團長室。只見艾克哈特哥哥大人就站在門外，他揮揮手指示意我跟他走。看來我讓家人都為我擔心了。我帶著苦笑點頭，跟在艾克哈特哥哥大人身後。

我邊難為情地心想著「大家還真愛操心」，邊大略轉述了我和父親大人的對話。艾克哈特哥哥大人卻一點也不友愛地說著「我並不是擔心你」，同時還瞪著我瞧。

「……那麼，你打算怎麼做？」

「既然我不適合當羅潔梅茵的護衛騎士，我還無法作出決定。」

我回答完，艾克哈特哥哥大人先清了清喉嚨，然後看著我說：

「你要怎麼做都可以，但別再像以前一樣，侍奉別人卻不上不下。」

「啊？」

雖然說的話與母親大人相似，但兄長的用字又更嚴厲，我不禁瞪大眼睛。

「哥哥大人，您這麼說也太過分了吧？我是為了保護家人，才代替哥哥大人接下薇羅妮卡大人的要求，成為韋菲利特大人的近侍，沒想到你居然這樣評價我這些年來的表現。」

「我看你好像誤會了，我當時並沒有拒絕。為了讓斐迪南大人離開神殿，既然有更多的機會能除去礙事的薇羅妮卡大人，那我當然樂於假意侍奉韋菲利特大人。只是在我想答應下來的時候，被父親大人阻止罷了。」

……這當然要傾盡全力阻止吧。

無論你有多麼怨恨薇羅妮卡大人，為了家人，你什麼也不能做——所以父親大人才指派兄長去騎士團處理事務工作、教導新人，還禁止他出入城堡。時至今日才知道父親大人有多麼用心良苦，我目瞪口呆。父親大人還總是笑著對身邊的人說：「那孩子是個怪人，即便遭到解任也想繼續服侍斐迪南大人。」真難想像他內心的壓力有多大。

「哥哥大人，如果您是用自己的標準在衡量，那難怪覺得我不上不下吧。我們對忠誠的定義似乎有很大的不同。我只是因為奧斯華德與母親大人都對我說，現在可以不用再忍耐了，才想順應眼下的時勢，考慮自己的未來。」

聞言，艾克哈特哥哥大人瞇起藍色眼眸，用受不了的語氣說著「你真是一點也不明白」。

「想要觀察時勢這個理由說來理直氣壯，但那是需要權力者庇護的下級與中級貴族的生存之道。一個與奧伯有血緣關係的上級貴族怎能說出這種話？一直以來你都被深受薇羅妮卡大人影響的貴族包圍，究竟要墮落到什麼地步？」

這些話有如當頭棒喝。支持薇羅妮卡大人的確實以中級貴族居多，而在上級貴族中占了多數的萊瑟岡古貴族只有我而已。原來我的思考方式竟然在不知不覺間偏向了他們。

「你因為一直以來都對薇羅妮卡大人言聽計從，也不懂得規勸韋菲利特大人，結果阻撓了主人的成長吧？如今主人正努力要擺脫廢嫡的危機，你卻不在身邊支持，聽了奧斯華德的建議還感到慶幸，想要藉著家族的力量逃離。任誰看了都覺得不上不下。」

兄長的指責狠狠地刺進心底。嘴上說著希望大家都能認可韋菲利特大人的努力，我卻優先考慮自己的將來，想要離開他身邊。我支支吾吾無法反駁，艾克哈特哥哥大人更是激動地說了：

「看著為了我們家忍耐至今的你，母親大人也許會稱讚你，但現在你卻要拋下地位岌岌可危的主人，尋找新的主人，做為領主一族的護衛騎士，簡直可說是最糟的典範。你認為這樣的護衛騎士值得信任嗎？」

從客觀角度重新檢視了自己的行動後，我才明白到自己的行為有多差勁。可是，我也不想就這樣毫不反駁地接受指責。

「但沒有人需要我啊。我和其他近侍的關係又不融洽，奧斯華德也說……」

「應該由韋菲利特大人來決定他需不需要你，而不是奧斯華德。你至少該先問過主人的想法以後，再決定去留吧。蠢弟弟。」

艾克哈特哥哥大人就像斐迪南大人一樣按著太陽穴。

「蘭普雷特，我想你大概沒有自覺，但你真的很笨，做事也不用大腦。」

這麼說也太過分了！聽到這樣的批評，我正要開口反駁，兄長卻指著自己說「我也一樣」。

「就算我想有條有理地思考事情，卻老是想不出答案，因為我們身上都流著祖父大人的血。所以，你就照著自己的直覺去選吧。」

祖父大人看起來就是依著野生本能在生存的人，三兄弟中又屬艾克哈特哥哥大人最像祖父，但我和他們不一樣，並不怎麼相信自己的直覺。然而，艾克哈特哥哥大人不以為

意，直接為我列出選項。

「韋菲利特大人與羅潔梅茵，你覺得誰更適合當自己的主人？」

我的答案只有一個。

懷抱著內心得到的答案，我前往韋菲利特大人的房間。奧斯華德與其他近侍們一臉驚訝地走過來迎接，但韋菲利特大人完全不在意，帶著得意的笑容攤開作業表。

「蘭普雷特，你看！我這邊的進度也都完成了喔！」

「噢噢，真是太厲害了。一切都很順利嘛。」

從前韋菲利特大人只會一味逃避學習，近來的努力真的顯而易見。我真心希望能夠支持他到最後一刻。

「哼哼，我都這麼努力了，你也應該練習計算。斐迪南不是還罵了你嗎？」

聽見韋菲利特大人多嘴補上的這一句，我以有些說笑的語氣問他：

「那麼即便是不擅長計算的護衛騎士，韋菲利特大人還是需要我嗎？」

「那當然啊。護衛騎士只要武藝高強就好了，計算這種事就交給文官……啊，但還是得努力到和我一樣的程度才行喔。你看得懂數字嗎？」

「這當然沒問題。」

韋菲利特大人哈哈笑著，走回到莫里茲老師身邊。接下來他似乎要利用歌牌學習文字。聽見韋菲利特大人這麼理所當然地需要我，我感到全身有些虛脫。

「蘭普雷特，你再繼續侍奉韋菲利特大人真的有意義嗎？」

奧斯華德一臉憂心地看著我。現在我終於明白了。存在於奧斯華德眼裡的，其實是對於不知何時會離開的護衛騎士所生的不信任感。由於我是唯一一個萊瑟岡古的貴族，也許有必要更主動地先往他們靠攏。

「我想做好近侍的工作，不想被人在背後說我做得不上不下。就算你們都疏遠我，只要韋菲利特大人還需要我，我就會一直支持他。」

我直視著奧斯華德的眼睛這麼說完，他露出欣喜的微笑。

「會疏遠你的人都已經被解任了，我們一起努力吧。」

這一天確認了主人需要我，其他近侍也接納我後，我才真正覺得自己成為了韋菲利特大人的護衛騎士。

艾克哈特視角・與尤修塔斯分享的見聞

Kazuki Miya's commentary

第三部III終章的未採用版本。
故事背景與第三部III終章是同一時間。
艾克哈特視角。
描寫艾克哈特從祈福儀式回來後，
尤修塔斯急著想知道這趟旅行的見聞。

小小幕後筆記

由於兩人過於失控，刊登在網路上也就罷了，但不適合收錄在成書裡頭，因此不被採用。想要傳達的資訊本身與書籍版的終章沒有太大區別，但試著比較兩版的差異也許是種樂趣喔。

「艾克哈特，你也拖太久了吧。你知道我等你的奧多南茲等了多久嗎？」

「不過才十天而已吧？你也太誇張了……」

一來到我的宅邸，尤修塔斯脫口就是抱怨。如果是早已亡故的妻子海德瑪莉說了同樣的話，我大概會心生愧疚，向她道歉說：「抱歉讓妳等了這麼久。」但話又說回來，我根本沒叫他等我。更何況，一個年過三十依然沉浸在蒐集情報的興趣當中、完全不顧貴族禮節的男人，再怎麼抱怨也不關我的事。不對，倒也不是完全無關，因為我會覺得有點煩。

我把看完的羊皮紙放回桌上的整疊資料上，吩咐領著尤修塔斯來書房的侍從去準備茶水。接著，我轉頭看向尤修塔斯。

「我可是奉奧伯與斐迪南大人之命，一同去參加了祈福儀式。此次外出帶給我很多驚奇，我當然也想盡快與你分享，所以已經是以最快速度邀請你過來了。」

秋天的收穫祭時，由於羅潔梅茵與斐迪南大人是分開行動，只有在討伐戈爾契的時候才會合，所以我沒什麼機會能看到兩人相處。也因為這樣，有很多事情我根本觀察不到，不然就是都被斐迪南大人避重就輕帶過，說：「只是貴族間很少人這麼做，但這在神殿可說是稀鬆平常吧。」

「而護衛騎士們又對斐迪南大人一無所知，似乎也覺得神殿與貴族區不一樣，只會說並沒有任何人覺得奇怪。簡直話不投機半句多。」

我一直想找能與我感同身受的人，和對方分享祈福儀式期間令自己感到驚愕的種種事情。原本尤修塔斯還以文官的身分同行，後來卻得把在哈塞使用過的登記證帶回城堡，我甚至為此感到扼腕。

「這次外出帶給你很多驚奇嗎？那可真教人期待……話說你從剛才都在做什麼啊？」

居然會在書房裡找資料，真是難得——尤修塔斯說著有些失禮的話，往我手邊探頭探腦。由於不是不能讓他看見的東西，我直接把整疊羊皮紙遞給他。

「達穆爾請我提供資料，說他想知道斐迪南大人就讀貴族院時，是如何利用加芬納棋指導其他學生兵法，所以我正在找當時的教材。他說組成了安潔莉卡的成績提升小隊後，想參考這些資料。」

「安潔莉卡的成績還來得及補救嗎？」

對於尤修塔斯的問題，我只是回答「不知道」。不管安潔莉卡的成績能否改善，都和我沒有關係。

「她身為領主一族的近侍，竟然需要補課，我簡直不敢置信。聽到羅潔梅茵還想把這麼無能的近侍繼續留在身邊時，我甚至都要懷疑她的大腦構造是不是有哪裡出了問題。」

換作一般的領主一族，老早就將這種有可能留級的見習護衛騎士解任了。但無論是哈塞的居民還是安潔莉卡，即便是無能至極而且沒有存在必要的人，羅潔梅茵的個性似乎就是無法捨棄他們。

「老實說我覺得她太天真了，羅潔梅茵的個性實在不適合成為領主一族。」

「你嘴上雖然這麼不留情，但我看你找資料倒是找得很認真嘛。」

尤修塔斯露出調侃笑容。但我之所以伸出援手，並非為了安潔莉卡與羅潔梅茵。

「我這是為了達穆爾與柯尼留斯。祈福儀式期間，一路上我有許多機會與達穆爾交談，看得出來他為了指導安潔莉卡與柯尼留斯，相當勞心費神。」

「艾克哈特，你竟然對達穆爾這麼親切？這吹的是什麼風？你不是一直都很反對留下下級騎士當大小姐的護衛騎士嗎？」

尤修塔斯帶著嘻嘻賊笑說，我點點頭。

「我現在還是反對。達穆爾是下級騎士，從魔力量來看，他實在難以勝任領主一族的護衛騎士，也會引來旁人的諸多不滿。儘管會讓他沒有出人頭地的機會，但我還是認為若能讓他請辭，他本人也會比較輕鬆。只不過據斐迪南大人所言，他對羅潔梅茵來說似乎是必要的存在。」

達穆爾在神殿似乎非常受到重視，他又知曉羅潔梅茵平民時的模樣，因此斐迪南大人打算先留下他，讓他以近侍的身分待在羅潔梅茵身邊。斐迪南大人還說：「正好對達穆爾的援助，以及成立安潔莉卡成績提升小隊的舉動，有助於把羅潔梅茵的天真誇大成慈悲為懷，奠定她艾倫菲斯特聖女的形象。」

「既然斐迪南大人如此希望，我也只能全力提供協助。幸好達穆爾好像屬於魔力成長較慢的類型，即便現在已經成年了，魔力仍在緩慢增加。」

祈福儀式那段期間，我還和斐迪南大人討論了要如何鍛鍊達穆爾。也把這件事情告訴尤修塔斯後，他突然一本正經，輕敲起木板和羊皮紙。

「艾克哈特，我再問一次吧。你找資料這件事，到底是哪裡在為達穆爾著想了？聽完你這番話，根本就只是為了斐迪南大人嘛。」

「……嗯。仔細想想，原來我不是為了達穆爾，是為了斐迪南大人吧。不過，我說我是為了柯尼留斯，這句話可不假。以前柯尼留斯一直沒有什麼幹勁，現在好不容易有學習的意願了，父母也很支持他。我身為兄長，當然也該為他提供協助。正好柯尼留斯也需要了解斐迪南大人究竟有多麼優秀。」

「結果最後那句才是你的真心話嘛。」尤修塔斯語帶促狹地笑道，但反正最終都會對柯尼留斯有好處，應該沒有任何問題。柯尼留斯不曾與斐迪南大人一同就讀貴族院，所以對斐迪南大人的優秀一無所知，這才是問題所在。想到這裡，我恍然一驚。

……不對，等一下。但達穆爾在聽完兄長漢力克的描述以後，卻清楚了解到了斐迪南大人有多麼出眾吧？難不成是我講述的方式出了問題？還是講得不夠多？

身為兄長，說話或許要更淺顯易懂──我在心中暗暗反省。不過，雖說是因為一族的關係，但如今柯尼留斯也成了領主一族的近侍，還開始發憤讀書。今後不僅有更多機會與他交談，他跟在羅潔梅茵身邊以後，也經常能看到斐迪南大人的表現有多麼出類拔萃吧。

「都準備好了就下去吧。」

我讓備好茶水的侍從們退下後，招呼尤修塔斯入座，然後拿出防止竊聽的魔導具。祈福儀式期間發生的事情不能公開談論。

「所以到底發生了什麼事？其實本來連芙琉朵蕾妮之夜我也想同行喔。」

「在哈塞進行處分時你能在場，你都該偷笑了吧？如果你只是以徵稅官的身分同行也就罷了，但我聽說你為了能管理登記證，還死纏爛打了良久。」

「難得有機會可以在近距離下觀看到只有領主一族能施展的魔法，我怎麼可能讓給其他人呢。」

尤修塔斯開始慷慨激昂地說明，這種魔法有多麼少見。我也知道很罕見，但如果施展的人不是斐迪南大人，我根本無所謂。

「……艾克哈特，你對羅潔梅茵大小姐有什麼看法？記得你曾說過，你覺得這次對哈塞的處罰太溫和了。」

被尤修塔斯這麼一問，我思索了片刻。儘管尤修塔斯對羅潔梅茵稱讚有加，覺得她雖是平民出身，卻很努力表現得像是貴族。但我個人認為，她還是應該多培養些領主一族該有的品行與威嚴。對此，我的想法依然沒變。只不過，我對她的認知，已慢慢不再是「不知為何特別受到斐迪南大人關照的平民出身的妹妹」。

「對哈塞進行處分時，羅潔梅茵還是擺脫不了平民的思維，似乎因此讓斐迪南大人備受折騰、傷透腦筋，讓我對她有點火大。原本我只覺得，她就是個身體虛弱、還因為想法太過偏向平民而成天給斐迪南大人添麻煩的妹妹，但經過這次的祈福儀式，我稍微對她改觀。在聽完斐迪南大人的見解後，更是有了不同的認知。」

我一邊喝茶一邊回答後，尤修塔斯的雙眼迸出光輝，興味盎然地往前傾身。

「噢？明明秋天收穫祭的時候，你還老是質疑羅潔梅茵大小姐這麼虛弱，若沒有斐迪南大人的回復藥水根本無法盡到自己的職責，這樣真的沒問題嗎？還不停地說，如果她的魔力和體力能夠相加後再平分就好了，甚至氣憤於她給哈塞的處罰太過溫和。你竟然會對大小姐改觀，這可真有意思。」

「我現在還是覺得她給哈塞的懲罰太溫和了。在領主一族眼裡，平民應是需要管理的領民，若有人膽敢反抗，就該嚴厲懲戒。像她那麼容易心軟，當得了領主一族嗎……從這方面來看，羅潔梅茵給我留下的印象還是沒變。只不過，她的存在對斐迪南大人來說卻是十分難得，而且很有幫助。這次祈福儀式的一路上，我有好幾次都驚訝得很難控制臉部表情。」

我回想一路上發生的事情。羅潔梅茵的身體還是和秋天的收穫祭時一樣虛弱。偶爾見她厭惡地皺起小臉，喝掉斐迪南大人親手調配的珍貴回復藥水時，我總是無言以對。但是相比起來，這次祈福儀式她昏睡的次數減少了許多。然而，就在我發現這是因為斐迪南大人無微不至地在照顧她後，我像被閃電擊中一般受到了巨大衝擊。

「這次與秋天不同，斐迪南大人不是一起同行嗎？至今我很少有機會見到羅潔梅茵與斐迪南大人相處的情景，因此非常吃驚。那位斐迪南大人竟然細膩到了彷彿在栽培貴重的藥草，萬般小心地在照顧羅潔梅茵。」

如果是在研究藥草那類的原料也就罷了，但我第一次見到斐迪南大人對活生生的人類如此細心照顧。海德瑪莉如果還在世，肯定會忍不住大呼小叫。

「在哈塞處決了幾名居民後，斐迪南大人關心大小姐的模樣確實非常罕見。我本來還擔心要是他對大小姐太過嚴厲，得出面緩頰才行，結果完全沒有我出場的必要。」

「嗯。畢竟斐迪南大人曾斷然說過，若不自己懂得管理身體和抱有危機意識，就只有死路一條，所以從不把這些事情交給近侍；還說只要顯露出弱點就會遭受攻擊，所以不論對誰都表現出明顯的戒心。我原以為他會厲聲訓斥羅潔梅茵，要她表現得堅強一點……」

由於從小到大經常遭受齊爾維斯特母親的虐待，斐迪南大人為了不讓人抓住話柄、不暴露自己的弱點，凡事都習慣先思考再行動。

一旦他判定親切是最有效率的應對方式，就會當成工作一樣地立即笑容滿面。然而，要他由衷地表達關心之情似乎不太容易，到最後往往會變得迂迴難懂，讓在旁邊看著的人都想要抱頭。

但在哈塞的時候，斐迪南大人對羅潔梅茵表達關心的方式，竟然是讓她收下親生父親的披風，並囑咐她好好休息，之後還多次向她的侍從詢問情況。這般顯而易見的關心實屬難得。與此同時，一想到斐迪南大人現在就算顯而易見地關心一個人，也不會再有人利用對方去傷害他，這讓我感到無比欣慰。

「但我驚訝的不只這件事而已。斐迪南大人竟然說他想吃合自己口味的餐點，吩咐了羅潔梅茵的專屬廚師為他準備午餐。」

「你說什麼?!那位斐迪南大人嗎?!那位一埋頭研究就會忘記用餐，甚至覺得只要能攝取必要養分、還想拿營養藥水當正餐的斐迪南大人?!」

尤修塔斯倏地抬高音量，我對他的反應非常滿意。我就是想要有人可以理解自己的驚訝。大概是這種情況在神殿已經稀鬆平常了，其他人一點也不吃驚，都只是一臉理所當然地說：「既然要用餐，當然想吃美味的食物嘛。」

「嗯。而且斐迪南大人非常堅持，還說偶爾的話他還能忍受，但不想連續多天都吃庶民的食物……不僅如此，他在吃羅潔梅茵的專屬廚師製作的餐點之前，也不會再請人試毒。」

「居然有這種事……難道這在神殿是很正常的事情嗎？」

這件事也同樣對我造成了衝擊。一般除非是特殊情況，否則貴族極少與人共用專屬廚師，以免有人下毒。斐迪南大人更是非常提防有人在食物裡下毒，在他成年、搬離城堡以後，留在城堡用餐的次數可說是屈指可數。我作夢也想不到斐迪南大人會提出這種要求，要羅潔梅茵的專屬廚師每天幫他準備午餐。

「除此之外，羅潔梅茵還在祈福儀式的一路上推出了新菜色，斐迪南大人為了購買新食譜，竟然與她進行交涉。」

斐迪南大人會購買羅潔梅茵構思的食譜一事，在冬季的社交界上已是人盡皆知。只不過，我一直以為對食物並不怎麼感興趣的斐迪南大人會購買食譜，只是因為他畢竟是羅潔梅茵的庇護者，再加上身為領主一族，有必要為推廣流行出一分力。

但沒想到剛開始羅潔梅茵要提供廚師教授食譜時，一聽到廚師只有兩人，斐迪南大人馬上砸下重金，訂下了其中一人。羅潔梅茵甚至對斐迪南大人有著這樣的評語：「真不知道該說斐迪南大人是美食家還是貪吃鬼呢，總之對食物很有自己的堅持。」

「唔……大小姐居然形容斐迪南大人是美食家和貪吃鬼嗎？我第一次聽到有人這麼說。當初為了讓斐迪南大人和常人一樣用餐，我不知道費盡多少心思。」

「但神殿裡的人和達穆爾他們甚至也不為此感到驚訝！你能明白我內心的衝擊

嗎?!」

「我懂！」

我與尤修塔斯用力握手。在前任領主纏綿病榻、薇羅妮卡大人的權勢達到頂峰的那段時間，斐迪南大人的戒心極強，一切可謂相當不易。我和尤修塔斯無不想方設法確保斐迪南大人的飲食安全，窮盡心力取得他的信任，所以我們兩人對於這樣的評語都非常震驚。

「唔……！真希望當時我也在場。想也知道芙琉朵蕾妮之夜肯定和舒翠莉婭之夜一樣，發生了什麼不可思議的現象吧？」

「沒錯，確實發生了非常難以理解的事情。」

「我就知道！」尤修塔斯拍了下大腿，懊惱萬分地喊道，然後眼睛眨也不眨地瞪過來，要我說明發生了什麼事。無奈之下，我向他述說了我們一行人的體驗，也轉述了羅潔梅茵從女性角度所描述的芙琉朵蕾妮之夜。尤修塔斯聽著那一晚的奇妙經歷，雙眼發亮笑容滿面。

「居然有斐迪南大人也破壞不了的魔力之壁，和發光的點點魔力，以及大小姐唱歌後就變大的花朵與葉片……」

「她們一群人還毫無警覺心地在泉水四周走來走去，羅潔梅茵甚至站到變大的葉片上去採蜜。我們全都看得膽戰心驚，斐迪南大人也一直試圖破壞魔力之壁。但結果直到太陽升起之前，我們根本無能為力。」

最後我們總算衝破了變薄的魔力之壁，也在半空中接住了羅潔梅茵，這才安下心來，但那一整個晚上簡直如坐針氈。

「對了，我還聽說羅潔梅茵在芙琉朵蕾妮之夜採到的原料相當罕見，斐迪南大人向父親大人報告這件事的時候，整個人神采奕奕。反正我也聽不懂，當時只是左耳進右耳出，但似乎和你採到過的萊靈嫩之蜜有著很大的差異。」

我把自己還記得的差異都說出來後，尤修塔斯又開始咳聲嘆氣：「為什麼我沒能一起同行呢？」真煩人。就是因為他這麼煩人又難纏，斐迪南大人才不想讓他同行。

「詳細情況你再去問斐迪南大人不就好了？我想他至少會願意與你分享研究成果。芙琉朵蕾妮之夜時，男人似乎無法進入女神的水浴場，因此我們不可能再次前往採集，就算你想要原料，斐迪南大人也不見得願意把稀有的原料給你。」

斐迪南大人曾說他想進行研究，所以不太可能分出一些，送給只是想蒐集稀有物品的尤修塔斯吧。講述著萊靈嫩之蜜的斐迪南大人浮現在眼前時，尤修塔斯忽然眼神非常認真地朝我看來。

「……艾克哈特，既然男人進不去，那扮成女人怎麼樣？」

「我不認為這種小把戲騙得過諸神的眼睛，但你想試就試試看吧。只不過，別把我和斐迪南大人拖下水。你自己去。」

我擺了擺手結束這個話題。尤修塔斯一臉遺憾地盤起手臂，沉吟道：「嗯……不行嗎？」要是會被他的女裝騙過去，我可會對神失望。難道眼睛只是裝飾用的嗎？

「就算有機會也得等到明年，但只靠我一個人多半沒辦法，看來只能放棄女神的水浴場了……對了，艾克哈特，大小姐夏天的採集地點決定了嗎？」

「要去羅岩貝克之山，但斐迪南大人已經決定不允許你同行。他說光有羅潔梅茵在，就有可能發生難以預料的事情，沒有多餘心力再照顧你。」

我告知斐迪南大人的決定後，尤修塔斯抱住頭，擺出再明顯不過的哀怨姿態。這副模樣我都看膩了。

「居然又一次不允許我同行，斐迪南大人對我也太狠心了吧？」

「當初是誰說著『很多魔獸都在沉睡，可以輕輕鬆鬆取得魔石』，就不斷地討伐魔獸，結果險些釀成大禍？我可不准你說忘了。」

當時整座羅岩貝克山盈滿了大量魔力，魔力幾乎就要爆發，光回想就讓人後頸一涼。聽我提起這則往事，尤修塔斯面色尷尬地看了看我。

「我當然記得，所以這次我不會再犯同樣的錯誤。艾克哈特，你也幫我向斐迪南大人說幾句好話……」

「就算不會再犯同樣的錯誤，但一有什麼新發現，你還是會不由自主地被吸引過去吧？而且要是真的惹出了什麼麻煩，你還會辯解說這次是第一次。到時我們可是分秒必爭，不能承擔任何風險。」

我斷然回絕後，尤修塔斯用他那雙褐色眼睛恨恨地朝我瞪來。但露出那種表情也沒用，我根本不痛不癢。

……因為我優先要遵從的，是斐迪南大人說的話。

韋菲利特視角・與弟弟妹妹共度的時光

Kazuki Miya's commentary

第三部IV特典短篇。
故事背景在第三部IV〈新衣展示與報酬〉那時候。
韋菲利特視角。
描寫領主會議期間，待在城堡留守的時候，
他去探望弟弟妹妹的情形。

小小幕後筆記

透過這則短篇，可以看出儘管是同母兄弟，唯獨被薇羅妮卡帶走養大的韋菲利特是在不同的環境下長大。

由於不是同母姊弟，尚未受洗的麥西歐爾還不會出現在羅潔梅茵視角的故事裡，可以藉這機會寫到他真是開心。

噹啷、噹啷——第五鐘的鐘聲響了。下午的學習時間一結束，接下來就是自由時間。今天我也非常努力學習。雖然還比不上羅潔梅茵，但我的飛蘇平琴琴藝應該也進步了不少，現在也會彈新的曲子了。

「奧斯華德，我今天可以去探望夏綠蒂和麥西歐爾嗎？」

「是的，韋菲利特大人。歷史與地理的學習進度，確定都已經追上羅潔梅茵大人了。」

明明首次亮相已經結束了，冬季期間我在兒童室也表現得很好，但由於大家都要我盡快趕上落後的進度，所以到了春天依然有堆積如山的作業在等著我。而且領主會議期間，父母親都不在，羅潔梅茵便回到城堡生活、一起學習，所以為了不要明顯遜色，大家又要我預先學習歷史和地理。

……但我明明拚了命認真學習，都沒有多少自由時間了，羅潔梅茵卻只花三天的時間就追過我的進度，還抱怨我奸詐，居然比她先看新書。這也太沒天理了！

斐迪南說得沒錯，只要給羅潔梅茵書，她就會自己翻開看起來；事實上她也是只要一有空就想拿書。我要怎麼做才能在學習上贏過這種人？「我會付出領主孩子該有的努力，可是要我贏過羅潔梅茵，這太強人所難了吧！難道你們就贏得了羅潔梅茵嗎?!」我這麼向近侍抗議以後，終於讓他們把目標更改成領主孩子該達到的標準，不再是贏過羅潔梅茵。雖然現在作業還是很多很辛苦，但自由時間也稍微增加了，真是讓我鬆一口氣。

「芙蘿洛翠亞大人也拜託過韋菲利特大人吧？希望領主夫婦不在的這段期間，您能多去本館的房間露面，讓夏綠蒂大人與麥西歐爾大人不會感到寂寞。」

「嗯，沒錯。母親大人還要我帶著歌牌和撲克牌，跟夏綠蒂一起玩。今年冬天夏綠蒂也將舉行洗禮儀式與首次亮相，我身為哥哥和前輩，得帶領她才行。」

「先前為了首次亮相，韋菲利特大人真的非常努力。芙蘿洛翠亞大人是想讓弟弟妹妹也以您為榜樣吧。」

之前我被威脅說首次亮相若是不成功，就會遭到廢嫡，因此不得不完成非常大量的作業。但是，在與近侍們齊心協力下，首次亮相不僅成功落幕，我在冬天的兒童室也很順利地帶領了孩子們。近侍們甚至還誇我，我身為領主的孩子表現得相當完美。

「所以我身為哥哥，也要鼓勵夏綠蒂在首次亮相上得達到領主一族該有的水準，沒錯吧？」

「我想芙蘿洛翠亞大人是希望您能說說兒童室的情況，也藉著與夏綠蒂大人以及麥西歐爾大人一起玩歌牌和撲克牌，加深手足間的感情吧。」

首席侍從奧斯華德說完，我點了點頭挺起胸膛。之前的自由時間，我經常是跟近侍們一起玩歌牌和撲克牌，但現在母親大人會拜託我盡到長兄的義務，而且可以常常見到夏綠蒂他們也讓我很開心。

……因為在舉行洗禮儀式之前，我都得不到祖母大人的許可，很少有機會可以見到夏綠蒂他們。

這時我忽然想起了祖母大人。先前為了首次亮相我一直在認真學習，又要在冬季的兒童室裡帶領孩子們，每天都很忙碌，所以最近都沒向父親大人問起祖母大人的情況。

「奧斯華德，祖母大人的身體怎麼樣了？還沒辦法回來城堡嗎？都已經一年快過去了，父親大人有沒有說過什麼？」

我問起後，奧斯華德也向周遭的近侍們投去詢問的眼光。大家迅速瞥了我一眼後，左右搖頭。奧斯華德對其他人點點頭後，作為代表開口說了。

「目前仍未有任何消息。等領主會議結束，奧伯回來以後，我再去問問他吧。」

祖母大人是在我洗禮儀式過後，剛好就是在一年前的現在這個季節，身體突然感到不適，所以搬到了距離有些遙遠的土地療養。因為擔心會被傳染，禁止我去探病。我已經有一年的時間沒見到祖母大人了。真是可惜，其實我最想讓祖母大人看到自己出色地完成首次亮相的模樣，再告訴她我現在課業進步了很多。

「希望祖母大人可以早點痊癒……」

但這個病過了一年還治不好，說不定祖母大人再也不會恢復健康了——我趕緊搖搖頭，甩開這種不祥的預感。

離開房間，正要前往本館的時候，我碰巧遇到了羅潔梅茵。見她操縱著單人座的騎獸，應該也是要去本館。八成又要去圖書室了吧。黎希達跟我說過，羅潔梅茵在城堡的時候，自由時間都是在圖書室裡度過。我真不明白羅潔梅茵就只是一直看書，這樣到底有什麼樂趣可言？我覺得去騎士訓練場練劍還比較有趣。

……但羅潔梅茵連走路都得練習了，可能不覺得有趣吧。

「哎呀，韋菲利特哥哥大人。您要去哪裡呢？」

「我要去探望夏綠蒂與麥西歐爾。羅潔梅茵，妳別老是去圖書室，要不要和我一起去看看他們？」

之前在兒童室，我常看到女孩子間彼此相處得很融洽。如果羅潔梅茵也一起過去，妹妹夏綠蒂說不定會很高興。我抱著這樣的想法，開口邀請了羅潔梅茵。然而黎希達與奧斯華德立即互相對看，輕嘆口氣。

「韋菲利特小少爺，很感謝您的邀請，但大小姐不能一同前往。只有同胞兄弟，奧伯夫婦才會下達許可。」

光聽黎希達這樣的說明，羅潔梅茵好像就明白了是什麼意思，面帶微笑開始移動。

「那我要去圖書室，韋菲利特哥哥大人可以唸繪本給弟弟妹妹聽唷。請努力把他們培養成喜歡看書的孩子吧。」

羅潔梅茵一行人離開後，我抬頭看向自己的近侍們。

「奧斯華德，黎希達那是什麼意思？羅潔梅茵也是我的妹妹，還需要父親大人與母親大人的許可嗎？洗禮儀式之前，雖然我也需要祖母大人的同意，但記得從來沒向父親大人與母親大人徵求過許可……」

我歪著腦袋，奧斯華德緩緩搖頭。

「韋菲利特大人要與人會面的時候，都是由首席侍從的我負責預約。」

原來是這樣啊。我還是頭一次聽說。

「還有，韋菲利特大人。正如黎希達所言，三樓是奧伯的住所，能夠進入三樓的只有奧伯與第一夫人，以及第一夫人的孩子與其近侍們而已。羅潔梅茵大人雖是養女，但並非同母手足，所以不得進入。還請您往後多加小心，別再邀請羅潔梅茵大人前往本館。」

奧斯華德說，因為貴族受母親魔力的影響很大，所以除非是同母手足，否則私底下不會視為是親兄弟姊妹看待。也就是說，對外羅潔梅茵雖然是奧伯的養女，也是我的妹妹，但是對內，她仍然算是蘭普雷特的妹妹吧。我抬頭看向跟在身邊的護衛騎士蘭普雷特，他把手放到我肩膀上。

「因為齊爾維斯特大人並未迎娶第二夫人，您很難真正理解吧。總之，感覺就和異母兄弟一樣。」

「我還是不太明白。」

成了養女的羅潔梅茵也是父親大人與母親大人的孩子，被當作是領主一族。沒有異母兄弟的我就算聽到蘭普雷特這麼說，還是不太清楚是什麼感覺。在旁聽著的侍從林哈特盤起手臂。

「養子女及異母兄弟雖然算是同個家族的人，但相處起來會與受洗前一起生活的核心家庭成員不太一樣。」

我「嗯嗯」地點頭。

「也就是說，洗禮儀式前與我一起生活的祖母大人是個核心家庭囉？」

「不是的！」

「……唔？」

林哈特強烈否定，左右搖頭，但我哪裡說錯了嗎？受洗之前，和我一起生活的家人只有祖母大人而已。

「同母手足指的是同個母親所生的孩子，而祖母與孫子並不構成核心家庭。」

原來我所在的核心家庭成員還有父親大人、母親大人、夏綠蒂和麥西歐爾。但如果是對外公開宣稱的家人，則包含羅潔梅茵；擴大到領主一族後，則是包括祖母大人與波尼法狄斯大人。

「從前斐迪南大人也是領主一族，但因為現在進入了神殿，所以正式說來並不算是領主一族。儘管齊爾維斯特大人在處理公務上十分仰賴斐迪南大人，他所受到的待遇也和領主一族沒有兩樣，但嚴格來說還是有所區分。」

「原來有這麼多複雜的區別啊。我倒是沒想到原來自己與祖母大人的關係離那麼遠，真教我吃驚。」

我邊聽著林哈特的說明，邊在本館中邁步。從半空中看下來，本館是個圍繞住中庭的巨大長方形建築物。南邊有辦公室和會議室，文官們都在這裡辛勤工作，另外還有大禮堂與茶會室等貴族們公開聚集的場所。轉移廳與圖書室也在南邊。

北邊是奧伯的居住區域，奧伯夫婦與受洗前孩子的房間都在三樓。二樓有客廳、餐廳，和用以接待私人訪客的會客室等，還有迴廊連接了北邊別館、東邊別館和西邊別館。聽說一樓還有住在這裡工作的侍從的房間。但我沒去過一樓，所以不太清楚。

北邊別館是領主的孩子在受洗後直到成年為止的住處，我和羅潔梅茵的房間就在那裡。東邊別館是退位的奧伯夫婦居住的地方，我受洗前都和祖母大人在那裡生活。現在因為祖母大人去了遠方療養，東邊別館暫時被封起來了。西邊別館原是奧伯第二夫人和第三夫人的住處，但父親大人並未迎娶第二夫人，所以目前沒有任何人居住。

二樓的好幾扇房門當中，有一扇門通往三樓，房內是樓梯間。我從奧斯華德手中接過由他保管的鑰匙，打開房門。魔力經由鑰匙被往外吸出，這種感覺總讓我很不自在，但可能是因為現在會向基礎供給魔力了，這次直到認證結束為止，我都沒有不舒服的感覺。

……我真的進步了呢。

近侍們誇獎的一點也沒錯，我每天能夠做到的事情越來越多了。我一邊實際感受著自己的成長，一邊打開門。進去後，立刻鎖上房門，再把鑰匙交給奧斯華德。

樓梯間裡只有非常微弱的照明。因為為了做好防範，不僅房門牢牢鎖上，整個空間也都沒有窗戶，所以就算現在還是大白天，也暗得好像是夜晚。但由於牆壁、地板和階梯都是白色的，即便只有少許的照明，也不至於完全看不清楚腳邊，但總有一種難以言喻的封閉感。

走上樓梯，又有一道以魔法上鎖的門。我和剛才一樣用鑰匙打開，來到走廊上，眼前全部都是奧伯的私人房間。其中一間就是夏綠蒂與麥西歐爾所在的兒童房。我請奧斯華德向門口的護衛騎士通報。

「夏綠蒂、麥西歐爾，我來找你們玩了。」

「哎呀，哥哥大人。我一直在等您呢。」

夏綠蒂猛地回過頭來，顏色與我還有母親大人十分相似的頭髮跟著左右搖晃，她的首席侍從立刻假咳一聲。夏綠蒂「啊」地輕叫一聲，重新端正站好。然後，她以符合貴族風範的優雅動作在我面前跪下來。

「幸得時之女神的命運絲線交織，才能與您再次會面……哥哥大人，怎麼樣呀？雖然我還記不住神的名字，但稍微也學會怎麼問候了唷。」

夏綠蒂開心地「呵呵」笑著，站了起來。聽起來應該是問候語，但我不明白是什麼意思。以前從沒聽過這種問候語。

「夏綠蒂，這是什麼時候用的問候語？」

「哎呀，哥哥大人不知道嗎？當相隔許久不見，很高興再次見到對方的時候，貴族之間就會使用這個問候語喔。」

夏綠蒂表情有些得意地向我解釋。我回過頭，奧斯華德微微一笑，再補充說明：

「平常一起生活的家人並不會用到這個問候語，但如果是隔了許久後才又見到嫁往他領的家人，這時便有可能用到。和初次見面時的問候一樣，都是由身分低的人向身分高的人致意，因此接下來冬天在兒童室，韋菲利特大人會不斷聽到這個問候語吧。」

奧斯華德說，雖然每天都去兒童室的時候不會使用，但隔了一年又見到面的時候，就會用到這個問候語。順利結束了首次亮相的我將成為下任奧伯，基本上只要接受他人的問候。但是，夏綠蒂長大以後很有可能嫁往他領，得學習不少冗長的問候語，所以是從現在開始就在練習吧。

「夏綠蒂，學習這些想必很辛苦，但妳要加油喔。」

想到今後不知道會有多麼辛苦，我開口勉勵夏綠蒂。夏綠蒂不可思議似地眨了眨與母親大人十分相似的藍色眼睛，定定注視著我，然後露出微笑。

「是的，我自當盡己所能。哥哥大人，您今天要和我們一起玩吧？」

「對。羅潔梅茵還叫我朗讀繪本給你們兩個人聽，母親大人也要我帶歌牌來和你們一起玩。」

我轉頭看向捧著盒子的奧斯華德，盒裡裝有歌牌和繪本。大概是發現到了盒裡有玩具，躲在近侍背後的麥西歐爾馬上走出來。他的五官神似母親大人，髮色卻與父親大人如出一轍。這點讓我有些羨慕。麥西歐爾今年三歲，不再像以前一樣總是包著厚重的尿布，看起來清爽多了，動作也比以前更有模有樣。

「麥西歐爾看起來精神也很好呢。上一次看到他的時候，他走路還搖搖晃晃，好像隨時都會跌倒，現在已經走得很穩了嘛。」

「哥哥大人，幸得……時之女神的？才能……會面！」

麥西歐爾露出得意的笑容說。他多半也想說出和夏綠蒂一樣的問候語，但一點也不成功。一般在正式向人問候之前，侍從都會嚴格教導，該不會是麥西歐爾接受教育的速度比較慢吧？之後可能得與母親大人討論這件事情。若不快點進行教育，就會像我一樣吃盡苦頭。

……就和羅潔梅茵先前對我做的一樣，搞不好也需要換掉近侍。

領主的孩子在受洗完的同時，也會搬進北邊別館，所以父親大人與母親大人應該會在那之前正式挑選近侍，但還是要提醒一聲才行。

「韋菲利特大人，您別擺出這麼嚴肅的表情，請與兩位一起玩歌牌吧。」

「好。這個叫作歌牌，是羅潔梅茵想出來的玩具。對於要記住諸神的名字和神具很有幫助喔。背起問候語也會變得很輕鬆。我就是靠歌牌記住了諸神的名字。」

我接過奧斯華德遞來的歌牌，和近侍們示範性地玩了一次後，邀請夏綠蒂加入。

「哥哥大人，您速度太快了！」

「哼，比賽的世界是很殘酷的。身分一點用也沒有，只能靠自己的實力。夏綠蒂，妳也要好好練習，不然去了兒童室會輸給大家喔。」

我向羅潔梅茵看齊，絲毫沒有放水，贏了夏綠蒂。我連在兒童室也經常取勝，所以不可能輸。對於自己竟然輸了，夏綠蒂好像非常不甘心，垮下肩膀看著歌牌。我很能明白她的心情。因為我也老是輸給羅潔梅茵，不甘心得要命。

「我也想要這個歌牌。為什麼母親大人只給哥哥大人呢……」

「這副歌牌並不是母親大人為我準備的，而是羅潔梅茵拿來給我當成教材使用。之前冬天在兒童室販賣教材的時候，她說過數量只夠賣給在場的孩子們，所以如果夏綠蒂想請父親大人或母親大人買給妳，可能要等到今年冬天了吧？……嗯？但她好像也說過夏天預計要賣繪本？」

記得羅潔梅茵說過，她想趁著星結儀式有很多貴族出席的時候，販售諸神眷屬神的繪本。我分享了想到的消息後，夏綠蒂有些放心地捂著胸口。

「如果能在夏天先買到，就可以趕在冬天的兒童室之前練習了呢。」

「在自己也有歌牌之前，夏綠蒂可以先用這副歌牌和我一起玩喔。母親大人也要我在領主會議期間多來這裡。我隨時接受妳的挑戰。」

「挑戰……嗎？」

夏綠蒂一臉不太明白地偏頭。只要說挑戰，兒童室裡的朋友們馬上就能明白，為何夏綠蒂卻聽不懂？——我一瞬間感到疑惑，但馬上想起來，因為夏綠蒂對兒童室還一無所知。眼看她和近侍們不一樣，無法聽懂我的意思，我急得跳腳。

「意思就是只要多玩幾次歌牌，夏綠蒂也會變強的。我也是在兒童室裡一直和朋友比賽，現在才變得這麼強喔……雖然最後還是贏不了羅潔梅茵。」

儘管我們想了很多作戰計畫，但令人不甘心的是，冬季期間還是一次也沒能贏過羅潔梅茵。但是，就只差一步了。下次再去兒童室，一定可以贏過她。與朋友道別的時候，我們也約好了。現在大家一定都在練習玩歌牌和撲克牌。

「我知道了，哥哥大人。那我們再玩一次吧。」

「好，我不會手下留情喔。」

然而，好不容易夏綠蒂產生了鬥志，近侍也加入我們一起玩歌牌，麥西歐爾卻老是在旁邊干擾。

「搶到了～！」

「不行！你這叫作誤觸！麥西歐爾，因為你還沒搶到半張牌，所以要從你的近侍那裡沒收一張。」

我要麥西歐爾把拿錯的那張歌牌還回來，他卻想要藏起歌牌，還大喊著說：「不要！」這樣子哪有辦法玩歌牌。

「麥西歐爾！別耍任性了，這個一定要當場歸還！」

我拿回歌牌後，麥西歐爾開始大哭。但是，哭也沒有用。

「哥哥大人，給麥西歐爾一張歌牌有什麼關係呢。」

「夏綠蒂，這可是比賽，不能這樣縱容他。如果麥西歐爾還不懂規則，那就要教他，學不會的話就不能參加比賽。」

我如此訓誡後，夏綠蒂微微皺起了眉。「哥哥大人，麥西歐爾才三歲唷？」

「那又怎麼樣？大家都說對領主的孩子必須要嚴格，怎麼可以只縱容麥西歐爾。而且我身為哥哥，母親大人也要我帶領你們兩人。我只是把羅潔梅茵之前對我的要求，也用來要求你們而已啊。」

我說完，奧斯華德往前一站，對夏綠蒂與麥西歐爾的近侍們微笑。

「夏綠蒂大人、麥西歐爾大人，韋菲利特大人與兩位不同，因為是在東邊別館撫養長大，從未有過與幼兒相處的經驗，所以也不了解幼兒的發展程度。」

奧斯華德接著轉過身，在我面前蹲下來，讓目光與我等高。

「韋菲利特大人，您如今洗禮儀式已經結束，但麥西歐爾大人才三歲而已，不能以同樣的標準看待。不一樣的年紀，有不一樣的標準。倘若要求韋菲利特大人完成與成年人一樣的任務，您也會很為難吧？先前韋菲利特大人不是才對我們說過，要求您達到和羅潔梅茵大人一樣的程度，是強人所難嗎？」

奧斯華德說我把七歲首次亮相時的標準，套用在三歲的麥西歐爾身上是「強人所難」。經他這樣一說，我明白了。

「麥西歐爾，抱歉。看來是我誤會了……可是，奧斯華德，那麥西歐爾要以什麼為標準？」

「這就得問麥西歐爾大人的近侍們了。根據孩童的發展程度，標準也會一變再變。韋菲利特大人去年與今年的標準也相當不同吧？」

我聽完點點頭，之後一邊喝茶吃點心，一邊聽近侍們告訴我有關麥西歐爾的事情。號啕大哭的麥西歐爾在吃了侍從拿給他的點心後，馬上笑逐顏開。

「麥西歐爾大人喜歡聽故事。也許不玩歌牌，而是朗讀韋菲利特大人帶來的繪本，他會更開心喔？」

麥西歐爾的近侍這麼表示，於是我們決定在喝完茶後朗讀繪本。

「哥哥大人現在看得懂字了嗎？」

「是啊。夏綠蒂，妳也得在首次亮相前學會文字才行。」

我一邊說，一邊接過奧斯華德遞來的繪本。最高神祇與五柱大神的繪本我已經唸過好幾遍，幾乎都背下來了。就像近侍們與羅潔梅茵朗讀時那樣，我也在夏綠蒂和麥西歐爾面前攤開繪本。

「從前從前……遠在諸神活躍的神話時代之前，也遠在最高神祇夫婦神結為夫妻之前，在完全沒有光明的黑暗之中，有位黑暗之神。」

眼角餘光中我看見夏綠蒂和麥西歐爾都瞪大眼睛，緊盯著繪本，我繼續朗讀。

「……生命之神埃維里貝用盡全力，帶走了土之女神蓋朵莉希，還用冰雪困住蓋朵莉希，唯有通過了埃維里貝嚴格遴選之人才能接觸到祂。兄姊諸神也只能儲存力量，以待日後帶回蓋朵莉希與新生命。四季就是這樣一再循環。故事到此結束。」

唸完了繪本後，麥西歐爾開心大叫，夏綠蒂則佩服地看著我。

「哥哥大人真的看得懂字了呢。」

「哼哼，很厲害吧？雖然我很厲害，但羅潔梅茵更厲害喔。」

「羅潔梅茵……姊姊大人是位什麼樣的人呢？請哥哥大人說說她的事情吧。」

夏綠蒂這麼一問，我就告訴她自己從秋天到現在有多麼努力，以及羅潔梅茵有多麼了不起。聽到我說羅潔梅茵就像老師一樣，不對，是比老師還嚴格後，夏綠蒂的小臉不安地沉了下來。

「姊姊大人平常一直在看書，還接二連三辭退了近侍嗎？好像比母親大人形容的還要可怕呢。姊姊大人會願意與我好好相處嗎？」

「韋菲利特大人，恕我多嘴，但您這樣說明，會讓夏綠蒂大人對羅潔梅茵大人產生誤會。」

羅潔梅茵的哥哥蘭普雷特表情有些不高興，輕拍我的肩膀說。但這又不是誤會，羅潔梅茵至今真的對我做了這些事情，我並沒有說錯話。但眼角餘光中，我看見林哈特微微面帶苦笑，正向夏綠蒂與麥西歐爾的近侍們說明羅潔梅茵的為人。好像在稍微訂正我說過的話。看來是我有些誇大其辭了。

「蘭普雷特說的也沒錯，羅潔梅茵本身並不可怕。她只是在教育上很熱心又嚴格而已。之前在兒童室，我也看不出來她有特別討厭哪個人，所以妳應該可以和她相處得很融洽。雖然她在比賽的時候絕對不會手下留情，但她對喜歡看書的女孩子很親切。」

我也穿插描述了自己在兒童室是如何帶領男孩子們，羅潔梅茵又是如何帶領女孩子們。我們非常順利地讓兒童室維持著良好運作，連負責監督兒童室的侍從都稱讚我們。然而，夏綠蒂沒有讚揚我的努力，倒是困惑得眼神游移。

「姊姊大人除了喜歡看書之外，還有沒有其他喜好呢？」

「嗯……我對她的喜好不太清楚。只不過，羅潔梅茵很沒體力。她虛弱的程度簡直教人吃驚，動不動就暈倒。可是，她魔力很強喔。我們現在會一起往基礎供給魔力，但我每次用魔石提供完魔力，總是累得渾身無力，羅潔梅茵卻一點事情也沒有。」

我說了越多有關羅潔梅茵的事情，夏綠蒂的表情也變得越不安。難道我都只講了羅潔梅茵嚴厲的那一面嗎？是不是讓夏綠蒂產生誤會了？我又講得太誇張了嗎？我正回想自己說過的話時，夏綠蒂牽起我的手。

「哥哥大人，您喜歡姊姊大人嗎？覺得她是相處起來很愉快的人嗎？」

絕不能讓夏綠蒂感到不安。我大力點頭。

「夏綠蒂，妳放心吧。現在洗禮儀式和首次亮相就快到了，我明白妳不安的心情，但妳不用這麼擔心。因為我也會站在妳這一邊！」

……身為大哥我要加油！

我用力回握夏綠蒂的手，鼓勵她說，不知為何夏綠蒂的表情卻更不安了。我不明所以地回過頭，卻看見蘭普雷特遙望遠方。

「……唔？」

回到自己的房間以後，大家說我應該要更稱讚羅潔梅茵才對。但我覺得自己明明已經說了她哪裡很厲害，說明也很完整，然而好像還不夠。這件事還真難。

結果從隔天開始，除了原本的作業外，居然又增加了要學習如何讚美別人的作業。大家都說我必須在冬天之前消除夏綠蒂的不安。

……這都是羅潔梅茵的錯！我明明就沒有騙人！

柯尼留斯視角・

滿是懊悔的陰鬱早晨

Kazuki Miya's commentary

原本只刊登在網路上的特別短篇，
故事背景在第三部Ｖ尾聲。
柯尼留斯視角。
描寫到了柯尼留斯對於沒能保護羅潔梅茵、
又沒能抓到真正的犯人有多麼懊悔。
內容也包括他與母親艾薇拉的對話。

小小幕後筆記

由於第三部Ｖ的特典短篇太長了，我把刪除的部分加以修改後，寫成了這則特別短篇。稱得上是特典短篇的前篇呢。

「如果你覺得抱歉，就抓到毒害羅潔梅茵的人吧。」

我點頭回應斐迪南大人的這句話後，與祖父大人一起去抓毒害羅潔梅茵的犯人。我們還趕往安潔莉卡發現喬伊索塔克子爵的現場，也向奧伯與父親大人稟報犯人已經抓到了。至此，抓捕犯人一事總算劃下句點，我不由得鬆了口氣。因為我做到了斐迪南大人的要求，這也算是我對羅潔梅茵的一點贖罪。

然而，結果我們竟然抓錯了人。奧伯．艾倫菲斯特審問過後，雖然已經確定就是喬伊索塔克子爵率人在本館北邊發動攻擊，還擄走了夏綠蒂大人，但襲擊羅潔梅茵的另有其人。

……也就是說，其實我沒有抓到真正的犯人嗎？

時間過得越久，這項事實越沉甸甸地壓在心頭上。一片漆黑當中，我在床上翻了好幾次身，卻絲毫沒有睡意。感覺得到值夜班的侍從散發出了擔心我的氣息。

明明該睡卻睡不著覺的我躺在黑暗之中，腦海裡不斷浮現的，是倒在斐迪南大人懷裡、失去意識的羅潔梅茵。雖然她整個人幾乎被布包裹住，但縫隙間露出來的側臉上有著似乎被人拖在地上過的汙泥與擦傷。儘管嘴裡塞著含有藥水的布，她卻一點反應也沒有。本就白皙的小臉更是變成了毫無生氣的土色，讓我不由自主想起了洗禮儀式那天倒在血泊裡的羅潔梅茵。不管是那時候還是今天，我都應該要保護羅潔梅茵才對，卻完全沒能保護她。

……羅潔梅茵不會有事吧？

腦海裡就只有這個想法在不停打轉。審問喬伊索塔克子爵的時候，儘管斐迪南大人表示羅潔梅茵「已無生命危險」，卻又意味深長地環顧四周，讓我忍不住想像了一些可怕的畫面。但後來喬伊索塔克子爵一提到格拉罕子爵，不光奧伯，騎士團的人們也都把注意力轉移到了這件事上，我就不好再追問有關羅潔梅茵的事情，所以還不曉得她現在的詳細情況。

……要是那時候我沒有去救夏綠蒂大人，而是跟在羅潔梅茵身邊……

當時我滿腦子都想著要去救夏綠蒂大人與安潔莉卡，並未目睹羅潔梅茵的騎獸被人捉住的瞬間。成功救到兩人以後，我心裡還滿是安心與成就感，在森林上空迴旋了一大圈。但就在這時候，我聽見羅潔梅茵的尖叫聲。我急忙環顧四周，就看見慘遭光網套住的騎獸正被拖進森林裡頭，然後一眨眼便只能看見遠方搖晃的群樹。

……明明大家一直耳提面命，護衛騎士無論何時都要看著自己的主人……

然而，那時候的我卻把全副心神都放在了夏綠蒂大人與安潔莉卡身上。接著短短不到十秒鐘的時間，羅潔梅茵就身陷險境。一時間我還無法理解發生了什麼事情，整個人被血液凝結般的恐懼籠罩。那一刻我喉嚨發乾，腦筋一片空白。

儘管心裡想著要馬上趕到羅潔梅茵身邊，但也不能直接撇下剛救到的兩個人。於是我要安潔莉卡停止身體強化，也停止對斯汀略克的魔力供給，命她變出騎獸送夏綠蒂大人回去，自己再去尋找羅潔梅茵。但是，已經晚了一步。不管我怎麼呼喊，都沒有聽見羅潔梅茵的回應。

……要是至少知道犯人是誰的話，我就能去逮捕他了……

我絕對饒不了讓羅潔梅茵受到如此重傷的犯人。喬伊索塔克子爵提到的格拉罕子爵就是犯人嗎？……真想馬上親手逮捕他。

我內心充斥著無力感、悔恨與對犯人的怒火，只能用力閉上眼睛，希望趕快入眠。

被侍從叫醒以後，我卻嚴重睡眠不足。因為一整晚我都沒有熟睡，中途還醒來了好幾次。我拖著睏倦的身體整理儀容，前往餐廳吃早餐。今天將對格拉罕子爵進行問話。我非去不可，這也是為了讓自己的心神能安定下來。

餐廳裡，母親大人早已用完早餐。

「哎呀，柯尼留斯，你今天真是早起呢。」

「因為我昨晚睡不太著。」

我把侍從倒好了茶的茶杯移到手邊，看著杯裡泛起的波紋。喝了一口茶後，身體瞬間暖和不少。接著端上桌來的早餐是麵包，還附了我最喜歡的陀拿耶果泥。母親大人一派若無其事地喝茶，但明明進入秋天以後因為我太常指定要吃陀拿耶果泥，前陣子才遭到她的禁止，說以後必須先經過她的同意。想必母親大人是擔心我，才特意點了我最愛吃的食物吧。

恰到好處的甜度帶出了陀拿耶特有的風味，我將餡料塗抹在麵包上，咬了一口。心情稍微放鬆下來的同時，也想起了提供做法給我的羅潔梅茵，從昨晚開始就一直在胸口盤據的想法於是脫口而出。

「母親大人，我明明是羅潔梅茵的見習護衛騎士，卻沒能保護最重要的主人……那個時候我應該跟在羅潔梅茵身邊，而不是去救夏綠蒂大人吧……」

「……柯尼留斯，我明白你為何意志消沉。但是，希望你去解救夏綠蒂大人的，不正是羅潔梅茵嗎？」

母親大人說得沒錯，如果不是羅潔梅茵衝了出去，我也只會專心保護她，並把解救夏綠蒂大人的工作交給她的護衛騎士與騎士團吧。儘管顯得無情，但保護自己的主人是護衛騎士的工作。我點點頭後，母親大人的漆黑雙眼稍稍變得嚴厲。

「既是如此，你以後要謹言慎行，對於救了夏綠蒂大人一事不能表現出歉疚的樣子。因為比你更需要反省的，是夏綠蒂大人的護衛騎士。當時是他們對付不了那些黑衣人，還無法解救陷入危險的主人。」

母親大人說得凜然果斷，很有騎士團長第一夫人的風範。但是，會說出這種話，是因為她人不在現場。回想敵人的人數與遇襲時的情況，單靠夏綠蒂大人的護衛騎士們確實是應付不來。

我一邊回想黑衣人們訓練有素的動作，一邊在腦海中移動加芬納棋。假使當時襲擊夏綠蒂大人的三名黑衣人襲擊了我們，就算我和安潔莉卡能夠各擋下一人，還是會有一個人跑到羅潔梅茵身邊去。

……只不過羅潔梅茵因為坐在騎獸裡頭，不會像夏綠蒂大人那樣被人一把擄走吧。

「母親大人，您說得當然沒錯，但曾經待在現場的我卻無法完全認同。夏綠蒂大人的護衛騎士們絕對沒有怠忽職守。」

「柯尼留斯，既然你能如此冷靜分析，那與其後悔已經發生的事情，不如想想以後吧。斐迪南大人已經保證過了，羅潔梅茵就算需要等上一段時間也會醒來，而且沒有生命危險，所以你就放心吧。」

母親大人一邊喝茶，一邊悠然自得地說道。我不禁一股火氣衝上來，有些粗魯地用叉子戳著早餐的培根。

「但斐迪南大人根本沒有仔細說明羅潔梅茵的情況吧？居然毫不懷疑就相信他說的話，真不像母親大人的為人。」

我覺得艾克哈特哥哥大人與母親大人都太過信任斐迪南大人了。我說出自己的不滿後，母親大人「哎呀」一聲掩住嘴角，輕笑起來。

「斐迪南大人為了不留下話柄，向來習慣凡事都說得模稜兩可。既然這位大人已經明白表示羅潔梅茵沒有生命危險，那麼只要交給他便不用擔心。」

只是他說得十分含糊，不知道要等上多久時間呢……母親大人靜靜地補上這句話後，輕聲嘆氣。

「對於要在神殿對羅潔梅茵進行治療，雖說波尼法狄斯大人十分生氣，但我贊同斐迪南大人的判斷喔。」

「為什麼？如果羅潔梅茵的情況已經穩定下來了，應該把她移動到可以加強守備的地方吧？神殿裡多是灰衣神官，我認為守備太薄弱了。」

現在羅潔梅茵的護衛騎士中，能夠進入神殿的只有達穆爾與布麗姬娣。我也聽說斐迪南大人的護衛騎士中，獲准出入神殿的只有艾克哈特哥哥大人。護衛的人數就只有這麼多，萬一又遇襲了怎麼辦？

「因為貴族不會出入神殿。只要再除了羅潔梅茵與斐迪南大人的近侍外，禁止其他貴族進出，就算有人想以探望為藉口出入神殿、危害羅潔梅茵，便很難輕而易舉辦到吧？」

根據艾克哈特哥哥大人提供的消息，母親大人說神殿裡頭還有斐迪南大人的秘密房間，所以若隨便移動羅潔梅茵反而危險。聽完母親大人冷靜的說明，昨晚煩惱到睡眠不足的我有些不是滋味。

「明明羅潔梅茵遭受到了攻擊，母親大人看來還真冷靜。」

「我並不冷靜喔。羅潔梅茵被稱作是萊瑟岡古的希望之光，如今她竟然險些喪命。一想到要設法安撫那些大人們，我現在就開始頭痛了呢。」

萊瑟岡古的貴族們長年來都受到薇羅妮卡大人打壓，如今出自萊瑟岡古的羅潔梅茵居然成了領主的養女，一族的人皆對她寄予厚望。至今是因為羅潔梅茵身體虛弱，又因為她在神殿長大、不習慣貴族社會，所以只在必要情況下讓她與貴族會面。

但聽母親大人說，在羅潔梅茵稍微習慣了社交活動的今年冬天，本來是預計讓她與擔任基貝的親戚們會面，當作是種練習，並且擴展製紙業與印刷業。然而現在，無論是新產業的引進、萊瑟岡古貴族間的團結，還是面對舊薇羅妮卡派時具有的優勢……親族們各方面的希望全部就此破滅。腦海中浮現出了親族們情緒激昂的臉孔。

「嗯……要收拾這些殘局恐怕不容易吧。」

「柯尼留斯，你怎麼一副事不關己的樣子呢？到了兒童室與貴族院，他們的孩子應該也會與你接觸喔。你記得先與奧伯以及卡斯泰德大人商量好，哪些情報必須保密，哪些消息需要擴散。」

聞言，萊瑟岡古貴族的孩子們中，可能會來向我追問的幾個人立即浮現眼前。單看去年兒童室的情況，我也知道羅潔梅茵備受矚目。

「目前這種情況，我想騎士團長多半無法離開城堡半步。卡斯泰德大人可能好一陣子都會住在騎士宿舍吧。如果你為了統一口徑會去騎士團露面，能順便幫我問問下任基貝．喬伊索塔克的候補人選嗎？因為喬伊索塔克與格拉罕相鄰，這件事對今後的社交活動非常重要。」

「母親大人，我就算會去騎士團露面，但現在這種情況下，我不認為父親大人擠得出時間與我私下談話。」

我成為見習護衛騎士已經過了一年以上的時間，漸漸能夠看出騎士團長在工作上的表現。冬季的社交界才剛開始，所有貴族全聚集回到了貴族區，偏偏還在這種時候有領內貴族襲擊領主一族。發生了這種事，父親大人應該沒有時間私下與我會面。

「你盡力就好，因為能夠獲得情報的管道越多越好嘛……總之，今天先把艾克哈特與蘭普雷特叫回來用晚餐吧。」

……母親大人果然很冷靜嘛。

為了取得領主一族周邊的情報，母親大人尋思著該向哪些人打聽才好。看著這樣的她，我不禁深深覺得自己身為貴族、身為護衛騎士，都還有很大的進步空間。

柯尼留斯視角・為了守護妹妹

Kazuki Miya's commentary

第三部Ｖ的特典短篇。
柯尼留斯視角。
內容包括沒能保護到羅潔梅茵的護衛騎士們的對話，
也稍微描寫到了在貴族院時
柯尼留斯與親族們相處的模樣。

小小幕後筆記

會有這則短篇，是因為想寫寫羅潔梅茵看不見的、柯尼留斯的交友關係。往後的近侍們也在本篇登場。

然後在我的要求下，加了年紀比現在小一些的近侍們的插圖。

大家都好可愛喔。

「……柯尼留斯，你臉色真難看。昨晚沒睡好嗎？」

喬伊索塔克子爵引發了混亂的隔天，我前往城堡的騎士團室，達穆爾在低頭察看我的臉色後，擔心地這麼問道。我心裡遲疑著不知道該怎麼回答，一抬起頭，發現達穆爾的臉色也很難看。看來他也一樣沒睡好覺。明白到不只有自己一整晚都在自責後，我的心情稍微沒有那麼沉重。

「昨晚躺在床上，我一直在想……如果我沒有衝去救夏綠蒂大人，而是陪在羅潔梅茵大人身邊，是不是就能保護她，也不會發生那種事情了。」

「柯尼留斯，你……」

「布麗姬娣，妳不說我也知道。如果我那時候沒有趕到，夏綠蒂大人與安潔莉卡都不會安然無恙。早餐席間母親大人也提醒我，我沒有錯，這是夏綠蒂大人的護衛騎士的疏失。雖然聽完以後心情輕鬆了一些，但我還是忍不住會想，是不是只要自己再做點什麼，羅潔梅茵就不會遇到危險了。」

我希望自己不要覺得救了兩人是錯誤的決定。可是，我畢竟是羅潔梅茵的護衛騎士，應該把主人放在第一順位，這個想法始終揮之不去。

「羅潔梅茵大人是柯尼留斯重要的妹妹，所以你一定又比別人更後悔自責吧。但太過鑽牛角尖對身體也不好，也會讓身邊的人再替你擔心。」

布麗姬娣輕拍我的肩膀表示安慰。我聽母親大人說過，布麗姬娣曾在解除婚約後使得伊庫那陷入困境。她或許也曾因為太過自責，讓身邊的人為她擔心吧。

「而且羅潔梅茵大人要衝出去的時候，我曾聽到你試圖制止她。護衛騎士如果想要優先保護主人，也需要主人的配合。在那個當下，柯尼留斯已經照著羅潔梅茵大人的指示，採取了最妥當的行動。」

「真的是這樣嗎……」

「是啊。柯尼留斯成功救到兩人的時候，羅潔梅茵大人說了什麼呢？就我所知，羅潔梅茵大人總是比起自己，更優先考慮他人。如果對夏綠蒂大人見死不救，她一定會非常傷心吧。」

聽到布麗姬娣這麼說，瞬間我想起了羅潔梅茵為了救夏綠蒂大人，操縱著騎獸就往外衝；看見夏綠蒂大人與安潔莉卡在半空中往下墜落，她還心急如焚地大聲求救；當我接到了她們兩人，羅潔梅茵甚至高興得脫口喊出「柯尼留斯哥哥大人」；我也對自己沒讓羅潔梅茵失望感到驕傲。

……啊，是啊。羅潔梅茵也希望我去救她們。

「布麗姬娣說得沒錯。柯尼留斯，你不必自責。」

「安潔莉卡……」

「如果我能在強化身體的同時操縱騎獸，羅潔梅茵大人也不會遇到危險了吧。」

安潔莉卡微微垂下雙眼，語帶哀痛地說。她多半也和我一樣非常自責吧。說不定我說的這些話，還會把她逼得更痛苦。我一時間煩惱著該怎麼安慰她，但安潔莉卡抬起頭來時卻和我不同，表情像是所有陰霾都已一掃而空。

「波尼法狄斯大人說了，從一開始就沒能力做到的事情，咳聲嘆氣也無濟於事，只能繼續努力，增強自己的實力。我會成為波尼法狄斯大人的弟子，就是為了變強，下次一定會保護好羅潔梅茵大人。」

之前聽到安潔莉卡要當祖父大人的弟子，我還搞不懂她在想什麼，原來她也有自己的想法。比起煩惱了一整個晚上也想不出好答案的我，這個結論更積極也更有建設性。

「妳的想法很對，身為護衛騎士的我們應該要鍛鍊自己，增強自己的實力，才能夠保護羅潔梅茵。我也該向妳看齊。」

為了保護妹妹，我得讓自己變強。萬一羅潔梅茵醒來以後，都依賴變得比我還要強的安潔莉卡，我身為哥哥就太沒面子了。我絕對不會重蹈覆轍。

「……看來柯尼留斯也冷靜下來了呢。」

布麗姬娣露出安心的微笑，看向達穆爾。

「那麼，我們去找黎希達吧。必須確認今天的行程。」

「今天會向格拉罕子爵問話。希望能查明他就是襲擊羅潔梅茵大人的犯人……」

我對達穆爾點點頭，一行人一起去找羅潔梅茵的首席侍從黎希達。如果格拉罕子爵就是犯人，那我要當場直接逮捕他。我這樣心想著，緊緊握起拳頭。

「今天的問話你們不能出席。」

「請等一下，黎希達。為何問話的時候我們不能出席?!我們可是羅潔梅茵大人的護衛騎士。」

布麗姬娣抗議後，我也大力點頭。審問喬伊索塔克子爵的時候明明允許我們出席，我不明白為什麼向格拉罕子爵問話的時候就不行。

「基貝‧喬伊索塔克是在擄走夏綠蒂大小姐後當場遭到逮捕，所以才允許領主一族的護衛騎士也在場。但是，基貝‧格拉罕僅是昨天在審問途中提到他的名字，事情發生當時，騎士團也證實了他人在大禮堂，因此有很高的可能性不是犯人，不能允許領主一族的護衛騎士也出席。」

「黎希達，可是……」

布麗姬娣仍不死心，黎希達抬起手制止她。

「我再直接一點說明吧。這是因為你們還年輕，萬一控制不了自己的情緒，擅自做出認定基貝‧格拉罕就是犯人的舉動，很可能造成不必要的麻煩。」

連布麗姬娣也被質疑她能否平心靜氣，我更是清楚知道自己今天很容易失去理智。無法反駁的我抿緊嘴唇。

「那我們今天要做什麼？」

「請你們協助兒童室維持運作。今日早餐過後，奧伯與斐迪南小少爺去了北邊別館，吩咐韋菲利特小少爺與夏綠蒂大小姐，要讓兒童室維持著和去年一樣的運作。」

明明接到命令的是韋菲利特大人他們，為何並非侍奉兩人的我們也要幫忙？我不自覺皺眉，黎希達露出無奈的微笑看著我。

「夏綠蒂大人今年是第一次進入兒童室，韋菲利特大人去年又從未留意過兒童室是如何運作，所以光憑他們二人，負擔有些太重了。而且，大小姐在管理上改掉了不少過往的做法，在兒童室裡負責監督的侍從們也還沒有習慣。」

為此，才需要曾協助她做過各種準備，也幫忙善後過的近侍們在旁支援。但我和安潔莉卡去年大半時間都是待在貴族院，恐怕幫不了多少忙吧。

「大小姐似乎十分掛心兒童室，還特地留下了書信。聽說這是大小姐的心願，她希望沉睡期間，一切仍能順利維持運作。」

「我明白了。雖然向我們下令的主人如今不在這裡，但既然主人留有書信寫下了心願，這便是我們的任務。我們自當全力以赴。」

前往兒童室後，夏綠蒂大人給我們看了羅潔梅茵留下的信。上頭寫著許多指示，還有她希望能在兒童室裡進行的活動。看到韋菲利特大人和夏綠蒂大人都下定決心，要努力填補羅潔梅茵的空缺，我自然而然地也覺得自己該盡力幫忙。

……羅潔梅茵好不容易對兒童室進行了改革，身為她的護衛騎士，我至少要努力維持，別讓一切回到原樣。

但就算打定了主意，我和安潔莉卡幾乎整個冬天都要待在貴族院，對於維持兒童室的運作根本派不上用場吧。我正這麼心想時，卻發現有項指示是要貴族院的學生蒐集他領情報，還要整理上課內容做成參考書。

我們決定接下貴族院的任務後，安潔莉卡卻不露聲色地，但也緩慢且確實地逐步遠離正在討論的人群。騎士都要懂得如何隱藏自己的氣息，但真希望她別把這項優秀的技能用在這種地方上。

……看來蒐集情報這件事，是不能指望安潔莉卡了。

但本來就不該期待她願意用腦。曾因「安潔莉卡成績提升小隊」而吃足苦頭的我，早早便放棄與安潔莉卡攜手合作，轉而向韋菲利特大人和夏綠蒂大人未成年的近侍們尋求協助。

「反正我們最終都會向主人匯報，幫忙是無所謂，但蒐集情報原本就不是騎士的職責，而是文官的工作吧？是不是該請修習文官課程的人幫忙呢？」

「鄂妮思塔，妳說得雖然沒錯，但如果想得到更全面的消息，我覺得不該僅限見習文官，應該請所有人都幫忙蒐集。」

「這麼說也是。而且如果蒐集到有用的情報後還能獲得報酬，文官以外的人也會主動說要幫忙吧。」

我們討論著這些事情的時候，夏綠蒂大人正在接受孩子們的初見問候。看那長長的隊伍，可能得花上不少時間。已經成年的近侍們，正與老師還有樂師們進行討論。看來在維持運作的準備工作上，已決定由黎希達與奧黛麗提供協助；至於準備繪本等要與神殿接洽的工作，則由達穆爾與布麗姬娣負責。

與此同時，韋菲利特大人把可以公開的部分說出來，向孩子們說明昨晚發生了什麼事情。當時騎士團先是封鎖了大禮堂，貴族們在接受了各種檢查後便被要求盡速返家。所以他們似乎除了遭遇敵襲以外，完全不曉得發生了什麼事。

「後來，波尼法狄斯大人帶著柯尼留斯和安潔莉卡，逮捕了犯人。沒想到擄走夏綠蒂的黑衣人，竟然是喬伊索塔克子爵。」

「咦咦?!」

我環顧了一圈興奮地聽著說明的孩子們。喬伊索塔克子爵是以現行犯遭到逮捕，也已經供認不諱。一族的人也受到牽連，全被逮捕了吧。去年還在這裡的他的孩子們，現在已經沒有看到蹤影。

「所以救了夏綠蒂大人的，是安潔莉卡大人與柯尼留斯大人嗎？我也好想親眼看看騎士大顯身手的樣子喔。」

「我也想要成為騎士，像他們那樣發揮自己的本領。」

「哎呀，優蒂特大人想成為騎士嗎？」

「是的！我想成為像安潔莉卡大人那樣的騎士，守護克倫伯格的國境門。莉瑟蕾塔大人，您是安潔莉卡大人的妹妹吧？也一樣想成為騎士嗎？」

「我們這一族多是侍從……所以我希望自己能夠成為侍從，和姊姊大人一起侍奉羅潔梅茵大人。」

「好棒的願望呢。」

孩子們激動地討論著騎士的英勇事蹟時，我把目光放在了格拉罕子爵的兒子身上。畢竟格拉罕子爵此刻正在接受盤問。但是，只見那個男孩認真地聽著韋菲利特大人說話，聽到犯人被捕後，還露出安心的表情，與威圖爾子爵的兒子談論著騎士有多厲害。跟周遭其他的孩子們相比，看不出有什麼異狀。是格拉罕子爵當真完全沒有參與此事嗎？還是沒有向兒子透露半點消息？光從對方的樣子無法看出端倪。

「柯尼留斯，你的表情幹嘛這麼嚴肅？」

「哈特姆特……」

「如果要在貴族院蒐集情報，拜託我就好了啊。你還真見外。」

由於彼此的母親感情很好，在貴族院又是同個年級，哈特姆特是我最常往來的友人。他有著朱紅色頭髮，明亮的橙色雙眼，給人的第一印象就是很紅很醒目。成天笑嘻嘻的，卻又很難看出他心裡在想什麼，是個有著典型貴族氣質的少年。平常總是擺出一副有些慵懶，像是對任何事物都提不起勁的樣子，很少對什麼東西感興趣。這樣的他居然主動表示要在貴族院蒐集情報，真是難得。

我有絲驚訝地看向哈特姆特，發現在他身後，還有萊瑟岡古的貴族布倫希爾德與萊歐諾蕾。一段距離外，還能看到有幾個貴族也同樣看著這邊。為了得到有關羅潔梅茵的詳細情報，大家開始採取行動了吧。

「現在我們這些近侍還在討論，我之後再拜託你吧。」

「嗯，那正好，艾薇拉大人也邀請了我共進午餐。」

……這我怎麼沒聽說。

早餐席間，母親大人只說過「今年冬天會很忙」，卻沒告訴我她今天午餐還約了客人。看來在我不知道的時候，很多事情都起了變化。一旦去了貴族院，就算想找父母親商量，也很難取得聯絡。看來在去貴族院之前，有必要先了解一下親族會採取哪些行動。

「柯尼留斯，午餐時再討論這件事可以嗎？比起在這裡，時間也更充裕。」

「嗯，好啊。」

我答應後，哈特姆特便帶著布倫希爾德與萊歐諾蕾走開。後來還能看到他們和好幾個人湊在一起認真地進行討論，像在商量要提出什麼問題。

……這下子情況好像麻煩了。

第四鐘的鐘聲響了。午餐時間是從第四鐘到第五鐘為止。用餐時間之所以比平常要長，是因為大多數人都是回家吃午餐。而我不是需要侍奉主人用餐的侍從，因此沒有護衛任務的時候，可以在城堡吃，也可以回家吃。

我騎著騎獸從城堡返家。今天這一路同行的還有奧黛麗和哈特姆特。

「柯尼留斯，真不好意思。今天的午餐會這麼突然，你一定嚇到了吧？」

「對啊，嚇了我一大跳。」

「因為羅潔梅茵大人遇襲，又不會馬上醒來，所以趕在親族開始行動之前，我必須盡快與艾薇拉大人商量議論，不過……」

奧黛麗說完，看向哈特姆特。從她看著令人傷腦筋的兒子的表情，我才明白是哈特姆特自己硬要跟過來。

「到了貴族院，萊瑟岡古的貴族一定會對我追問不休。事前商量是必要的吧？」

哈特姆特毫不在意奧黛麗的視線，嘻嘻一笑。

「……你真的有心要幫我嗎？」

「嗯。雖然我在意的是在貴族院蒐集情報這件事，但如果我有幹勁了就會幫幫你。」

哈特姆特丟來一點也感覺不出他有意願幫忙的回答時，我也到家了。母親大人微微面帶苦笑，出來迎接說道：「結果柯尼留斯還是被哈特姆特帶回來了呢。」

「這天的午餐會不是已經決定好的嗎……？」

「不是唷。由於我想與奧黛麗慢慢談話，便對哈特姆特提出條件，必須要有你回來陪他說話……柯尼留斯，你應該要再仔細觀察四周，等蒐集到了情報以後，再回覆對方才行呢。」

被母親大人提醒我身為貴族還不夠謹慎，我的臉頰不禁抽搐，在餐桌旁坐下。

午餐席間，侍從們在一旁服侍，我們則互相交換了可以公開的情報。聽到奧黛麗說，羅潔梅茵使用了尤列汾藥水後得沉睡一年以上的時間，母親大人手抵著額，輕輕搖頭。

「盤問的時候，斐迪南大人只說已經沒有生命危險，但居然要一年以上的時間才會醒來嗎……」

羅潔梅茵的治療時間長得教人不敢置信。在城堡一開始聽到的時候，我也覺得眼前發黑。聽說一般人使用了尤列汾藥水後，最長也不過睡上五天的時間。

「竟然要一年以上……羅潔梅茵究竟被灌了什麼藥水？」

「因為擔心有人再次使用相同的藥水，斐迪南大人並沒有告訴我是哪一種。只不過，他說那種藥水對羅潔梅茵大人來說非常危險。要是再晚一點才救到人，她說不定就已經登上通往遙遠高處的階梯了。」

聽說那種藥水雖然不會讓其他人有生命危險，但對原本就身體虛弱的羅潔梅茵來說，卻能造成嚴重傷害，藥量還足以致死。聽了奧黛麗的說明，我對犯人越來越感到憤怒。不同於怒火中燒的我，母親大人卻表現得十分冷靜。

「羅潔梅茵被稱作是萊瑟岡古的希望之光，如今她竟然險些喪命。一想到要設法安撫那些大人們，我現在就開始頭痛了呢。」

母親大人一邊吃著餐點，一邊從容不迫地說道。我有些光火。

「母親大人，您也太冷靜了。關於羅潔梅茵的情況，斐迪南大人根本沒有詳細說明。真不像平常多疑的母親大人。」

「哎呀，斐迪南大人是為了不留下話柄，才會凡事總說得模稜兩可。既然他都說羅潔梅茵沒有生命危險了，那交給他便不用擔心。」

……母親大人和艾克哈特哥哥大人都這樣，未免太相信斐迪南大人了。他可是眼睜睜看著羅潔梅茵在洗禮儀式上遇到危險的人！

「至今羅潔梅茵因為身體虛弱，又在神殿長大，不習慣貴族社會，所以只在必要情況下讓她與貴族會面吧？但其實，今年冬天原本預計要讓她與擔任基貝的親戚們會面，當作是社交活動的練習，順便擴展在伊庫那獲得成功的製紙業與印刷業。」

大概與母親大人一起討論過這些事，奧黛麗的眼神有些飄向遠方。

「有許多人還非常期待與羅潔梅茵大人的正式會面，看來今年冬天得忙著收拾殘局了呢。」

萊瑟岡古的貴族們一直以來都受到薇羅妮卡大人打壓，而現在出自萊瑟岡古的羅潔梅茵竟成了領主的養女，所以一族人都對她寄予厚望。然而羅潔梅茵遇襲後，由於得躺在尤列汾藥水裡沉睡，等於摧毀了親族們的希望。無論是能與領主一族建立起關係的門路、要引進自己土地的新事業，還是對未來後援的承諾，這些事情在羅潔梅茵醒來前都只能陷入停擺。

一想到那些激動地說著要排除舊薇羅妮卡派的親族，我完全可以理解母親大人為何說她「從現在就開始頭痛」。

……曾祖父大人說不定還會絕望得前往遙遠高處呢。

「對了，奧黛麗。喬伊索塔克的新任基貝已經有候補人選了嗎？」

「我只聽說他們一族已被逮捕，至於繼任者還沒有收到任何消息。我想應該會趁著今年冬季的社交界進行挑選並決定……只不過，喬伊索塔克是聚集了舊薇羅妮卡派貴族的地區，高層似乎也十分苦惱，考慮到與周遭土地的關係，恐怕也很難指派萊瑟岡古的貴族過去接任。」

母親大人與奧黛麗交換著資訊的時候，午餐也結束了。為了討論更詳細的內情，兩人決定轉移陣地，還要使用防止竊聽的魔導具，就把我和哈特姆特一起趕了出去。「柯尼留斯，你們就去你房間，在第五鐘前好好相處吧。」

……好好相處？他是能好好相處的對象嗎？

看著笑容可掬像在打什麼歪主意的哈特姆特，我皺起臉，走向自己房間。

才剛踏進房間，哈特姆特便嘻嘻一笑，朝我遞來防止竊聽的魔導具。哈特姆特打從以前就有些難以捉摸，偶爾還會用鄙視的眼光看著眾人，每當他要商量什麼不能被大人聽到的秘密時，往往沒什麼好事。我來回瞪著他與防止竊聽用的魔導具，哈特姆特戲謔地挑起眉毛。

「是跟羅潔梅茵大人有關的事，你比較喜歡不用魔導具嗎？」

無可奈何下我只好接過防止竊聽的魔導具，哈特姆特於是露出燦爛笑容，走到窗邊。看著窗外不知哪個方向後，他忽然一骨碌轉身，看著我的橙色雙眼冷冽鋒利，帶有譴責的意味。

「柯尼留斯，當時你和安潔莉卡應該要跟著羅潔梅茵大人，而不是去救夏綠蒂大人吧？身為護衛騎士，未免太失職了。」

換作在早上聽到這些話，我肯定半句話也說不出來吧。還會被自己的無力感壓垮，只能同意哈特姆特的話。但是，針對這件事我已經整理好了自己的心情。

「解救夏綠蒂大人是羅潔梅茵的希望，而且看到夏綠蒂大人獲救，她也非常高興。安潔莉卡和我都是照著主人的希望，在當下盡了自己所能。我不會再覺得我們是失職的護衛騎士了……但不了解羅潔梅茵的人，大概無法理解吧……」

我說完，哈特姆特露出了非常不高興的表情。明明是他一開口就失禮至極，說「你們身為護衛騎士太失職了」，為什麼他看起來比我還不高興？

「柯尼留斯，是羅潔梅茵大人想救夏綠蒂大人嗎？」

「沒錯。當時她還不顧我的阻攔，讓安潔莉卡坐在自己的騎獸上面，往外面衝出去。羅潔梅茵如果是明白自己身分的領主一族，就算騎士團來不及解救，因而失去夏綠蒂大人，我也會竭盡所能先保護好羅潔梅茵吧。」

護衛騎士的首要任務，就是保護自己的主人。其他領主一族也各自有護衛騎士。拯救夏綠蒂大人並不是我和安潔莉卡的工作。但既然是主人的希望，便要傾盡全力。

「……羅潔梅茵大人與夏綠蒂大人，早在洗禮儀式之前就有往來了嗎？」

「不，秋天尾聲，夏綠蒂大人在北邊別館整理自己房間的時候，她們才第一次與彼此問候。」

「只有這麼一點往來，她就不顧自己危險，衝去救夏綠蒂大人嗎？」

哈特姆特一臉無法理解，走向椅子蹺腳而坐。雖然我沒請他坐下也有不對，但真希望哈特姆特可以多表現出一點客人該有的樣子。

「我想這是因為羅潔梅茵在神殿長大吧。她雖然學會了領主養女該有的言行與儀態，也看了書得到知識，但根本上還是有些地方不像貴族。奧黛麗沒告訴過你嗎？」

我邊說邊往他對面的椅子坐下，哈特姆特緩緩搖頭。

「母親大人說了，羅潔梅茵大人在城堡的時候，日常表現完全沒有問題，也看不出半點在神殿長大過的痕跡……看來是遇到突發狀況時，在神殿長大過的經歷就會以這種方式呈現出來吧？」

那該補充哪方面的教育呢？哈特姆特開始沉思。我知道他在心裡得出結論之前，這種狀態會一直持續，所以站起來拿了筆和木板，把上午針對要在貴族院蒐集情報一事，已經有了決定的事情記下來。

「柯尼留斯，你明明是羅潔梅茵大人的親哥哥，又是她的近侍，怎麼這麼缺乏把她推上奧伯之位的魄力？」

「啊？」

還以為他從自己的思緒中回到現實了，怎麼又突然語出驚人。但哈特姆特毫不理會目瞪口呆的我，開始述說自己的主張，也就是為何該推舉羅潔梅茵為下任奧伯。

「韋菲利特大人由薇羅妮卡大人撫養長大，本被視為下任奧伯，他卻在可說是受到時之女神德蕾梵庫亞祝福的時期留下汙點，被取消了下任奧伯的內定。而羅潔梅茵大人不管是魔力量、新事業所帶來的利益，還是由她所引領的諸多流行，比她小一歲又同為女性的夏綠蒂大人，也根本不是她的對手。應該趁這時候推舉她為下任奧伯……」

怪不得要使用防止竊聽的魔導具。這些話絕不能被侍從們聽見。該不會所有親族都和哈特姆特一樣有這種想法吧？光想像我就頭痛。

「哈特姆特，很遺憾，羅潔梅茵並不想成為下任奧伯。我想父親大人和母親大人也不打算在排除掉芙蘿洛翠亞大人的孩子後，讓她成為奧伯。因為母親大人除了協助羅潔梅茵與芙蘿洛翠亞大人打好關係外，極力避免以母親的身分與她接觸。」

母親大人若是過度干涉，會使得領主一族間產生無謂的對立。如果羅潔梅茵本人也有這種野心就算了，但明明都已經受洗了，她卻還開開心心地繼續待在神殿，齊爾維斯特大人也沒打算讓這樣的養女成為下任奧伯吧。

「但是，既然羅潔梅茵大人是萊瑟岡古的人，也不能徹底無視我們這些貴族對她的支持吧。有了一族的支持，羅潔梅茵大人成為奧伯只是時間早晚的事。」

「……不，這倒不見得。我想不論萊瑟岡古一族再怎麼擁戴，羅潔梅茵最終也只能進入神殿，不然就是被嫁往他領吧。至少，我不認為奧伯會讓芙蘿洛翠亞大人的孩子以外的人成為下任奧伯。而且我們家是支持芙蘿洛翠亞大人。」

想當初斐迪南大人就是因為厭惡薇羅妮卡派貴族的干涉，才進入了神殿。我想羅潔梅茵也是為了昭告內外，自己無意成為下任奧伯，才會直到現在還偶爾住在神殿。

「要讓好不容易在受洗後離開了神殿的孩子，再次進入神殿嗎？」

哈特姆特表情非常不悅地看著我，但我回想了神殿的模樣後，露出苦笑。

「對羅潔梅茵來說，神殿並不是她避之唯恐不及的地方。我和父親大人也去過，並沒有傳聞中的那麼令人厭惡。」

不只有許多美味的食物，擔任侍從的灰衣神官和巫女們也都受過嚴格教育。而且可能是因為身邊沒有多少貴族，羅潔梅茵看起來也比較輕鬆自在。

「哼……那我也想親眼看看羅潔梅茵大人長大的神殿。說不定神殿的環境能讓人擁有豐富魔力，羅潔梅茵大人才能在洗禮儀式上，給出足以遍布整個大禮堂的祝福。」

「雖然我不知道你有什麼企圖，但除了斐迪南大人與羅潔梅茵的護衛騎士外，暫時都禁止其他貴族出入神殿。」

萬一號稱要去探望的貴族變多了，與犯人有關的人也能輕易進出神殿。為了防止這種情況發生，現在能進入神殿的貴族十分有限。不管是青衣神官的家人、領主一族、身為父母的父親大人和母親大人，甚至連祖父大人都遭到禁止。

「不，慢著。我自從下定決心要成為羅潔梅茵大人的近侍，已經過了一年以上的時間。原本預計要從今年冬天開始侍奉，那大可直接把我視為近侍了吧？」

……啊？要當羅潔梅茵的近侍？

哈特姆特的表情再認真不過，我卻聽不懂他在說什麼。認識了這麼多年，我頭一次看到哈特姆特講話這麼前言不對後語。

「你的主張一點邏輯也沒有，而且就算把你視為近侍，未成年的人還是不能去神殿。像我和安潔莉卡也不被允許。」

「想不到這麼嚴格。那到底該怎麼做，才能為羅潔梅茵大人做出貢獻……」

哈特姆特的眼神認真，撥起朱紅色劉海陷入沉思。但這件事我一定要確認清楚。

「哈特姆特，你……真的想成為近侍，侍奉羅潔梅茵嗎？可是奧黛麗曾反對你成為近侍吧？」

「那是因為那時候我完全不了解羅潔梅茵大人。」

不知道想起了什麼，哈特姆特神色愉快地笑了一聲。他現在是見習文官，又是上級貴族，如果收他為近侍，不會和女性一樣結了婚就得辭去工作，所以不光在貴族院，往後也會一直與羅潔梅茵有密切的往來。我忍不住皺起臉龐。

「哈特姆特，蘭普雷特哥哥大人不是問過你，有無意願成為韋菲利特大人的近侍嗎？你去那邊吧。」

「我已經說了因為我是夏季的眷屬，無法成為春季的眷屬，所以早就拒絕了……話說回來，柯尼留斯，你不是說過，等到羅潔梅茵大人可以自己挑選近侍的時候，就會辭去護衛騎士的工作嗎？即便她是你親妹妹，你也管太多了吧？況且奧伯這件事，我也不認為是羅潔梅茵大人自己的意思。」

哈特姆特瞪著我說，但我才不會退縮。我已經決定要保護好羅潔梅茵，不再讓她遇到危險。現在既然知道了有匪徒以外的危險，我怎麼能夠卸下護衛騎士一職。

「連你這種人都想成為近侍，我怎麼可能辭去護衛騎士的工作。羅潔梅茵是我妹妹，我會保護她。你才該想想要是羅潔梅茵沒有選擇你，到時候該怎麼辦吧。」

「你有資格說這種話嗎？明明是羅潔梅茵大人的哥哥，卻無論成績還是身為騎士的實力，都只是差強人意……」

擠出爽朗的假笑互相詆毀後，我更是重新堅定決心，要變強到讓危險人物再也無法靠近羅潔梅茵。還有，也不能再像以前一樣，只是維持著「上級貴族該有的及格分數」，必須提高到能讓哈特姆特閉嘴才行。幸好為了提升安潔莉卡的成績，我們都會一起學習，今年的課程可以說是非常輕鬆。

……臭哈特姆特，你等著吧。

為了讓羅潔梅茵能夠遠離各種危險，我的挑戰就此開始了。

赫思爾視角・特別措施的申請

Kazuki Miya's commentary

第四部 I 的特典短篇。
故事背景從第三部 V 到第四部 I 開頭。
赫思爾視角。
描寫了在貴族院申請特別措施時的情況，
另外還有赫思爾與艾倫菲斯特，
以及赫思爾與斐迪南的關係。

小小幕後筆記

內容包括領地外的人對於羅潔梅茵要長期靜養有何看法，也稍微提及了舍監並不住在宿舍的原因。

透過這則短篇，可以看到赫思爾在住宿生羅潔梅茵眼中不太能看到的另一面。

為了畫出調合所需的魔法陣，我先準備好了繪有草圖的木板與白紙。畫草圖用的木板已經使用多遍，所以表面到處都被削得凹凸不平。做完最後確認，確定魔法陣沒有問題後，我再調整木板與紙張的位置。雖然已將魔法陣的圖形記在腦海中，但這麼做除了能讓自己稍微放鬆，也是我在調合時的必要步驟。

我張開左手的拇指與食指按住紙張，決定好了接下來要畫多大的圓。調合的成功與否，全取決於能否用優美且毫無扭曲的線條畫出魔法陣。我瞪著自己要畫下圓形的區塊，拿好思達普變成的筆，緩緩深吸一口氣。

接著把所有注意力都集中在筆尖上，一鼓作氣，但也非常謹慎地畫出了好幾個大小不同的圓。

「……呼，今天的狀態不錯嘛。」

今天的注意力似乎相當集中，動筆時沒有一絲的遲疑。是因為身體狀況不錯吧。魔力的流動也很順暢，畫出的線條粗細均等，完成了比我預期中還要美麗的圖形。我感到心滿意足，暫時把筆放下。然後凝視著畫到一半的魔法陣，趁著注意力還未中斷的短短幾秒鐘，甩甩手轉動肩膀，讓肌肉放鬆。

之後再一次拿起筆，接下來要寫符號。這時，我聽見了奧多南茲的「啪沙啪沙」振翅聲。要是它現在停在我的手臂上就糟了。我寫完一個符號後，立即用左手敲敲桌子，示意它該降落的地點後，再次寫起符號。

「赫思爾老師，這裡是艾倫菲斯特舍，請您前來打開宿舍大門。」

是負責守在宿舍轉移廳的騎士送來的奧多南茲。我繼續寫著符號，僅是嘴上回道：

「我稍後就過去，請稍等。」因為我現在抽不開身，只能等一下再回覆奧多南茲。

……啊，不知不覺間領主會議又快到了呢。

看來已經到了領主會議的準備期間，來自艾倫菲斯特城堡的侍從們要前來整理宿舍。由於今年沒有需要我照顧的補課學生，所以我完全沒有注意到季節的更迭，原來春天也已經快要進入尾聲。

……比起不得不協助安潔莉卡補課的那年春天，現在貴族院內幾乎沒有半個學生在，可以盡情埋頭研究，真是無比美好的工作環境。

「赫思爾老師，這裡是艾倫菲斯特舍，請問您在哪裡？還請過來為宿舍開門。」

不一會兒後，奧多南茲再度飛來。還問我在哪裡，想也知道我一定是在文官樓的研究室啊。明明我曾交代過，只要我沒有回覆奧多南茲，代表我一定正忙著調合無法抽身，他們竟然還問這種蠢問題。

「真是的……艾倫菲斯特有沒有好好在教育轉移廳裡的那些騎士啊？」

我不由得嘮叨抱怨，但還是沒有回覆奧多南茲，繼續描繪魔法陣。雖然開關宿舍與茶會室的大門是舍監的工作，但就算不馬上過去開門，他們還是能讓下人進入宿舍整理廚房，侍從們也還是能打掃領主夫婦的房間吧。難得今天的魔力狀態絕佳，我想一鼓作氣畫完魔法陣，直到調合結束為止。

「呼……」

我看著連自己也覺得畫得很好的魔法陣，發出滿足的嘆息。就在這時，又有奧多南茲飛了進來。

「赫思爾，我是諾伯特。妳也該來為宿舍與茶會室開門了。」

終於不再是守在轉移廳的騎士，而是來自艾倫菲斯特的首席侍從諾伯特捎來了奧多南茲。可以想見諾伯特此刻肯定正氣得七竅生煙。

……好不容易魔法陣完成了，我正打算接著調合，但要是惹得諾伯特發更大的火，後果恐怕不妙吧。

「真麻煩，好累喔。但這是舍監至少該完成的工作，也沒辦法呢。唉……」

我依依不捨地看著畫好的魔法陣，心不甘情不願起身，去取來了保管在研究室秘密房間裡的鑰匙串。

……雖然只是要打開通往中央樓的大門與茶會室……

但萬一碰到諾伯特，他肯定會絮絮叨叨地說教半天，所以我打算一打開門就返回研究室，來到連接艾倫菲斯特舍的大門前。我插入鑰匙，注入魔力，一解開門鎖的瞬間，就有人從宿舍裡頭打開大門。

「赫思爾，奧多南茲的回覆呢？」

臉上笑容可掬，但眼中一點笑意也沒有的諾伯特就站在那裡。諾伯特是領主的首席侍從，他穿著合乎身分的筆挺制服，深棕色的頭髮用髮油梳得平滑服貼，只不過白髮的數量已明顯越變越多。真沒想到他居然就站在大門後面等我。我努力不讓內心的驚慌表現在臉上，好不容易跟著擠出笑容。

「哎呀，叔父大人，真是別來無恙了。那我接著馬上去打開茶會室的大門。」

我故作若無其事，正想關上大門接著移動時，諾伯特卻叫住了我。

「慢著，赫思爾。看到妳今年也這麼有精神我很欣慰，但妳就不能在服裝上多用點心嗎？姑且不說身為貴族院的教師，身為貴族女性，妳應該要更……」

……就是知道事情會變成這樣，我才不想碰到面啊。

但如果真的不想碰到面，應該在騎士一開始送來奧多南茲時就先來開門吧——內心的自己對我這樣指責說道，但我決定假裝沒聽到。

「哎呀，真討厭。是誰在我研究到一半時送來奧多南茲，要求我過來開門的呢？我可是心想著必須快點過來開門，才中斷了研究，特地趕過來喔。況且我打算回去以後就要接著做研究，之後也沒有預計要與人會面，不管我穿什麼應該都無所謂吧。」

我打算回去以後就要繼續調合，才不想浪費時間在更衣上。聽了我的主張，諾伯特的眉毛微微抽動，那對紫色眼眸也稍稍轉過來瞪著我。

「距離宿舍騎士一開始送出奧多南茲到現在，已經過了多久了？妳應該有充分的時間可以梳妝打扮吧……難道不是嗎？」

「很抱歉，那些時間只夠我為調合告一段落。倘若真的需要我花時間梳妝打扮，請別臨時送來奧多南茲，麻煩提出正式的會面邀請函吧。那樣一來，我也能達到您的要求。」

我再怎麼一研究起來就廢寢忘食，只要提前三、四天通知，我還是可以安排好時間。因為有會面行程的日子，侍從絕不會讓我進行研究。

「倘若叔父大人不喜歡我這身打扮，我可以馬上再把大門鎖起來，先回去研究，讓您暫時不必看見我，然後等您提出正式的會面邀請函。我想應該還趕得及在領主夫婦抵達前開門吧。」

我滔滔不絕地說完，為了不讓諾伯特有機會說教，正想要關上大門，只見他一臉哭笑不得地按住門扉。

「妳快去開門吧……赫思爾，舍監本該住在宿舍裡頭才對。這件事妳是不是忘得太久了？」

真要說起來，我會在研究室裡打造居住空間，起因便是從前領主會議期間，薇羅妮卡大人每當在宿舍裡遇見我都會心生不快，所以希望領主會議期間我能待在研究室裡度過。當時諾伯特雖說因為是我的親族，才負責前來傳話，要求我搬出宿舍，但我還是不想從他口中聽到「妳該住在宿舍裡生活」這種話。我側了側頭，微微一笑。

「叔父大人，對不起喔。我因為太長時間都沒有住在宿舍，好像已經忘了該怎麼在宿舍生活呢。」

「……到了冬天，齊爾維斯特大人的公子與千金將進入貴族院就讀。我希望宿舍裡能有舍監在。」

「齊爾維斯特大人的公子……？」

我記得齊爾維斯特大人的第一個孩子，就是由薇羅妮卡大人撫養長大的那位下任奧伯。我的臉頰忍不住抽搐。內心只有種不祥的預感，感覺會發生和齊爾維斯特大人那時一樣的麻煩。

「除非奧伯．艾倫菲斯特親自下令，否則不論叔父大人怎麼要求，恕我也無法答應。那麼我去開茶會室的門了。」

我果斷拒絕後，朝著連結茶會室的大門走去。雖然好像聽見諾伯特說「我話還沒說完」，但就當作是我幻聽吧。

……反正如果真的有要事，他會跟著移動到茶會室吧……

我踩著不疾不徐的步伐，來到茶會室的大門前。艾倫菲斯特的號碼是十四號。

……今年說不定會再往上提升一個順位。

看著門上的號碼，我如此心想。如今艾倫菲斯特低年級生的成績進步飛快，連老師們都對此議論紛紛。正如同諾伯特剛才說的，因為領主候補生就要入學了，所以為了成為近侍，努力提升自己成績的學生也變多了吧。

我開了門鎖，「喀鏘」一聲推開門，正要檢查大門能否確實打開時，果不其然從宿舍裡頭先繞到茶會室來的諾伯特就在眼前。

「那麼領主會議結束後，等各位收拾完畢，請再叫我過來鎖門吧。」

「赫思爾，這次領主會議妳的工作不只如此。有件事必須要由舍監處理。」

我和往年一樣剛要轉身離開，諾伯特又叫住了我。這件事甚至出動了諾伯特，或許非常重要吧。但身為艾倫菲斯特的舍監，我的工作應該已經結束了。

「……什麼事呢？」

「是關於領主候補生羅潔梅茵大人，要請妳為她申請特別措施。這裡有奧伯．艾倫菲斯特的親筆信，以及羅潔梅茵大人的主治醫師所準備的資料，據說辦理手續時會需要用到。妳帶回去吧。」

……領主候補生羅潔梅茵大人？是指傳說中的聖女嗎？

幾年前開始，就有一些生性好奇的老師想要知道傳聞的真偽，跑來問我：「最近哈特姆特好像逢人就說，艾倫菲斯特的聖女已經舉行了洗禮儀式……」「聽說受到諸神眷顧的聖女誕生了，到底在艾倫菲斯特發生了什麼事？」至於聖女的傳言因為太過荒謬，並沒有半個人當真，但羅潔梅茵大人似乎確實是卡斯泰德大人與艾薇拉大人的千金，也是柯尼留斯的親妹妹，如今成了領主的養女。

……真難想像薇羅妮卡大人會答應這種事，而齊爾維斯特大人竟然能把身分如此特殊的孩子收為養女……難道是為了守住自己的地位，被他推出來的新犧牲品？

我也知道自己有這樣的想法十分壞心眼，但我實在無法對齊爾維斯特大人產生好感。正如斐迪南大人期待過的，我也曾經期待齊爾維斯特大人在繼任之後，能夠抑制薇羅妮卡大人的飛揚跋扈，或是可以稍微改變艾倫菲斯特的現狀。然而，結果什麼也沒有改變就是了。

抱著諾伯特提交的木盒，我返回研究室。一般都是基於某些原因，無法在十歲那年冬天進入貴族院，或是無法在十五歲那年冬天畢業的人，才會申請特別措施。政變過後，為了彌補貴族人數的不足，曾經進入神殿的大批青衣見習神官與見習巫女紛紛還俗，那段時期就經常採用這項措施。但是現在，早已經過了對神殿出身的學生採取特別措施的時期。領主候補生居然要申請特別措施，究竟是發生了什麼事？

……為了冬季的社交界，領內貴族全聚集來到城堡的時候，領主候補生竟遭到自領貴族襲擊，在浸入尤列汾藥水後，沉睡至今已經過了一年半？

看完了奧伯．艾倫菲斯特寫的親筆信後，我不禁感到暈眩。領主一族竟然在城堡遭到自領貴族的攻擊，艾倫菲斯特內部的情勢到底有多混亂啊？

……莫非是齊爾維斯特大人總算有了領主的自覺，所以與薇羅妮卡大人對立的情形變嚴重了？

才這麼心想完，我就輕輕搖頭。還是停止無謂的期待吧。之後只會更加失望。

……話說回來，一年半不會太久嗎？

一般浸入尤列汾藥水後，都是三天到十天左右的時間便會醒來。一年半也還沒有醒來，未免也太久了。

「……啊。是因為羅潔梅茵大人還沒有自己的尤列汾吧。」

我突然明白了會沉睡這麼久的理由。羅潔梅茵大人是還未就讀貴族院的孩子，不可能擁有自己的尤列汾。八成是使用了父母親的，或者若有尚未結婚的同胞兄姊，也可能是使用了他們的尤列汾，所以適應程度無法達到百分百吧。

不光齊爾維斯特大人寫了信說明，木盒裡更有第一夫人芙蘿洛翠亞大人寫的信。

「赫思爾老師，羅潔梅茵是救了我孩子們的重要恩人。對神殿出身者採取特別措施的期限才剛過去不久，若要重新為她申請特別措施，想必要再花費不少心思。很抱歉給您添麻煩，但還望您惠予協助，讓這孩子身為貴族，未來能夠平安順遂。」

似乎是領主的親生女兒夏綠蒂大人被人擄走，羅潔梅茵大人因為衝出去救她，結果身受重傷。果然艾倫菲斯特還是和以前一樣，都會教導旁系的孩子與養子，凡事要以第一夫人的孩子為優先吧。

……真是教人火大。那我絕對要讓羅潔梅茵大人通過特別措施的申請。

「不過，資料真的有準備齊全嗎？」

準備資料的，可是那個做事老是漏洞百出的齊爾維斯特大人。就算缺少了必要的資料也不奇怪。我用懷疑的眼神低頭看著木盒，拿出資料，看起木板上的小字，上頭寫有羅潔梅茵大人的身體狀況。

「……這不是斐迪南大人的字嗎？他充當起羅潔梅茵大人的主治醫師了嗎？」

雖然是充當主治醫師，但既然不是在神殿，而是能在城堡工作的話，代表斐迪南大人現在的處境稍有改善了嗎？還是說，因為養女羅潔梅茵大人也受到薇羅妮卡大人的迫害，所以連主治醫師也無法信任，願意站出來保護她的只有斐迪南大人？

單憑這些資料，也看不出艾倫菲斯特的現狀究竟如何。看著愛徒提供的、一個字也沒有提及自己近況的資料，我深深嘆息。

「連申請時用不到的資料也寫了，內容這麼詳細固然很好，但明知這份資料會交到我手中，也該寫些自己的近況讓我安心嘛。真是的……」

想起斐迪南大人在就讀貴族院時，曾面臨非常嚴重的排擠，艾薇拉大人的千金縱然成了養女，薇羅妮卡大人也不可能對她多友善吧。腦海中浮現出了斐迪南大人不惜成為眾矢之的，也要袒護年幼養女的模樣，我忍不住皺起臉龐。

若想申請特別措施，必須在領主會議上得到王族的同意。我聯絡了所有教師，召開緊急會議，地點在中央樓的會議室。過幾日這裡就要舉行領主會議，因此中央的侍從們已經來整理過了，會議室比平常還要乾淨。

「真難得赫思爾會召集我們。領主會議就快到了，我還以為妳和我們不一樣，此刻正忙著埋頭研究呢……」

「賈鐸夫，你說得沒錯。其實我也常常在想，真希望自己可以從早到晚都在研究。不過，該做的基本工作還是得做吧？……而且，這次我身為教師也不能坐視不管。」

由於領主會議即將舉行，最近這陣子各領都會派人過來進行準備，所以與不在宿舍生活的我不同，每個領地的舍監都很忙碌。

「噢？真不知道發生了什麼事，難得妳這麼有教師的樣子。」

「哎呀，我隨時隨地都很有教師的風範吧。」

我向在場的教師們展示艾倫菲斯特提供的資料，以及抄寫了領主親筆信部分內容的木板，說明有學生想申請特別措施。

「這次想申請特別措施的羅潔梅茵大人，並不是神殿出身的前青衣神官或青衣巫女，而是領主的養女。」

「領主一族居然要申請特別措施，這究竟是怎麼一回事？」

普琳蓓兒訝異地眨著眼睛，側過臉龐。領主一族從小就有近侍跟在身邊，也時時都有護衛騎士貼身保護。所以受到層層保護的領主一族，從來沒有出現過需要申請特別措施的情形。

「聽說是在城堡裡頭遭到自領貴族攻擊，羅潔梅茵大人在保護領主的親生孩子時受了傷。由於還未進入貴族院就讀，自然也沒有自己的尤列汾，資料上還寫著她使用了家人的尤列汾藥水。但既然過了一年半還沒醒來，代表藥水並不適合羅潔梅茵大人吧。」

「但如果只是適應不了家人的尤列汾藥水，會睡上這麼久的時間嗎？應該還有其他理由吧？」

洛飛說得沒錯，還無法自行準備藥水的孩子，通常都是使用父母親的尤列汾。而且如果是尚未結婚，還未受過他人魔力影響的手足，就算是用他們的尤列汾，也應該不會出現太過排斥的反應。

「根據艾倫菲斯特主治醫師提供的資料，他推測之所以會沉睡這麼久，原因可能有好幾種。當時由於是在城堡內部遇襲，各位也能想見場面有多混亂吧？而羅潔梅茵大人有位兄長是領主一族的護衛騎士，當下為了應急，她曾先使用了那位兄長的尤列汾藥水。但是，偏偏那位兄長曾結過婚……此外，聽說出席羅潔梅茵大人洗禮儀式的那位母親，與她的生母並非同一個人。所以多半是因為這樣，羅潔梅茵大人非常排斥兄長的尤列汾藥水吧。」

「為什麼當下非得要使用那位兄長的尤列汾？可以馬上用父親的……啊，我明白了。因為她是養女，所以城堡內沒有生父的藥水吧。」

倘若是領主的親生孩子，城堡裡就有雙親的尤列汾藥水。但是，當時羅潔梅茵大人生父的藥水並不在手邊。再加上她有可能在被送回老家的途中，就登上通往遙遠高處的階梯。當時需要尤列汾藥水來保命，手邊卻又只有成過婚的兄長的藥水。會用來應急，想必也是萬不得已吧。

「羅潔梅茵大人的父親卡斯泰德大人，是艾倫菲斯特的騎士團長。當領主一族在城堡內遇襲，他必須最先展開行動。而他的尤列汾藥水又放在秘密房間裡，所以聽說在準備上花了不少時間。羅潔梅茵大人也因為短時間內使用了兩種不同的尤列汾藥水，有段時間好像還出現過排斥反應。」

會議室裡到處傳來感慨的嘆息。當時因為現場情況太過混亂，再加上為了先保住性命，在迫不得已的判斷下，才使得年幼的孩子沉睡了這麼長時間。

「可是，都已經一年半了吧？有沒有可能凝固的魔力無法徹底溶解，就此前往遙遠的高處呢？」

傅萊芮默說完，我點一點頭。

「確實也有這個可能。但是，聽說羅潔梅茵大人雖然尚未有醒來的徵兆，但魔力仍在一點一點慢慢溶出。所以可以肯定她還活著，也在緩慢恢復。而羅潔梅茵大人身為養女，是為了保護領主的親生孩子才中毒倒下，我不希望她在沉睡了這麼久以後，醒來時卻發現自己的未來已是黯淡無光。讓學生能擁有未來，不正是貴族院教師的職責嗎？為了讓她在未來仍能繼續前行，我希望各位能同意她的特別措施申請。」

所有老師都同意了。現在，只剩下在領主會議上取得王族的同意。接下來只要把有眾老師簽名的木板交給艾倫菲斯特，我的任務便結束了。

……難得都來中央樓了，不如繞去宿舍一趟，送去木板以後再回房吧。

會議一結束，我便向艾倫菲斯特舍送去奧多南茲，表示貴族院的教師們都同意了特別措施的申請，稍後將把有簽名的木板送過去。直接往宿舍移動後，就看見諾伯特已在宿舍的玄關大廳等我。

「赫思爾老師，聽說貴族院已經同意申請了。實在感激不盡。」

迎接我時，諾伯特是以統管城堡侍從的首席侍從身分在應對，不再是平常那個老愛念叨的叔父大人。我有些不知所措，但也配合諾伯特擺出嚴肅的表情。

「諾伯特，請收下吧。雖然不知道背後有什麼樣的原因，羅潔梅茵大人才會遭到攻擊，中央的文官有可能會向領主提出疑問吧。屆時再麻煩艾倫菲斯特那邊應對了。」

徵得貴族院教師們的同意是我的工作，但如果要讓王族點頭答應，那就是領主的工作了。

某日我收到了奧多南茲。內容除了通知我，特別措施的申請已順利在領主會議上取得同意，還邀請我出席餐會以表慰勞。但以往參加領主舉辦的餐會，向來沒有留下過好的回憶。我態度堅決地拒絕後，繼續埋頭專心調合，不久領主會議也結束了。

在貴族院忙碌地進行研究時，不知不覺夏天到了，秋天也到了。夏秋兩季，貴族院的教師們都會返回老家或前往中央，因此是貴族院最冷清的時候。但也同樣是在這個時期，藥草生長繁茂，許多魔樹也會結出果實，可以輕鬆採到研究用的原料。夏秋時期，我非常喜歡待在藥草園裡度過。

秋天即將步入尾聲時，離開貴族院的教師們陸續返回。負責打掃的僕從人數也增加了，貴族院漸漸熱鬧起來。就是在這時候，我收到了奧多南茲。往常這個時期，根本不會有任何消息送來。究竟發生了什麼事？

「赫思爾老師，這裡是艾倫菲斯特舍。這裡有您的信，請在貴族院開學前過來收取。」

是駐守在轉移廳的騎士寄來的。由於對方提醒我要在貴族院開學前過去收取，所以我等到手頭的調合結束以後，便前往宿舍收信。

「斐迪南大人寄來的？」

一打開信，信上最先說明了羅潔梅茵大人已經醒來，並且會在今年進入貴族院就讀，所以無須再採取特別措施。畢竟考慮到對未來的諸多影響，特別措施當然是能免則免，而且如果來得及進行準備，還是和同年的學生一起入學比較好吧。

「慢著。之前的信上完全沒提到過這些事情喔?!」

先前的信裡頭，雖曾說過羅潔梅茵大人並非是艾薇拉大人的親生女兒，卻從未提到過她在神殿長大。而且她還因為沉睡了將近兩年的時間，非常欠缺貴族方面的常識。不僅如此，信上還洋洋灑灑地仔細寫著，羅潔梅茵大人是因為魔力豐沛，才被收為養女，因此魔力量比一般領主候補生要多；但因為使用過尤列汾藥水，魔力的流動還不太穩定，身上又戴有輔助用的魔導具，所以對於她能否順利操控魔力，斐迪南大人仍感到相當不安。另外也寫道上術科課時，希望我能幫忙多加留意，至於學科方面，他已經進行過嚴格特訓，所以完全沒有問題，等等諸如此類。

「羅潔梅茵因為想法總是出人意表，思考方式值得玩味，應該能對研究起到幫助

吧。那就拜託妳多關照了……慢著，你應該稍微寫點自己的近況吧。明明花了這麼多時間詳細說明羅潔梅茵大人的情況，多寫一行字講講自己的近況應該不難吧？」

我忍不住對著信大發牢騷。只不過，比起領主會議前收到的，只是平淡描述羅潔梅茵大人狀況的資料，這封信看起來倒是寫得十分起勁。這讓我想起了從前只要提到感興趣的研究話題，斐迪南大人總會變得非常多話，不由得有些想笑。

……既然有時間寫這種信，相比從前我老在擔心他會不會哪天被薇羅妮卡大人害死，現在顯然有活力多了。

「話說回來，真的從頭到尾都在說羅潔梅茵大人呢。那位斐迪南大人竟會如此在乎一個人，實在少見。想法出人意表，思考方式也值得玩味的領主候補生嗎……不知道她來到貴族院後，又會有什麼驚人之舉呢？」

儘管信上寫著學科已經受過指導，所以全然沒有問題，但是除此之外，關於羅潔梅茵大人現在的狀況，還有上課時該注意哪些事情，這些卻都寫得又多又長又瑣碎。看樣子是個照顧起來令人頭疼，但也備受他疼愛的弟子吧。我不自覺想起了從前成績雖然優秀，但日常生活中卻也經常惹出麻煩的斐迪南大人。

「……不知道現在斐迪南大人，是否也稍微明白了為人師父的辛苦呢？」

想起斐迪南大人在學生時期留下的各種事蹟，與閣下的各種麻煩，我呵呵笑了起來。

羅潔梅茵大人將要來到貴族院的冬天已在眼前。不同於這封什麼也沒寫的信，屆時應該可以稍微得知斐迪南大人的近況吧。能夠見到愛徒的愛徒，我真是無比期待。

羅德里希視角・心靈的救贖

Kazuki Miya's commentary

第四部 II 的特典短篇。

羅德里希視角。

內容包括舊薇羅妮卡派中級貴族羅德里希

眼中的貴族院、

派系內部與其他人的對話，

以及令他感到痛苦的現狀。

小小幕後筆記

因為有讀者表示，完全不曉得舊薇羅妮卡派的貴族們在貴族院與宿舍裡過著怎樣的生活，這則短篇於焉誕生。

「先前我一直聽說，這都是前任喬伊索塔克子爵的獨斷獨行與魯莽行事，想不到襲擊領主一族的匪徒，竟然曾是亞倫斯伯罕貴族的私兵……」

十幾名舊薇羅妮卡派的孩子們聚集在會議室裡，在無奈的嘆息聲中，有人幽幽吐出了這一句話。安靜下來後，屋內的氣氛很沉重。但是，眾人的嘆息當中都帶有原來如此的釋然。因為剛才羅潔梅茵大人告訴了我們，為何艾倫菲斯特的領主一族想與亞倫斯伯罕保持距離。

「羅德里希，你問了好問題。如今知道了奧伯為什麼這麼警戒亞倫斯伯罕，就能思考今後我們該怎麼應對。」

三年級的見習騎士馬提亞斯大人笑了笑稱許我。受到韋菲利特大人疏遠的我，要當著所有人的面在餐廳裡發言，其實非常戒慎恐懼。如果可以，我很希望有人能代替我。但再怎麼害怕，還是要開口發問。

大家聽了羅潔梅茵大人的回答以後，如果稍微可以釋懷，那我的任務便結束了。我環顧了大家一圈，稍微放鬆僵硬的肩膀。接下來只要屏氣斂息，等著談話結束就好。

兩年前狩獵大賽時，我依著父親大人的指示與韋菲利特大人一起玩耍，結果卻因此誘使韋菲利特大人犯下罪行。自那之後，大家都說：「舊薇羅妮卡派居然陷害了本要擁戴為下任奧伯的韋菲利特大人。」我因此連在自己所屬的派系裡頭，也遭到眾人的冷眼與排擠。

……希望這樣一來，我在派系裡頭的處境可以變好一點。

大家認真地討論著舊薇羅妮卡派的學生今後該如何自處時，我則在腦海中想著這些事情。

「大家都以為是亞倫斯伯罕的貴族慫恿薇羅妮卡大人犯罪，只要那邊的影響力隨著時間過去而減弱，派系的聲勢便可以慢慢恢復……但如果領主一族遇襲這件事與亞倫斯伯罕有關，那領主一族恐怕始終都會保持警戒吧。前途真是黯淡無光。」

舊薇羅妮卡派中，許多人都與亞倫斯伯罕的貴族有往來。因為這個派系原先就是嘉柏耶麗大人從亞倫斯伯罕嫁過來後，與她同行的近侍們的子孫所組成，再加上從前薇羅妮卡大人下過指示，要我們加深與亞倫斯伯罕的交流，現任奧伯的姊姊喬琪娜大人還嫁往了亞倫斯伯罕。

「難怪弗洛登哥哥大人與亞倫斯伯罕貴族的婚事會被駁回。因為明明父親都准許了，領主卻不同意，這種情況很少見吧？之前我還在納悶這是怎麼回事……」

二年級的勞倫斯大人說完搖了搖頭，深綠色的髮絲跟著晃動。原來他哥哥的婚事被奧伯駁回了。

「來貴族院之前，我還在茶會上聽說，連韋菲利特大人的護衛騎士蘭普雷特大人的婚事，奧伯也否決了。當時我還以為，這是因為蘭普雷特大人是住在貴族區的貴族吧。但現在，居然就連基貝也沒能得到首肯……那奧伯一定也不會同意我的婚事吧。」

正與亞倫斯伯罕貴族相戀的派翠西亞大人說著，一臉灰心絕望。派翠西亞大人今年五年級，似乎已經把對方視為結婚對象，開始進行準備。我因為才二年級，結婚還是很久以後的事，但看來很多人都不曉得現在就連婚事也得不到奧伯的許可，大家的表情都有些恐慌。

自從喬琪娜大人來訪過後，派系中的大人都囑咐我們，為了盡可能壓下萊瑟岡古貴族的氣焰，並且重振旗鼓，要多與亞倫斯伯罕密切往來。

……在亞倫斯伯罕那邊已有對象的人還真辛苦。雖然結婚已經和我沒關係了……我是第二夫人的孩子，也不是繼承人。若能成為韋菲利特大人的近侍，本來還有可能結婚，但發生了白塔那件事情以後，已經完全沒有了這個可能性。因為沒有人會想與被領主一族冷落的貴族結親。

……明明是父親大人命令我誘使韋菲利特大人前往白塔，但發現這是犯罪以後，他卻開始對我拳腳相向。絕不可能答應我在結婚後自立門戶吧。

「我能明白領主一族需要保持警戒，可是，只要土地與亞倫斯伯罕相鄰，要完全不相往來是不可能的。今後要是再嚴格管控商人的進出，在貿易方面也對艾倫菲斯特沒有好處……奧伯到底要基貝怎麼做才好？」

垂著頭吐出這番話的勞倫斯大人，是威圖爾子爵的兒子。目前，奧伯已下令禁止亞倫斯伯罕與他領貴族進入艾倫菲斯特的貴族區，但他們十分擔心也許在不久的將來，限制範圍將擴大至整個領地。

「格拉罕不只與亞倫斯伯罕接壤，也與那邊的貴族有深厚交情。此外，雖然我也不清楚詳情，但父親大人好像備受懷疑。畢竟他與前任喬伊索塔克子爵也有深交……」

馬提亞斯大人也面帶苦笑說。他是格拉罕子爵的兒子。雖然和我只差了一、兩歲，但基貝的孩子好像都想得特別多呢，我茫然心想道。住在貴族區的我，想像不出所住地區與亞倫斯伯罕相鄰的貴族們有多辛苦。

「唉，薇羅妮卡大人還在的話，就不會發生這種事情了吧。要是那時能救她出來……」

最高年級的勞勃特大人一臉不悅，充滿敵意的眼光攫住了我。我的身體不禁一陣僵直。在聽完羅潔梅茵大人的說明以後，本來變得正面樂觀的心情，再度變得陰沉灰暗。這兩年來，我已經習慣了大家因為狩獵大賽的疏失而指責我，但還是克制不了覺得自己很悲慘的心情。

徹底改變了我人生的那一天，我和好幾個孩子都被自己的父親叫過去。大人們說了：「你們要去找韋菲利特大人玩，並且帶他前往薇羅妮卡大人所在的白塔。」同時還說了，白塔的大門只有領主一族能開啟，我們無法進入，所以絕對不能跟進去……

與朋友們一起玩耍的時光太開心了，開心得教人渾然忘我。畢竟平常和我一起遊玩的朋友，都是母親大人友人的女兒，我直到開始前往兒童室後才有男性朋友，但也因為家庭環境的關係，孩子們就算彼此感情很好，也無法頻繁往來。

我們照著大人們的吩咐，一邊探險一邊尋找位在森林深處的白塔，最終找到了目的地。慫恿韋菲利特大人後，他真的打開了門，走進了只有領主一族能進入的白塔。「不知道裡面是什麼樣子？我也好想進去看看喔。」我與其他孩子天真地這樣閒聊，等著韋菲利特大人出來。

韋菲利特大人從白塔出來後，表情十分凝重，還說：「祖母大人要我不能告訴任何人。」不肯告訴我們在裡頭發生了什麼事。看他好像在想不少事情，我們還討論著是不是不要打擾他比較好，但韋菲利特大人說：「因為平常能和你們玩耍的機會不多嘛。」於是我們再度玩起遊戲。況且，我們也完成了大人們交代的任務。

開心的狩獵大賽結束後，冬季的社交界開始了。就在這時，奧伯宣布韋菲利特大人因為擅闖白塔，將取消他下任奧伯的內定做為處罰，至於告訴他白塔位置的貴族們，也遭到了輕微的處分。我只記得自己當下完全不明白奧伯在說什麼，一直歪著頭傾聽。然而，我那和平安穩的生活，就只持續到那一天為止。

當晚領主一族遭受攻擊，隔天到了兒童室，韋菲利特大人開始對我們怒目而視。那天一起玩耍的孩子們都把過錯推到我身上，說：「是羅德里希說要去白塔的。」而社交活動開始的第一天，不曉得發生了什麼事情，父親大人揍了我說：「都怪你失敗了，計畫才會失敗！」

僅僅一天而已，我的世界就被輕蔑、奚落與暴力籠罩，大家都開始排擠、責怪我。我只覺得這一切簡直不可理喻，怎麼樣也無法理解。唯一理解到的，就是身分低下的我，只能把這些不可理喻都吞下去。

大家都袒護韋菲利特大人說：「他只是不知道不能進入白塔而已，就被取消了下任奧伯的內定，真是可憐。」對我卻是罵道：「無知就是罪過！」韋菲利特大人雖然不再是下任奧伯，但仍以領主一族的身分過著一如既往的生活，受到眾人尊敬。貴族們對他表現出來的態度，也與面對夏綠蒂大人時一樣。他似乎不像我這樣，父親大人會說著「都是你的錯」，將我毒打一頓後，再給我回復藥水以免留下傷痕；也不會被同派系的人指責，覺得沒有容身之地。

……明明我們一樣不知情，下場卻相差這麼多……身分的差距真是巨大呢。

「勞勃特，夠了。這樣很難看。那件事應該要怪韋菲利特大人自己與他以前的近侍，沒有清楚了解領主一族哪些事情不該做，才闖下了大禍。」

我僵直著身子，本來想裝作沒有聽見，一直到對方抱怨完為止，但陌生的制止聲令我抬起臉龐。馬提亞斯大人的哥哥約厲克大人正在不快擺手。勞勃特大人雖然閉上了嘴巴，但雙眼還是恨恨地瞪著我，其他人的眼神也沒有改變。

「約厲克大人說得沒錯。況且他也說過，他只是照著父親的指示行事。」

勞倫斯大人抬高音量說，馬提亞斯大人也點頭同意。

「羅潔梅茵大人醒來後，今年多虧了她禁止大家在貴族院的宿舍內進行派系鬥爭，整體氣氛變好許多。與其一直追究已經過去的事情，不如想想以後該怎麼辦。」

我因為今年才入學，不曉得宿舍以前的氣氛。但是，聽說去年和前年都是萊瑟岡古的貴族在宿舍內趾高氣揚，所以氣氛非常糟糕。只要想想自己之前在兒童室裡待得有多麼如坐針氈，當時宿舍裡的模樣大概也差不多吧。

「今年的氣氛確實比去年好多了，可是我剛入學那時候，待起來比現在還愉快。不僅不用像現在這樣看萊瑟岡古貴族的臉色，也能與他們對等交談。唉，如果薇羅妮卡大人在的話……」

聽了勞勃特大人描述的過往，我不由得心想要是能早點出生就好了。如果薇羅妮卡大人沒被逮捕，現在的我們一定過得很快樂自在吧。

「不過，今後喬琪娜大人都會來艾倫菲斯特拜訪。只要有亞倫斯伯罕的支持，韋菲利特大人要重新坐上下任奧伯的位置也是輕而易舉吧。聽說他與蒂緹琳朵大人的感情也很好，大家不必這麼悲觀。嘉柏耶麗大人和薇羅妮卡大人長年來與亞倫斯伯罕建立的交情，將在喬琪娜大人與韋菲利特大人的攜手合作下，變得更加穩固。」

約厲克大人說完，環顧眾人。他今年已是最高年級，又見證了宿舍直至目前為止的變化，這些話由他說來格外有說服力。勞勃特大人也一臉贊同。

「嗯，我聽說韋菲利特大人也希望能與喬琪娜大人加深交流。希望這一天能早日到來。到那時候，薇羅妮卡大人想必也會得到赦免，不用再被關在白塔裡了吧。」

「不，薇羅妮卡大人犯下的罪行之重，連是她孩子的奧伯也無法包庇。想要離開白塔恐怕沒那麼容易吧。」

約厲克大人聳聳肩說。約厲克大人顯然並不把薇羅妮卡大人視為派系重心，但勞勃特大人似乎將薇羅妮卡大人視為我們派系的希望。

「不對，那明明是不受薇羅妮卡大人看重的斐迪南大人的陰謀。他是故意進入神殿，等眾人鬆懈心防，再伺機展開行動。父親大人還曾為此向奧伯進言，不該讓他進入神殿，而是應該照著薇羅妮卡大人的指示，只可惜偏偏……」

「勞勃特，對奧伯的批判要適可而止。」

遭到約厲克大人制止，勞勃特大人先是看向眾人，呼了口氣後，緩慢開口。

「我這不是批判。雖說是他人的陰謀，但我也明白奧伯為何必須將薇羅妮卡大人定罪。但是，一旦韋菲利特大人就任為奧伯，屆時他便能赦免被前任奧伯定罪的人吧。」

「是啊。韋菲利特大人是由薇羅妮卡大人撫養長大，如果他知道了是有人設計陷害，再看見祖母如今這副模樣，不可能坐視不管吧。」

勞勃特大人說完，派系裡的人皆表贊同。為了抓住好不容易看見的微弱希望，他們激動地強調著血緣與養育之恩的重要性。然而，我只是冷冷看著他們，心想：「那種東西有什麼用。」血緣也好，養育之恩也罷，我隨時都能輕易捨棄。我輕輕撫摸經常被父親大人毆打的臉頰。

……更何況比起韋菲利特大人，羅潔梅茵大人更適合成為下任奧伯吧。

我進入兒童室以後，第一年與第二年的光景有著天差地別。韋菲利特大人與夏綠蒂大人並不是在管理兒童室，而是帶著眾人在玩耍。但羅潔梅茵大人並不與大家一起遊玩，而是待在一段距離外，確保一切都安排得當。她從根本上就不一樣。

「……可是，韋菲利特大人真能重新回到下任奧伯的位置上嗎？」

「馬提亞斯。」

約厲克大人用譴責的語氣喚道，但馬提亞斯大人語調沉穩，接著又說：

「哥哥大人，我只是在想，曾經遭到處罰的人，要再一次被指定為下任奧伯恐怕不容易吧。在不同派系的我眼中，羅潔梅茵大人的優秀也是顯而易見。韋菲利特大人在貴族院雖然也取得了優秀的成績，但兩人年級相同，勢必會被拿來比較吧。」

馬提亞斯大人冷靜又淡然的話聲，讓剛才還激動討論著的眾人瞬間冷卻下來。我也有同感。三年級以下，曾在羅潔梅茵大人坐鎮指揮過的兒童室裡待過的學生，我想應該都與馬提亞斯大人有相同的感受。然而，約厲克大人面帶苦笑搖搖頭後，並不苟同地說：

「我承認羅潔梅茵大人是很優秀。但是，馬提亞斯，你是不是有些太偏向羅潔梅茵大人那邊了？成為奧伯的必備條件，不只是優秀而已。羅潔梅茵大人再怎麼優秀，再怎麼有萊瑟岡古貴族的支持，也不是集奧伯寵愛於一身的芙蘿洛翠亞大人的親生孩子。再加上，她是女性領主候補生。我不認為奧伯會指定她為下任奧伯。」

「可是，哥哥大人……」

「奧伯．艾倫菲斯特不可能完全捨棄我們這個派系。再者，考慮到現在派系間的關係，他也不可能捨棄韋菲利特大人吧。我與父親大人都認為，韋菲利特大人有很高的機率能再次被指定為下任奧伯，然後為了安撫萊瑟岡古的貴族，可能會讓羅潔梅茵大人成為他的第一夫人。」

約厲克大人的預測感覺很有可能成真。但是，奧伯真的無法捨棄舊薇羅妮卡派嗎？如今萊瑟岡古的貴族們都受到重用，一思及此，就算想要懷抱這樣的希望，又有些不敢相信。

「約厲克大人，您說奧伯不可能捨棄我們，這句話有什麼根據嗎？」

「第一，奧伯的近侍當中，還留有許多隸屬我們派系的貴族。第二，能面見羅潔梅茵大人的貴族不多，即便是萊瑟岡古的貴族也同樣受到限制。第三，倘若一下子就裁掉所有人，奧伯也會無法順利執行公務，況且也沒有必要換掉並無任何過失的貴族，額外樹立更多敵人。」

聽了約厲克大人列出來的理由，每一項都十分有說服力。原來如此——連我也不由得點頭贊同。

「奧伯從薇羅妮卡大人還握有權力時，便特意在芙蘿洛翠亞大人的近侍中安插萊瑟岡古的貴族，讓領主一族身邊的近侍們，盡可能平均分屬兩個派系。從前我還對此感到不滿，但是現在，我相信除非有什麼重大原因，否則他不可能捨棄舊薇羅妮卡派。」

不需要對未來太過悲觀吧。大家得出這樣的結論後，談話也結束了。反正在場的孩子們都因為年紀還小，無法按自己的意志脫離父母所屬的派系，所以也不需要討論出明確的結果。只不過，因為要在封閉的宿舍裡待上一整個冬天，我們需要一些能讓自己安心的話語。

隔天，羅潔梅茵大人開始每天前往圖書館。這樣一來，一年級生們也終於能去圖書館了。其實辦理完登記後本就能自由進出，但在還不能前往的羅潔梅茵大人面前，沒有一年級生敢開口說「我要去圖書館」。

每天羅潔梅茵大人都帶著心滿意足的笑容，借了一本書後，在第六鐘即將響起前回到宿舍。用完餐後大概是回房看書，所以出現在多功能交誼廳裡的次數也減少了。

羅潔梅茵大人不在時，韋菲利特大人與他的近侍們在交誼廳裡自然更是神氣活現。近侍們都警戒著舊薇羅妮卡派可能再對韋菲利特大人做些什麼，便嚴格地監視我們，所以不過幾天的光景，交誼廳就成了讓我感到痛苦的地方。羅潔梅茵大人去圖書館後、直到下午上術科課為止，我需要有個地方能讓我喘一口氣，順便打發時間。

「有沒有什麼好地方能躲起來呢……」

沐浴時我漫不經心地喃喃說道。中級貴族大多不是一個人住一間房，而是好幾個人共用大房間。能夠遠離他人視線的空間就只有床鋪、浴室與廁所，並沒有秘密房間。因為中級貴族必須省下建造秘密房間的魔力，用在課堂上。

「您想找地方躲起來嗎？」

侍從克什米爾聽見我的呢喃後，用同情的眼光注視了我好一會兒。大概是因為羅潔梅茵大人來到宿舍以後，這段時間過得太安詳自在了吧。

「那麼圖書館如何呢？有羅潔梅茵大人在圖書館，應該沒人敢胡鬧吧。此外，抄寫書籍是羅潔梅茵大人出的徽章作業。我想躲進圖書館是不錯的選擇……」

羅潔梅茵大人禁止我們在宿舍內進行派系鬥爭，要鬥就等回到領地以後，而且她在評價表現的時候總是不分派系。有羅潔梅茵大人在，確實沒人敢在圖書館裡鬧事。再加上如果能靠抄寫書籍賺錢，這對如今備受父親大人冷落的我來說也是一件好事。賺來的錢若能把工作委託給下人，克什米爾也可以輕鬆一些吧。

「克什米爾，可是我去的話，近侍們不會覺得我很惹人厭嗎？……像韋菲利特大人也是，其實比起他本人，近侍們的態度與眼神都更嚴厲。」

「羅潔梅茵大人很鼓勵學生們抄寫書籍，只要盡量別靠近她，不刺激到近侍們，我想不會有問題的。」

我接受了克什米爾的建議，決定前往圖書館。確認羅潔梅茵大人一行人正要準備出發，我便提早一步離開宿舍。到了圖書館的閱覽室時，我看見兩個蘇彌魯外型的魔導具說著：「公主殿下，來了。」然後走出閱覽室。看來他們都會去迎接羅潔梅茵大人。

但他們不回來，我也無法借閱覽席的鑰匙。我發著呆靜靜等待，這時羅潔梅茵大人他們進來了。多半早就想好要看哪本書，羅潔梅茵大人一進閱覽室，馬上走向二樓。

「啊，羅德里希大人。您也來圖書館抄寫書籍嗎？」

下級貴族菲里妮抱著書寫工具，在走向閱覽席的半路上注意到了我。為了達成羅潔梅茵大人要求的第一堂課就通過考試，我們曾一同奮戰，也一起在上地理與歷史課。可能是因為這樣，菲里妮不會踩我痛處，也不會與我保持距離，就像對其他人一樣與我說話。

「菲里妮，我想抄寫羅潔梅茵大人需要的書籍，妳知道該抄寫哪本書嗎？」

「知道喔，我這裡有清單。我現在正在抄寫這本書，羅德里希大人要不要抄寫這一本呢？」

菲里妮向我出示清單，也叫來休華茲與懷斯，幫我準備書本與閱覽席。她的動作有些笨拙，我想是因為並不習慣向他人介紹書籍吧。

我看著菲里妮做準備時，突然感受到一股視線。回頭一看，發現哈特姆特大人正站在幾步距離外，注視著我們這邊。那雙帶有打量意味的橙色眼眸銳利無比，我整個人僵在原地。

「羅德里希大人，閱覽席已經準備好……怎麼了嗎？」

「……哈特姆特大人在瞪著我，他是在提防我嗎？」

「哈特姆特只是在旁邊負責監督，確認我沒有做錯，以及有沒有按照他教的步驟。我剛成為近侍時，也是非常緊張，但羅潔梅茵大人的近侍都很溫柔，讓我鬆了好大一口氣呢。」

菲里妮露出羞赧的笑容。那真是太好了——我本來想這麼說，卻無法發出聲音。因為看著成了羅潔梅茵大人的近侍，如今還能直呼哈特姆特大人名字的菲里妮，我內心感到非常火大。

……明明就只是個下級貴族！

我也知道自己只是在嫉妒。但是，看著被羅潔梅茵大人納為近侍的菲里妮，心裡還是源源不絕地湧出了妒恨的情緒，完全無法抑止。我咬緊牙關，在太陽穴上使力。

「菲里妮，妳的介紹沒有問題，但動作還是有些僵硬。面對他領學生若表現得太過怯弱，會遭到對方看輕。看來妳還得再練習一陣子。」

哈特姆特大人走過來說道。我嚇得身體一震，向幫忙準備了書與紙張的菲里妮道謝後，急忙走進閱覽席。我喀嗒一聲鎖上門，往椅子坐下，背對兩人。

閱覽席內的桌子上，擺有菲里妮選好的書籍，以及抄寫所需的筆、紙張和墨水。我伸出手，翻開書頁。這是本描寫騎士戰鬥的故事書。看見文字的瞬間，我想起了自己說給羅潔梅茵大人聽的故事，眼眶不禁發熱。

……明明我也和菲里妮一樣，向羅潔梅茵大人講了故事，內容還被印在書本上。然而，如今我們兩人的境遇卻有著天壤之別。

這裡是圖書館的閱覽席，不是秘密房間。我拚命咬牙，死死瞪著書本，努力不讓眼淚掉下來。

……要是、要是派系不一樣的話，說不定此刻在菲里妮這個位置上的人，就是我了。

對菲里妮的嫉妒，源自於我想得到羅潔梅茵大人的認同。

我在三年前首次亮相，而那年的冬天尾聲，羅潔梅茵大人為了沒錢購買教材的孩子們，另外想出了辦法，讓我們能借到撲克牌與歌牌。看到其他人都有父母出錢買下教材，我心裡十分羨慕，因此聽到可以用故事借到教材時，我真的非常開心。

絕對不可以失敗！於是我卯足了勁，開始講故事。是母親大人告訴過我的英勇騎士故事。但是說著說著，我的腦袋卻越來越混亂，搞不清楚自己究竟說到了哪裡，腦海裡頭像被洗淨魔法沖洗過一樣，後面的內容消失得一乾二淨。這樣下去不行。然而我越是心急，腦筋越是一片空白。

絕對不能中途停下來——我這樣心想著，開始想到什麼就接著說下去。而羅潔梅茵大人始終面帶笑容，聽著我胡亂瞎編的故事，將其記錄下來。那時候，我只是慶幸著自己能借到撲克牌。

然後隔年的冬季尾聲，羅潔梅茵大人因為遇襲陷入沉睡，大家也開始排擠我。隨後，普朗坦商會再度舉辦了販售會。直到那時，我才知道我們在兒童室裡講的故事變成了書。

當下那感動的心情，我完全不知道該如何形容。連排擠我的人們也閱讀了我編出來的故事，甚至有人笑說他覺得很有趣。被父親大人罵道「你這沒用廢物」的我，忽然覺得還有個地方需要自己，我想如果待在那裡，我就能活下去。但是，願意傾聽我講述故事的羅潔梅茵大人卻不在。

後來，白塔事件發生後已經過了兩年，遭到虐待我也習以為常。你根本沒有活在這

世上的價值、是家族的恥辱──這些話聽久了，我也開始覺得自己真的就是這樣。一直到今年的冬天。

羅潔梅茵大人一臉理所當然地給了我公正的評價。自從遭到韋菲利特大人疏遠，父親大人開始對我拳腳相向，連同派系的人也說我只是幫倒忙，無論在家裡還是在兒童室，都沒有我的容身之處。然而對於這樣的我，羅潔梅茵大人依舊是一視同仁。她稱讚了我在兩年前寫的故事，並給了我她認為合理的報酬。

……羅潔梅茵大人會再一次……認可我的努力嗎？

她表揚了連家人都嫌棄得一無是處的我；在她的監督下，我們在宿舍也能自在生活，不必再因派系與人鬥爭。這一切究竟為我的心靈帶來了多大的救贖，除了我自己外，恐怕無人知曉吧。

「……來寫故事吧。」

明明以前因為感到無處容身，所以停止了書寫，但是忽然之間，我湧現了這樣的念頭。什麼題材都好，我想寫下故事。不是任何人都能辦到的抄寫，而是只有我才寫得出來的故事；也不是為了借撲克牌，而是為了獻給羅潔梅茵大人。

我拿起筆，浸入墨水中。

菲里妮視角・從貴族院返家

Kazuki Miya's commentary

原本只刊登在網路上的特別短篇。
菲里妮視角。
修完一年級的課程，
菲里妮從貴族院回到艾倫菲斯特。
離開城堡以後，就必須面對嚴峻的現實。
內容描寫到了下級貴族的艱苦生活。

小小幕後筆記

由於第四部III的特典短篇太長了，便把超過的部分修改成了特別短篇。雖然資訊與特典短篇有重複，但也許可以更加了解近侍們返家的模樣，以及菲里妮與伊絲貝格的關係。

「其實本來該由身為主人的大小姐來做介紹，但她現在那副模樣，就由我來介紹近侍們吧。」

剛從貴族院回到城堡的當天，羅潔梅茵大人便因為被波尼法狄斯大人一把拋到半空中，整個人暈頭轉向，回房後必須立即上床歇息。首席侍從黎希達先擔心地往床鋪的方向看了一眼後，接著開始介紹在城堡留守的成年近侍。

「這兩位是羅潔梅茵大人留在城堡的近侍。侍從奧黛麗是哈特姆特的母親，應該大部分的人已經認識她了吧？而護衛騎士達穆爾雖是下級騎士，但他從大小姐待在神殿的時候便在身旁服侍，也深受大小姐的信賴。那麼接下來，這邊幾位是大小姐在貴族院新納的近侍。她是見習侍從……」

達穆爾我也已經認識他很久了。羅潔梅茵大人陷入沉睡的那兩年時間，都是他負責與斐迪南大人聯繫，還在兒童室裡處理書籍的出借事宜。我因為在兒童室裡幫過他的忙，曾經多次交談，所以對他感到十分親切。

「菲里妮，恭喜妳成為近侍。身為下級貴族，有些事情可能都會比較辛苦，如果有不方便找其他人商量的事情，妳儘管來找我吧。」

「謝謝。有事的話我一定麻煩你。」

知道我為了羅潔梅茵大人在編寫故事的達穆爾，溫柔地瞇起灰色眼眸，恭喜我成為近侍的一員。心頭一時間暖洋洋的。同樣是羅潔梅茵大人的近侍，今後我也要好好努力，不能輸給達穆爾。

「菲里妮，妳有問題也可以來找我商量唷。哈特姆特要是提出了什麼過分的要求，妳一定要馬上跟我說。」

奧黛麗微微一笑，柔聲這麼向我搭話。那雙橙色眼睛與哈特姆特十分相似。本來我還擔心自己會不會因為是下級貴族而受到冷落，但這種擔憂很快就消失了。

「哈特姆特指導我的時候非常細心喔。我在貴族院能抬頭挺胸地以近侍的身分服侍羅潔梅茵大人，全是多虧了哈特姆特。」

「那就好。但如果那孩子對妳做了什麼，真的一定要馬上告訴我喔。」

看來哈特姆特即使那麼認真又優秀，站在母親的立場還是會擔心他吧。從奧黛麗的表情與語氣，都能感受到母親特有的包容，我跟著想起了自己已經離世的母親。

……母親大人如果還在世，也會像這樣擔心我嗎？

雖然有些羨慕哈特姆特，但久違地想起母親大人以後，內心深處也漸漸盈滿柔和的暖意。

大家各自做完自我介紹，也聽取了有關城堡工作的簡單說明後，剛從貴族院回來的見習生們便獲准提早返家。

「羅潔梅茵大人用晚餐時，有成年近侍陪同即可。各位就先回去，好好休息一下吧。」

「那恕我們先行失陪了。」

近侍們在出入時，都要利用羅潔梅茵大人房裡的近侍室。我們照著吩咐，從近侍室來到走廊上。下了樓梯，走向連結北邊別館與本館的聯絡走廊。想到自己正走在只有領主的孩子與其近侍才能出入的地方，我不禁感到非常神奇。

「接下來我來說明從明天開始，進城堡時的流程。」

已經當了好幾年護衛騎士的柯尼留斯，邊帶著我們從北邊別館走向本館一樓的北側，邊開始說明。

「住在家裡的人要在第二鐘響後來到城堡。等一下會從本館一樓北側的近侍出入口離開，所以明天也要從同一個地方進來。」

聽說本館一樓的北側，是在城堡工作的侍從們所使用的空間。到了以後，柯尼留斯喚道：「諾伯特。」諾伯特是領主的首席侍從，負責統管領主一族的近侍。

「他們是羅潔梅茵大人新納的近侍，明天開始會從這邊的門出入。」

「我已收到黎希達的通知，這邊也做好準備了。」

諾伯特一邊說著，一邊細看我們每個人的臉孔。

「領主一族要使用馬車的時候，會由在此處待命的侍從負責準備；至於你們要用馬車的時候，請先往這裡捎來通知。」

諾伯特似乎只負責處理領主一族的外出事宜，其他人則由城堡裡的侍從們負責。說完一些注意事項後，諾伯特領著我們走向一間房間。

「諸位的侍從已備好返回宅邸的馬車，正在這裡等候。」

陪同我們前往貴族院的侍從們從那個房間走出來，帶著我們往各別刻有家徽的馬車移動。這種時候當然是按照身分順序，所以身為下級貴族的我要等到最後。

「那我們先失陪了。明天與光之女神的降臨同在。」

「好的，柯尼留斯、布倫希爾德、哈特姆特、萊歐諾蕾。與光之女神的降臨同在。」

四名上級貴族最先坐進馬車，接著是中級貴族的莉瑟蕾塔與優蒂特。安潔莉卡因為在晚餐結束前得擔任護衛騎士，之後她會自行以騎獸返家，所以只有裝了行李的馬車在妹妹莉瑟蕾塔的指揮下率先駛回宅邸。

「菲里妮大人，請上車吧。」

目送大家離開後，我和以侍從身分陪同的伊絲貝格坐上馬車。伊絲貝格是我已故母親的堂表親，年紀比母親大人要大。去年因為自己的孩子已經成年了，有了空閒時間，便答應與我一同前往貴族院。得知我被選為羅潔梅茵大人的近侍時，最高興的人就是她了。

「麻煩你了。」伊絲貝格對車夫說道，載著大量行李的馬車於是開始緩慢移動。

「今年的貴族院能順利結束，沒有犯下大錯或受到指責，真是太好了呢。」

由於在貴族院的時候突然被納為近侍，不光是我，伊絲貝格也是手忙腳亂。尤其金錢方面真的是……不過，幸好後來並不是住單人房，而是與優蒂特同住一間，稍微減輕了我們的負擔；與黎希達商量過後，我也預支到了撥給近侍的經費。就讀貴族院的這段期間，我還靠著與哈特姆特一起蒐集情報以及蒐集故事賺到了錢，幾天後就能拿到一筆不小的收入。看來暫時可以不用擔心吧。

「菲里妮大人，這真是值得驕傲的事情。下級貴族竟然獲選為領主一族的近侍，我也以您為榮呢。而且羅潔梅茵大人是溫柔心善的主人，您的同僚也都非常親切，不會因為您是下級貴族就排擠您，讓我十分放心。從明年開始我也會以侍從的身分陪您前往貴族院，我的家人往後就靠您多多提攜了。」

今年冬天拜託伊絲貝格的時候，她還答應得不情不願，這時卻眉開眼笑地說她明年也願意當我的侍從。儘管伊絲貝格的反應十分勢利，但與她打好關係，對我也有好處。因為母親大人死後，我們與親戚就漸漸變得疏遠，如果能夠恢復往來，對於在家裡越來越感到無處容身的我和弟弟康拉德來說，會是有力的後盾吧。

「約娜莎拉大人自從有了孩子以後，她便判若兩人，變得對我們非常苛刻。所以我很擔心康拉德……加上父親大人一向比較看重約娜莎拉大人說的話。」

倘若父親大人能夠嚴厲制止約娜莎拉大人，我也不用這麼擔心，偏偏他將家裡的所有事務都交給了她打理。不管我們說了什麼，他經常充耳不聞。

「女人一旦成為母親，有了孩子以後，都會把孩子擺在第一順位。倘若孩子的地位穩定，多少還能放寬心胸，但約娜莎拉大人畢竟是嫁給入贅的丈夫當繼室，以她的處境多半很難吧。她想必會拚了命想保護自己的孩子。這是一種本能，也無可厚非。」

近來家裡的變化對我來說實在太過突然，也覺得很不公平而且難以理解，所以心裡很不愉快，伊絲貝格卻說這種情況也是無可厚非。她還說等我有了孩子就能明白約娜莎拉大人的心情，但如今受到苛待的我，一點也不想去理解她。

「不過，我就是料到事情有可能變成這樣，還三番兩次提醒過卡席克大人。然而他還是讓繼室有了孩子，真不知道在想什麼呢。」

「如果父親大人至少能等到康拉德進入貴族院就讀，我也不用這麼擔心……」

母親大人是在生下康拉德後，過了約莫一個季節時離開人世。根據身邊人們所言，當時父親大人在考慮究竟要雇用能長期住在家裡工作的奶娘，還是續弦再娶。最終基於金錢方面的考量，他選擇了後者。

「因為剛好身邊出現了親屬都已過世、生活陷入困苦的約娜莎拉大人吧。所以卡席克大人才迎娶約娜莎拉大人為繼室，並把她的伯母耶涅菈帶回來當侍從。其實於情於理來看，他這麼做並沒有錯。但是，居然讓繼室生下孩子、把養育您和康拉德的工作拋到一邊，這根本是本末倒置嘛。卡席克大人做事真是缺乏考慮。約娜莎拉大人她們也太不知感恩了。」

看到伊絲貝格如此咳聲嘆氣，我悄悄鬆了口氣。因為在家裡總是我遭受指責，所以看到有人也和我一樣對約娜莎拉大人與父親大人感到憤怒，不由得安下心來。

「同樣的話我也對父親大人說過，卻被他狠狠罵了一頓。他還說不知感恩的人是我，一點也不懂得體諒生了孩子的約娜莎拉大人。可是，父親大人的指責實在讓我無法接受。」

「哎呀……」

「母親大人臨終前還將康拉德託付給我，要我好好照顧他。可是，我覺得現在的生活對康拉德來說真是太糟糕了。」

有時候約娜莎拉大人會因為忙於照顧幼兒而忘記吩咐三餐，或為了一點小事就尖聲咆哮，還會以管教的名義動手打人。光是想起這些事情，我的心情就變得非常沉重。但明明是她忘記吩咐下人準備餐點，那麼就算我出面去下達指示，她也不應該為此向我抱怨。既然認為那是「自己身為女主人的職責」，她應該要盡責才對。

「我很希望約娜莎拉大人能搬去別館，伊絲貝格覺得呢？」

一般都會讓第二夫人住進別館，以免與第一夫人和其孩子產生摩擦或爭執。但是，當初會迎娶約娜莎拉大人為繼室，就是為了讓她來照顧我們，所以她從一開始就住在本館，即便現在生了孩子也一樣。

我並不是希望父親大人他們離婚，也沒打算叫約娜莎拉大人她們離開這個家，畢竟我也知道她們只會流落街頭。可是，她們都已經撇下了養育康拉德的工作，我希望約娜莎拉大人與耶涅菈能從本館搬去別館。

「如今我成為羅潔梅茵大人的近侍了，薪水和一般的見習生不一樣。現在像吃飯的時候也不用一直待在旁邊照顧康拉德，我可以雇用下人，只要節省著點使用我在貴族院存下來的錢……」

我希望自己向父親大人提出這個建議的時候，伊絲貝格能在一旁幫我說說話，所以先把自己的想法告訴她。然而，伊絲貝格想了一會兒後搖搖頭。

「我非常能明白您的心情，但這些事情要馬上辦到是不可能的吧。現在您成了領主一族的近侍，往後生活上得準備不少東西，現在都還不曉得要花多少錢。而且您以為卡席克大人會願意整理別館，支付兩邊的開銷嗎？如果他願意這麼做的話，早在一開始就會雇用奶娘，而不是迎娶繼室了。」

伊絲貝格冷靜又確切的反駁讓我垮下頭來。現在我已經能自己賺錢，也預計要學習魔力壓縮法。本來還以為只要足夠努力，就不會對家計造成負擔，也能保護好康拉德，看來我還是太天真了。

「菲里妮大人，您也不用這麼沮喪。卡席克大人是入贅的夫婿，所以將來是您和康拉德要繼承、守護那個家。如今您又獲選為羅潔梅茵大人的近侍，今後就連那兩個人也不能輕慢您。康拉德要進入貴族院就讀的時候，您也成年了。當上領主一族的近侍後，想必您也能夠成為他的後盾，所以現在不能心急。」

伊絲貝格親切地這麼勸道，我點點頭。當上羅潔梅茵大人的近侍後，如果父親大人他們也開始能夠尊重我們，現在這種痛苦的生活就不會再持續下去了吧。

……向羅潔梅茵大人宣誓效忠果然是正確的決定呢。

每一次都是羅潔梅茵大人拯救了我。以前是她建議我，可以寫下母親大人所說的故事以免忘記，這次又是她將我納為近侍。正當我下定決心，要竭盡全力認真服侍羅潔梅茵大人的時候，馬車抵達了目的地。

「菲里妮大人，歡迎歸來。」

「哎呀，我明明預先知會過了，怎麼不見約娜莎拉大人呢？」

看見出來迎接的只有侍從耶涅菈與男僕，伊絲貝格皺起了眉。耶涅菈先回頭往宅邸看了一眼，話聲平靜地回答：

「實在非常抱歉，約娜莎拉大人因為維根繆希的邀請，暫時抽不開身。」

因為要照顧剛出生的孩子，約娜莎拉大人不方便做某件事情時，都是用這種方式表達。在羅潔梅茵大人編寫的聖典繪本裡，維根繆希是守護、照看受洗前孩童的女神。

「這樣啊。我本來還想與她打聲招呼，那就沒辦法了。那麼，請下人把行李搬進宅邸裡吧。接下來我還要乘坐這輛馬車回去。對了，許久不見康拉德，我也想見見他呢。請把他叫來吧。」

伊絲貝格說完，耶涅菈露出了有些為難的表情說：「但康拉德大人尚未受洗。」

「我是他的母系親族，所以沒關係。我想看看他。」

眼看伊絲貝格絲毫沒有放棄的意思，耶涅菈朝我看來，明顯在暗示我：「快阻止她。」但是，今後我有意請伊絲貝格站在我們這一邊，所以讓兩人先見上一面，對康拉德也有好處吧。

「耶涅菈，如果妳很忙，不如我去叫康拉德吧。」

「不，還是我去吧。不好意思，請菲里妮大人為伊絲貝格大人泡杯茶……」

「我知道了。」

我帶著伊絲貝格前往會客室，盡可能用心地泡了壺茶。伊絲貝格喝了口茶後，微微皺起臉龐。看來並不是很美味。

「不好意思讓妳喝我泡的茶。因為家裡只有耶涅菈一名侍從而已。」

「……這樣看來，您家裡的環境確實有許多不足呢。我聽說在神殿，能以低廉的價格買到受過侍從教育的人。他們雖然使用不了魔導具，但在魔導具不多的下級貴族家裡可以完成大部分的工作。您說不定能請羅潔梅茵大人幫忙通融，要不要與她商量看看呢？」

伊絲貝格擦了擦嘴角建議道。等開始領到薪水以後，也許真的該找羅潔梅茵大人商量看看。因為可以的話，我想至少雇用一名新侍從，來為自己和康拉德打理生活起居。

「我帶康拉德大人過來了。」

「姊姊大人，歡迎回來。真高興您回家了。」

康拉德由耶涅菈牽著手走進會客室。他看起來好像瘦了不少。我雖然十分在意，但康拉德正努力說著似乎是耶涅菈教他的問候語，我既不好打斷，在伊絲貝格面前質問耶涅菈也很失禮。思量了一會兒後，我只是噤不作聲。

「康拉德，你的問候語說得很好喔……不過，我怎麼覺得你好像瘦了一些呢？是不是餐點的分量不足以填飽肚子？」

不過，伊絲貝格倒是直截了當地問出了我非常在意的事情。耶涅菈露出為難的苦笑。

「康拉德大人的食量本就不大，偏偏菲里妮大人不在宅邸裡的這些日子，他好像更是食欲不振，所以食量也減少了。往後就能與菲里妮大人一同用餐，相信他的食欲很快能恢復吧。」

耶涅菈說完，康拉德連連點了幾下頭，說：「我想和姊姊大人一起用餐。」沒想到康拉德這麼期待我回來，我心裡十分高興。

「康拉德，接下來我們就一起吃早餐和晚餐吧。」

「……午餐呢？以後不是一整天都能和姊姊大人在一起嗎？」

康拉德一臉茫然地反問，我內心油然升起了難以形容的罪惡感。

「對不起喔。從明天開始，我和父親大人一樣要去城堡工作，所以直到第六鐘之前都會待在城堡。去年我不是也去了兒童室嗎？就和那時候一樣……」

「不要，您不要去城堡。」

「康拉德，我怎麼可以不去呢。這可是重要的工作。」

明明還有伊絲貝格這名客人在，康拉德竟然露出了快哭出來的表情。我大吃一驚，拚命想安慰他，但是這種時候也不能撒謊說「我會一直和你待在一起」。

「康拉德大人，不可以給菲里妮大人造成困擾喔。您不是和我說好了，會當個好孩子嗎？而且，這裡還有客人呢。」

耶涅菈伸手按在康拉德的肩膀上。康拉德像是忽然回神，抬頭看向耶涅菈後，馬上低下臉龐點點頭。

「對不起，是我太任性了。」

「這只是因為康拉德太喜歡姊姊了嘛，我沒有放在心上喔。」

伊絲貝格揚起溫柔的微笑這麼表示時，下人正好出現在門邊。看來行李已經搬完了。我便感謝她這陣子來的辛勞，並與她道別。

「伊絲貝格，謝謝妳。多虧了妳，我在貴族院才能過得閒適自在。那麼，就此解除妳我二人在貴族院的主從契約。」

「能夠親眼看著菲里妮大人日漸成長，是我最大的收穫。期待明年與您的再次合作……那麼，我就此告辭了。」

我與康拉德以及耶涅菈一起目送伊絲貝格離開。她乘坐的馬車剛彎過轉角，耶涅菈臉上侍從特有的謙遜笑容立即消失，兇神惡煞地往我瞪來。

「菲里妮大人，您也太晚回來了。第六鐘都已經響了不是嗎？居然害得我們要額外支付酬勞，讓下人留下來待命……」

「……這妳就算向我抱怨，我也沒辦法呀。因為從城堡回來的時候得依照身分順序。不說這個了，康拉德，我們一起去吃晚餐……」

「由於您太晚回來，康拉德大人已經先用過晚餐了。我來為他梳洗沐浴，請您快點去用晚餐吧。」

耶涅菈厲聲說完，一把抓起康拉德的手臂邁開步伐。既然會自然而然地脫口說出要幫他沐浴，代表在我就讀貴族院的這段時間，一直是耶涅菈在照顧康拉德吧。

「耶涅菈，謝謝妳。麻煩妳為康拉德梳洗沐浴了。不過在那之前，希望妳能先來協助我更衣……」

貴族院的黑色制服在製作時，都是以會有侍從幫忙著裝為前提，所以無法獨力穿脫。看著我身上的衣服，耶涅菈厭煩地皺起眉。

「康拉德大人，請您先回房吧。」

聞言，康拉德露出了莫名帶有懇求意味的眼光朝我看來，但我更衣的時候實在不方便他在場。大概是我就讀貴族院的這段期間，他一個人太寂寞了吧。但是，現在必須讓康拉德回到自己的房間。我輕輕摟住康拉德，向他道晚安。

「康拉德，願席朗托羅莫的祝福賜予你一夜安眠……明天早上我們再一起吃早餐吧。」

「好的，姊姊大人。」

康拉德高興得綻開笑容，走向自己的房間。他這麼懂事讓我鬆了口氣，同時我在耶涅菈的陪伴下回到房間。

下人只負責把貴族院的行李搬進來，還隨意地堆放在一起，所以房間看起來變得十分狹窄。我側眼看著堆疊的木箱，打開房間的衣櫃，裡頭放著能夠獨力穿脫的平民衣物。這是我在宅邸裡才會穿的衣服，在貴族院那裡絕不可能出現。

「約娜莎拉大人似乎正忙著照顧小寶寶，那晚餐已命人準備好了嗎？」

「有的。我接下來就要去約娜莎拉大人那裡看看，無法服侍您用餐，但晚餐已經準備好了。」

「這樣呀。明天我第二鐘就要到城堡去。等吃完早餐，麻煩妳幫忙準備衣服。」

然後我在臭著一張臉的耶涅菈協助下，脫下了貴族院的制服。她幫我脫下衣服後，馬上轉身走出我的房間。

……但她光是願意幫康拉德梳洗沐浴，我就十分感激了呢。

我獨自換上平民服裝後，前往餐廳自己準備刀叉、拿取食物，一個人吃完了樸素的晚餐。不知道是貴族院的餐點太美味，還是因為餐廳裡安靜得教人感到寂寥，明明才剛回家，但一想起以羅潔梅茵大人為中心、所有近侍圍著餐桌一起用餐的熱鬧光景，我忽然好想回到貴族院。

用完餐回房的半路上，我聽見嬰兒的哭聲。打從小寶寶出生以後，不只約娜莎拉大人，就連耶涅菈也是寸步不離地貼身照顧。耶涅菈除了協助父親大人與約娜莎拉大人以外，幾乎其他事情都不做了。看來她也不可能幫我整理行李和床舖了吧。

……要忙到什麼時候才能上床歇息呢？

看著冬季期間就讀貴族院時，似乎從來沒人進來打掃過的房間，我嘆了口氣。看來得先簡單打掃房間、更換床單，並準備好明天工作要用的東西，否則沒有辦法上床睡覺吧。

換作在其他人家，母親一定會殷切期盼著女兒從貴族院歸來；即便母親已經不在人世，侍從也會幫忙整理好房間吧。真不知道還有沒有貴族也像我這樣，一回來就得換上平民衣物，還要自己整理好房間才能上床歇息。悲慘的現實讓我感到想哭，但我自己也很清楚，哭並不會讓事情變好。於是我做了個深呼吸，轉換心情後，用力捲起衣袖，轉身去拿打掃工具。

菲里妮視角・我的騎士大人

Kazuki Miya's commentary

第四部III特典短篇。

菲里妮視角。

要學習魔力壓縮法當天，菲里妮竟然請假休息。

那一天在被救出來之前，她究竟發生了什麼事情？

內容描寫到羅潔梅茵無法看見的光景。

小小幕後筆記

短篇裡雖描寫到了下級貴族的困苦生活，但其實菲里妮家在下級貴族中地位也算低下。同是下級貴族，接受渥多摩爾商會援助的達穆爾老家還算富裕一些。

今天是羅潔梅茵大人要教授魔力壓縮法的日子。大概是太期待了，我在第一鐘響的同時馬上睜開眼睛。飛身下床後，很快穿戴好衣物。

我在貴族院時雖然有侍從，但回到家後，家裡的侍從只有父親大人的繼室約娜莎拉大人的伯母，耶涅菈一個人而已。耶涅菈會照顧父親大人與約娜莎拉大人的生活起居，但是除了幫我換穿外出用的貴族服裝外，基本上不會幫我打理任何事情。

因此回到家時，我都是穿著無須侍從幫忙也能自行穿脫的平民衣物，就讀貴族院之前，也幾乎都由我為康拉德更衣。就讀貴族院期間，耶涅菈似乎會幫忙照顧康拉德，如今每天早上也會為他更衣。早上能有空閒時間，讓我非常感激。

因為若要以近侍的身分去城堡，早晨的時間非常寶貴。我先簡單打掃自己的房間，確認過了要帶去城堡的東西與服裝以後，快步走向餐廳。我想趁著康拉德還在更衣的時候，先準備好早餐。

到了餐廳，首先點燃爐灶，加熱廚師前一天煮好的湯。熱湯時再去食物櫃取來麵包，切成薄片後，與起司一起稍加烘烤。看見現在的我，恐怕沒有半個人會相信我是貴族吧。

為了省點付給下人的薪水，我們家只在第二鐘到第六鐘這段時間雇用廚師。此外，用餐時也沒有侍從在旁邊服侍，所以都要自己拿取餐點。家境較為富裕的平民，說不定過的生活比我還像貴族呢。

……我絕不想讓任何人看見自己現在這樣子。

我把烤好的麵包放在盤子上，再把熱好的湯舀進盤子裡，然後拿出冰窖裡的牛奶倒入杯子，早餐就準備完成了。這幾天來，康拉德總在我準備得差不多時來到餐廳，今天卻還沒有現身。從貴族院回來以後，由於我每天仍要前往城堡，他明明說過早餐與晚餐一定要一起吃，這是怎麼了呢？

……難不成是耶浬菈被約娜莎拉大人叫走了嗎？

倘若是這樣，耶浬菈就會撇下康拉德。也許該看一下是怎麼了。我正準備走出餐廳，這時耶浬菈一個人走了進來。

「哎呀，耶浬菈。康拉德呢……？」

「我和平常一樣去叫他起床，但他似乎身體不舒服，所以我要他今天再多休息一會兒。假使菲里妮大人真是羅潔梅茵大人的近侍，您的主人可是出了名的體弱多病，要是把疾病傳染給她就不好了。」

耶浬菈笑得非常壞心眼。看得出來對於我被羅潔梅茵大人選為近侍這件事，她到現在還不相信。雖然很不甘心，但我也無所謂。等在城堡蒐集情報的父親大人回來，她們就會知道是真的了。我完全不想努力說服耶浬菈與約娜莎拉大人相信我。

「這樣啊。那麼吃完早餐以後，麻煩妳幫我完成要去城堡的準備。」

「唉……雖然身為貴族，慶春宴之前確實都得待在兒童室裡度過，但整天不見人影這一點，與卡席克大人還真是一個樣。」

耶浬菈一邊挖苦一邊走出餐廳。雖然教人生氣，但我無法獨力穿上要去城堡的服裝，這時也只能忍耐。

我自己一個人吃了早餐。可能是康拉德不在，四下安靜得教人感到寂寞，也可能是食物太簡單又乏味，我不禁想起了貴族院裡在熱鬧氣氛下所吃的美味餐點。

……但在城堡的時候，還能與其他近侍一起吃分送下來的午餐，所以比起只能一直在家的康拉德，我已經相當幸運了。

吃完早餐，收拾了餐具，我決定在回房前繞去康拉德的房間看看。我想稍微看一下他的情況怎麼樣了。

……倘若約娜莎拉大人還和以前一樣，我也不會這麼擔心呢。

約娜莎拉大人是在我的母親大人過世後不久來到我們家，成為父親大人的繼室。母親大人在生下康拉德後，剛過一個季節便離開人世。為了養育我們長大，父親大人只能選擇要長期雇用能住在家裡工作的奶娘，還是續弦再娶。

當時，正好父親大人的親族中有位親屬都已過世、生活陷入困苦的女性，他在考量過家中的經濟狀況後，判斷比起雇用奶娘，再婚會比較好。於是，他迎娶了約娜莎拉大人為繼室，並把她的伯母耶涅菈帶回來當侍從。

……其實一開始相處得還算融洽。那時約娜莎拉大人對我們很溫柔，耶涅菈也視我們為父親大人的孩子，相當尊重我們。

然而，在約娜莎拉大人懷孕了以後，她便判若兩人，變得對我們非常苛刻。倘若父親大人能嚴厲制止她那還沒關係，偏偏他經常對我們說的話充耳不聞，也不願認真看待這件事。再加上，父親大人認為家裡的事情是妻子的工作，把一切都交由約娜莎拉大人打理，她因此更是變本加厲，對我們越來越過分。現在要是康拉德生病，她也不管不顧，只會說：「可別傳染給我的孩子。」

……雖然伊絲貝格曾說：「女人只要成為母親，有了孩子以後，都會把自己的孩子放在第一順位。」

伊絲貝格是母親大人那邊的親族，願意前往貴族院擔任我的侍從。她也曾說：「如果我孩子的地位能穩定一些，我多少也能放寬心胸。」但是，約娜莎拉大人是入贅的父親大人的繼室，也沒有其他親屬。當時她的年紀已二十出頭，以貴族來說算是相當晚嫁，而且幾乎是身無分文地嫁進來我們家。身上也沒有給小孩子用的魔導具，所以她生下來的孩子，很難以貴族的身分活下去吧。聽說在這種情況下，她會對前妻的孩子，也就是我們這麼具有敵意，也是無法避免的事情。儘管伊絲貝格說了，等我有了孩子，多半也能明白她的心情，但如今受到苛待的我，一點也不想去理解她。

……可是，一切還是要怪父親大人。明明親族告誡過他，在康拉德進入貴族院之前，最好別讓約娜莎拉大人懷上孩子，他卻無視親族的忠告。即便我向他傾訴不滿，他也不願意為約娜莎拉大人他們準備別館……

原本為了避免發生這種爭執與摩擦，貴族的宅邸都設有別館，繼室與第二夫人這樣的對象從一開始就會分開居住。但是，當初是為了讓約娜莎拉大人照顧我們，才娶她為繼室，所以她在一開始就住進了本館。即便現在生了孩子也一樣。可是，如果她都本能地優先照顧自己的孩子，放棄養育我與康拉德的責任，那明明氣氛已經這麼糟糕了，真的還有必要一起住在本館嗎？

我並不是希望父親大人離婚，也不是想要求約娜莎拉大人他們離開我們家。我只是希望她能像一般的繼室一樣，搬出本館，移到別館生活。

……父親大人也許是因為金錢上的考量，所以不想使用別館，但現在這樣的生活再持續下去，對康拉德來說一點好處也沒有。

「康拉德就拜託妳了。」母親大人嚥下最後一口氣前，曾好幾次這樣對我說道。這時她的聲音再度掠過腦海，我輕輕嘆了口氣。

「康拉德，我聽說你身體不舒服，現在怎麼樣了？」

我走進房間，探頭往床鋪一看，便見康拉德臉色蒼白，僵著小臉仰頭看我。他的皮膚表面隱隱冒著水泡，表情還顯得有些痛苦，這副模樣讓我感到十分熟悉。肯定是體內充滿了魔力吧。年紀還小的時候，只要每幾個月移動一次手環裡的魔力就好，所以他可能是忘了怎麼移動魔力。我捲起弟弟戴有手環的右手的衣袖，一邊向他說明。

「我不是教過你，一旦手環裡的魔力滿了，要把魔力移進床鋪旁邊的魔石魔導具嗎？……康拉德，你的手環呢？魔導具放到哪裡去了？!」

康拉德右手腕上的手環不見蹤影，也找不到床邊桌子上的魔導具。康拉德就好像有人命令過他不准說，只是恐懼得臉龐僵硬，目不轉睛地注視我。

「你不說我也知道。也只有約娜莎拉大人了吧。這個家裡需要孩童用魔導具的人，就只有那個小寶寶而已。」

我這麼斷言後，康拉德的眼淚馬上奪眶而出，點了好幾下頭。大概是因為即使不說，我也知道是誰，讓他安下心來了吧。康拉德的表情與身體不再那麼緊繃。

……居然不只搶走康拉德的魔導具，還讓他感到害怕，威脅他什麼都不准說，簡直不可原諒！我一定要把魔導具拿回來！

康拉德的孩童用魔導具，是母親大人過世以後，用母親大人的魔石與她剩下的大半財產，請人製作的新東西。對於剛出生沒多久就失去了母親大人、也從未見過她一面的弟弟來說，這可說是飽含了母親愛意的遺物。然而，現在繼室竟然為了自己的孩子把這樣魔導具搶走，實在太差勁了。

我在盛怒下起腳狂奔，一個箭步衝進約娜莎拉大人的寢室。看見我沒有通報一聲就闖進來，她立刻橫眉豎目，怒聲咆哮。

「妳怎麼這麼沒規矩！馬上給我出去！」

她懷裡的嬰兒想必是聽到咆哮聲受了驚嚇，開始放聲大哭。每次孩子一哭，約娜莎拉大人的心情就會變得十分惡劣，換作是平常的我，面對怒氣沖沖的她想必不敢違抗吧。但是，看見嬰兒的手腕上戴有康拉德的手環後，我絕不可能離開房間。

我無視嬰兒的哭聲，也無視約娜莎拉大人的怒吼，快速地掃視房間。康拉德那嵌有魔石的魔導具就放在暖爐上頭。找到以後，我立刻以最快速度衝向暖爐，拿回魔導具。

「約娜莎拉大人，您才是不懂規矩又蠻橫無理的小偷吧！這是我母親大人的魔導具。是她要給康拉德的，才不是那孩子的東西。如果您想讓自己的孩子以貴族身分活下去，應該嫁進來的時候就自己準備好才對。我絕不原諒您居然搶了康拉德的東西！請您明白自己的身分！」

「那已經是這孩子的東西了！」約娜莎拉大人臉色丕變，大叫著扭過身體，搖響手鈴。一旦耶涅菈趕過來，我肯定沒有勝算。正互相對峙時，約娜莎拉大人像是發現了什麼，稍微移動目光。

「姊姊大人……」

似乎是追著我跑來，身後傳來康拉德的聲音。我把弟弟護在後頭，繼續與約娜莎拉大人對峙。看見我保護弟弟的樣子，她一派好整以暇，不懷好意地勾起嘴角。

「就算妳現在拿回魔導具，也已經來不及了。像康拉德這樣魔力不多的孩子，不可能在就讀貴族院之前重新儲存到魔力吧。」

聞言，我明白到了她不只搶走魔導具，還把康拉德儲存至今的魔力都用掉了。我感到背脊發涼。康拉德若想以貴族的身分活下去，恐怕將變得非常困難。

「所以，妳死心吧。」

「……康拉德的將來，與母親大人的魔導具被人搶走是兩回事。這點我絕不退讓。」

我把魔導具交給康拉德，目光鎖定嬰兒手上的手環。為了阻止我，約娜莎拉大人變出思達普來。然而下個瞬間，康拉德突然放聲尖叫，蹲在原地縮成一團。他整個人恐懼得不停發抖，這副模樣再明白不過地宣告著，他曾有過約娜莎拉大人以思達普攻擊他的經驗。

「您到底對康拉德做了什麼?!」

我憤怒得腦袋幾乎就要沸騰，也變出思達普。就在這時候，耶涅菈快步走了進來。

「夫人，不好了！菲里妮大人竟然有這麼多錢！」

看見耶涅菈拿著裝有魔力壓縮課費用的皮袋，我感到一陣暈眩。

「居然不只主人，連侍從也是小偷……那是我的錢！不准擅自拿走！」

那是我為了學習魔力壓縮法存下來的錢。不只奪走了康拉德身為貴族賴以生存的魔導具，現在連關係到我近侍生涯的錢也要搶走嗎？

「呀啊?!」

趁著我的注意力被皮袋引開，約娜莎拉大人從思達普變出魔力光帶，很快將我綑起來，讓我無法動彈。她低下頭，看著摔倒在地的我。

「這個家的女主人是我，將來要繼承這個家的是這孩子。妳才該明白自己的身分。」

接著，約娜莎拉大人從蹲在地上、全身不斷發抖的康拉德手中搶走魔導具，然後露出卑劣的笑容打開皮袋，數起我的錢。她關上皮袋後，朝我看來。

「耶涅菈，把他們兩人關進那間儲藏室吧。親眼看著康拉德在自己眼前因為魔力失控，幾乎就要丟掉性命，相信菲里妮以後也會比較聽我的話吧。」

我抬起頭，盡可能擺出強硬的姿態，狠瞪向約娜莎拉大人。

「就算要關，您也關不了多久。只要發現身為近侍的我私自曠職，黎希達與奧黛麗一定會感到奇怪，詢問人在城堡的父親大人吧。聽到有人問起我，父親大人為了如實回覆對方，想必也會回家來察看我的情況。」

其實我是虛張聲勢。黎希達她們就算覺得奇怪，多半也不認為有必要馬上趕來援助。倘若向父親大人問起我為何無故曠職，父親大人雖然會想知道我發生了什麼事，但一定只會寄奧多南茲回來詢問約娜莎拉大人，到時她也會隨便找個藉口搪塞過去。

明知會有這種結果，我還是表現出了絕不屈服的態度。我能夠變成這樣，全多虧了哈特姆特的教導。在貴族院，他一而再地提醒我，與他領貴族交涉時如果表現得太過怯弱，會讓羅潔梅茵大人也被人看輕。他說了，正因為我是下級貴族，更要懂得分辨何時該認清身分差距、果斷退讓，何時又絕對不能退讓。

但我的虛張聲勢似乎稍微奏了效。耶涅菈臉上流露出了擔心，約娜莎拉大人則是不高興地垮下臉。

「嘴硬也沒用。耶涅菈，把兩人關進儲藏室。」

耶涅菈接到命令後，用滾的將我丟進離約娜莎拉大人寢室最近的儲藏室。緊接著，被推進來的康拉德撲倒在我背上。

「嗚唔……！」

「姊姊大人，您沒事吧？」

怎麼可能沒事。已經成年的約娜莎拉大人，魔力比還是孩子的我要多而且強。我無法解開她的束縛。

「我沒事。等父親大人回來就好，你先忍耐一下喔。」

房門啪噹一聲關上。視野變作一片漆黑，鎖門的喀恰聲響無情傳來。我聽見耶涅菈快步走向寢室，不知道在向約娜莎拉大人報告什麼。

「康拉德，倒是你沒事吧？」

「我……只要和姊姊大人在一起，再暗也沒關係。」

其實我是在問魔力的情況，結果康拉德答非所問。不過，既然他現在情緒還算穩定，最好還是不要無謂刺激到他。萬一讓他的情緒激動起來，魔力會在體內失控。為免自己多嘴，我閉上嘴巴。

過了一會兒，第二鐘響了。原本這時候是我前往城堡的時間。「是不是該請個假比較好呢……」我隱隱聽見了耶涅菈這麼說。畢竟孩子若無故曠職，會讓父母留下監督不周的名聲。約娜莎拉大人也不希望父親大人的名聲變糟吧。我安靜不作聲，把注意力都集中在耳朵上，可以稍微聽見兩人的交談。

「剛才她直接喊了黎希達與奧黛麗這兩個名字，可能是兒童室的朋友吧？也說不定是同為見習文官的朋友。」

「怎樣都好。那妳通知一聲吧。」

「遵命……奧多南茲。」

耶涅菈一派煞有其事，對著奧多南茲說明我今天身體不舒服。我用力吸一口氣。

「把我的錢還給我！」

竭盡全力這麼大喊後，粗魯開鎖的「喀恰喀恰」聲隨即傳來，緊接著約娜莎拉大人衝進儲藏室，猙獰的模樣彷彿魔物一般。她氣急敗壞地狠狠甩了我一巴掌。在我感受到痛苦與屈辱之前，康拉德率先發出尖叫。

「小孩子都哭了吧！我不是常說你很吵嗎！」

「對不……對不起！對不起！我再也不敢了！」

「住手！父親大人知道您會做這種事情嗎?!」

「菲里妮，妳不准命令我！」

約娜莎拉大人把目標改成了我，痛打幾下後大概是發洩完了怒火，旋即走出儲藏室。房門再次喀恰一聲鎖上。

「……約娜莎拉大人平常都這麼對你嗎？」

在伸手不見五指的儲藏室裡，我小聲問道。康拉德猶豫了一會兒後，開始用年幼又還不夠流暢的字句，緩緩訴說在我就讀貴族院時發生了哪些事情。原來他平常都沒有得到充分的照顧，約娜莎拉大人與耶涅菈還會依自己心情好壞，對他拳腳相向。

「平常還沒有早餐可以吃……所以，姊姊大人回來我好高興。」

我倒抽口氣。看見康拉德在冬季期間瘦了不少，我為此表示擔心時，耶涅菈還說：「似乎是因為姊姊不在，他都沒有食欲呢。」結果這根本不是事實。

「幫我更衣也是……她說是因為不能讓姊姊大人看見我身上的傷……」

康拉德掀起自己的衣服。雖然四下昏暗看不清楚，但他的肚子上似乎有好幾處瘀傷。耶涅菈會幫康拉德更衣，是不想讓我看見他身上受到虐待的痕跡吧。

「康拉德，對不起。我從貴族院回來都好幾天了，卻完全沒有發現這些事情。」

「沒關係，姊姊大人在的時候，她們不會打我……唔……」

大概是體內的魔力開始失控，康拉德發出痛苦的呻吟。再這樣置之不管，真的就會和約娜莎拉大人說的一樣了。

……為什麼我是這麼無力的小孩子呢？

如果我已經成年了，也許就能從約娜莎拉大人手中搶回魔導具，也許就能破壞身上的魔力光帶。就算還未成年，如果沒有被綁起來，我也能用家裡的魔導具幫助弟弟，讓他體內的魔力減少到沒有生命危險吧。至少如果我已經換上了要去城堡的服裝，還可以用皮帶上的奧多南茲魔石求救，也有能吸收魔力的黑色魔石。

「……姊姊大人，說故事給我聽。這樣、感覺會好一點。」

康拉德難受地喘著氣，央求我說故事。他說難過和痛苦的時候，只要回想母親大人說過的故事，感覺就會輕鬆一點。於是，我說起了羅潔梅茵大人為我印成書本的騎士故事。

「……我向光之女神發誓，在你需要幫助的時候，我必定伸出援手。所以，在你遇到難關、向建言女神安海爾藤古尋求協助之前，能否也先呼喚我的名字？」

「姊姊大人，騎士也會來救我們嗎？」

「嗯，一定……一定會有騎士來救我們的。」

為了讓弟弟安心，我這麼回答，但其實我根本不認為有人會來救我們。這世上若真有這麼美好的事，我們現在也不會落到這種下場。

「希望可以快點來救我們呢。」康拉德說著，靠在我身上開始打盹。被綁起來的我既無法摸他的頭，也無法輕撫他的背。

弟弟睡著後，又過了一陣子，我聽見第三鐘的鐘聲。現在是魔力壓縮課開始的時間。錢被搶走、還被關在這裡的我無法參加。冬季期間，在貴族院付出的所有努力全部化作泡影，同時我也感到整個人被徹底擊垮。我再也無法強裝堅強，難忍的嗚咽與眼淚隨之而出。

被關進儲藏室後，不曉得已經過了多久時間。忽然間，我聽見好幾道腳步聲，還有不知在為誰帶路的約娜莎拉大人說：「菲里妮的房間請往這邊走。」好像是有即使沒有預約會面，仍然必須為其帶路的客人臨時來訪。

「康拉德，你後退一點。」

我像條毛毛蟲般蠕動著挨到門邊，盡可能用彈跳的反作用力去踢儲藏室的門。咚咚地踢了兩、三次後，腳步聲的主人們似乎是感到可疑，轉往這邊走來。

「那裡是儲藏室。應該是成疊堆放的雜物掉下來了吧。」

約娜莎拉大人試圖遮掩。為了反駁我拚命大喊：「我在這個儲藏室裡面！」一邊繼續用力踢門。

「住手！您做什麼?!」

在約娜莎拉大人高聲喊叫的同時，儲藏室的門上閃過一道光芒。下個瞬間，房門朝著走廊的方向倒去。手上拿著劍的達穆爾正站在灑滿日光的走廊上。他肯定是用劍劈開了房門。

「……妳說菲里妮臥病在床？」

達穆爾的質問聲冷峻嚴厲，難以想像平常個性敦厚的他會發出這種聲音。看得出來約娜莎拉大人硬生生將到了嘴邊的尖叫吞回去。

「這裡怎麼看都不像有錢的樣子呢。」

哈特姆特用輕快的口吻說著，探頭進來。在他身後，還有沉著臉的莉瑟蕾塔與優蒂特。

「現在已經找到菲里妮，只剩下錢了。優蒂特，走吧。」

「可是，比起男性的達穆爾，由同性的我留在這裡比較好吧……」

優蒂特看著我與達穆爾說，但哈特姆特搖了搖頭。

「不。若被綑綁了很長一段時間，菲里妮很有可能無法自己行走。優蒂特，妳搬不動她吧？」

哈特姆特這麼說明後，接著冷笑道：「倘若演變成領地間的問題，便要由花了那筆錢的人以命賠罪。」他這樣威脅約娜莎拉大人，命她把錢交出來。根據他透露出來的訊息，他們似乎是以給錯錢為藉口，前來察看我的情況。

約娜莎拉大人臉色慘白，帶著哈特姆特與優蒂特走進自己的寢室。那個方向並不是本該放有錢的我的房間。我聽見哈特姆特針對這點冷嘲熱諷。

「我來解開菲里妮的束縛。莉瑟蕾塔，她弟弟就麻煩妳了。」

達穆爾邊下指示，邊走進儲藏室。在我身後的康拉德看見這麼多不認識的人突然出現，受到驚嚇後體內的魔力似乎開始失控，呼吸變得急促。

「莉瑟蕾塔，如果妳身上有黑色魔石，請幫康拉德吸點魔力出來。他的魔力好像快超出負荷了……」

「我有帶。菲里妮，妳先擔心自己吧。」

莉瑟蕾塔對我露出安撫的微笑後，拿出黑色魔石，按在康拉德的額頭上。魔力被吸出後，大概是輕鬆了一些，他原先痛苦的呼吸聲慢慢緩和下來。

「菲里妮，妳別動，我幫妳解開束縛。」

達穆爾把思達普從大劍變作小刀，砍斷束縛住我的魔力光帶。他操縱小刀的動作一點遲疑也沒有，也沒在我肌膚上留下半點傷痕。

別人都說下級貴族的他，已經擁有與中級貴族相當的魔力，看來似乎是真的。由約娜莎拉大人的魔力形成的光帶一眨眼就被砍斷，化作光粉消失。

「達穆爾，謝謝你。」

「……啊。」

達穆爾輕喊了聲。發覺他的目光停留在我的衣服上，我臉龐一僵。因為被關進來的時候，我還穿著能夠獨力穿脫、鈕釦位在前方的平民衣物。看著一點也不像貴族女性的我，想必足以讓他判定我不適合擔任領主一族的近侍吧。

我本想抬起手遮住鈕釦，但大概是被細綁了太長的時間，手臂發麻，一時間還無法動彈。我感到非常悲慘，十分想哭。

「莉瑟蕾塔，弟弟他能自己站起來嗎？菲里妮果然還無法自己行走。」

達穆爾讓莉瑟蕾塔把注意力放在康拉德身上，接著迅速解下自己的披風，將我包裹起來。對於他什麼也沒說，還設法不讓人看見我身上的平民衣物，這樣貼心的舉動，這次讓我高興得眼眶泛淚。

「那個……達穆爾，我……」

「嗯？」

達穆爾輕挑起眉，將食指按在唇上，示意「什麼都不必說，沒關係」。那雙看著我的灰色眼眸非常溫柔，對於我不像個貴族，絲毫沒有嘲弄的神色。

……啊。

就好比溫度突然升高，冰塊表面出現裂痕那樣，我好像聽見「鏜」的一聲，某處傳來清脆又透明澄澈的聲響。彷彿是水之女神與雷之女神往我的內心送來了春天。萌芽女神大概正面帶微笑，揮下手臂吧。就在這一瞬間，我感覺到了自己心中有小小的愛慕之心開始萌芽。

「你的名字是康拉德吧？站得起來嗎？」

莉瑟蕾塔的聲音讓我恍然回神。康拉德怕生，即便莉瑟蕾塔柔聲對他說話，他也只是輕輕點頭，沒有答腔。不過，他也知道莉瑟蕾塔他們是來幫助自己的吧。康拉德戰戰兢兢地握住伸來的手後，慢慢站起來。

「看來妳弟弟自己能走。菲里妮，那我稍微失禮了。」

達穆爾說完，輕輕鬆鬆地將我抱起來。那堅定而有力的手臂，以及距離太近的臉龐，都讓我不由自主太過在意，極快的心跳聲在整副身體裡迴盪，感覺就要被達穆爾聽見。由於才剛意識到自己的愛慕之心，這樣的刺激對我來說太過強烈，我不禁感到暈眩。

達穆爾把堵住走廊的門踢開，清出走道後，一邊前進一邊留意著走在後頭的康拉德他們。

「羅潔梅茵大人絕不容許有人欺負小孩。妳可以試著向她求助……因為菲里妮若不求助，我們也幫不了妳……」

達穆爾一邊說著很像是故事書裡騎士會說的臺詞，一邊走下樓梯。我的心臟依然飛快跳動。

「菲里妮，是我。」

聽見這道話聲，我轉過頭去。只見父親大人從會客室裡走出來，正好看見我被達穆爾抱著走下樓梯。然而，他的目光接著往上，像在尋找另一個人。

看見父親大人比起女兒，更加擔心繼室，忽然間我感到十分絕望。雖然現在已經成功被救出儲藏室，但如果不從約娜莎拉大人那裡拿回康拉德的魔導具，並且分開生活，同樣的事情只會一再發生。

……我真的做得到嗎？

多半是臉上流露出了不安與絕望吧。達穆爾先對我笑了笑，像要讓我安心，然後目光銳利地瞪著父親大人說了。

「請讓開。」

向羅潔梅茵大人求助後，最終康拉德搬到了孤兒院，我則住在城堡裡開始生活。一旦在城堡生活，便不可能只在北邊別館活動，所以每當與人擦肩而過，聽見冷言冷語的次數也變多了。

「下級貴族竟然成了羅潔梅茵大人的近侍嗎？到底立下過怎樣的功績？」

「在貴族區有住處的下級貴族居然住在城堡……」

我顫抖著肩膀，加快步伐，想要趕快遠離他們。這時，代表艾倫菲斯特的土黃色披風忽然映入眼簾。抬起頭，才發現不知何時達穆爾正走在我旁邊。

「妳只能抬頭挺胸。只要靠著魔力壓縮法增加魔力，說閒話的人就會變少。」

多虧有達穆爾以自身的經歷鼓勵我，我才能讓自己放鬆下來，露出笑容。這樣的小事一再累積後，我越來越認定，痛苦時能對我伸出援手的騎士就是達穆爾。

但是，我不認為自己的單相思能有開花結果的一天。因為我知道達穆爾以前與布麗姬娣大人的那段戀情，而我又還是小孩子，已是大人的達穆爾不會把我視為對象吧。

……不過，我仍想珍惜在內心萌芽的這份情感，所以趁著我還是小孩子，把握還可以這麼做的時候，再一下下……

「我可以與你並肩，再走一下子嗎？」

「嗯，可以啊。還有，情況要是真的太嚴重，妳可以找羅潔梅茵大人商量。羅潔梅茵大人和我不一樣，一定能幫妳。」

聽了達穆爾有些答非所問的回答，我不禁苦笑。最近我也稍微明白到，達穆爾就是這樣子的人，他永遠也不會發現我的心意吧。

在城堡總有許多微小的新發現，每天雖然忙碌，卻也非常開心。

夏綠蒂視角・嶄新的一步

Kazuki Miya's commentary

原本只刊登在網路上的特別短篇。
故事背景在第四部IV開頭。
夏綠蒂視角。
韋菲利特與羅潔梅茵訂下婚約後，
夏綠蒂就此與下任領主之位無緣。
就在這時，她與母親芙蘿洛翠亞舉辦了茶會。

小小幕後筆記

第四部IV的特典短篇因為寫得太多，把多出來的部分修改成了這則特別短篇。主要描寫領主一族間的親子交流、夏綠蒂的想法等。

果然不出所料。今年的慶春宴在宣布了哥哥大人與姊姊大人的婚約以後，在一片譁然聲中落幕。而後大概是因為成了矚目焦點的姊姊大人馬上就前往神殿，大家對此更是議論紛紛了。所有會面邀請函都集中送到了哥哥大人那邊，似乎讓他忙得焦頭爛額，但不再是下任領主候補人選的我，身邊倒是十分安靜。

在周遭如此嘈嚷的情況下，我收到了母親大人的茶會邀請函。母親大人的私人房間位在本館，就在我受洗前生活過的兒童房附近。我走在走廊上，內心感到有些懷念。自從我舉行洗禮儀式、搬離這裡以後，侍從們都異口同聲地說，麥西歐爾變得比以前更黏人了。不知道他最近過得好嗎？整個冬天我都忙著在管理兒童室，幾乎沒有時間踏入本館，他一定很寂寞吧。

「瓦妮莎，與母親大人的茶會結束以後，我可以去看看麥西歐爾嗎？」

「……今天太臨時了，恐怕沒辦法呢。改天我再為您預約會面時間。」

首席侍從瓦妮莎如此回道。明明是自己以前居住過的兒童房，現在竟然連要踏進去都必須先徵得許可，領主一族這樣的身分真是麻煩。尤其在聽說了近侍們孩提時期的生活以後，我更是這麼覺得。經過兒童房時，我倍感懷念地注視門扉，隨後走進母親大人的房間。

「夏綠蒂，歡迎妳來。好久沒和妳單獨說說話了呢……今天我們到秘密房間裡好好聊聊吧。」

看來今天要談的事情，肯定會讓我很難保持冷靜。我馬上感到緊張，先感謝母親大人的邀請，接著走進秘密房間。上次進入母親大人的秘密房間，是什麼時候的事了呢？坐下後，侍從們為我準備茶水。多半是廚師們正為了領主會議在嘗試製作新點心，未曾品嘗過的點心吸引了我的目光。

「為了領主會議，齊爾維斯特大人向羅潔梅茵購買了新食譜喔。」

「……姊姊大人的靈感真是源源不絕呢……居然能想出這麼多新點心。」

一般都是命專屬廚師想出新食譜，主人再當成是自己的創意向眾人宣傳，然而姊姊大人卻不是這樣。我聽說她都是先想好了餐點，再教給自己的專屬廚師。

「母親大人，麥西歐爾最近還好嗎？剛才經過兒童房的時候，我突然很想念他，打算過幾天去探望他呢。」

「妳和韋菲利特若願意去看看他，麥西歐爾一定會很高興吧。他最近總是在說，真想快點舉行洗禮儀式，還和侍從們在討論要怎麼擺放房裡的家具呢。」

「哎呀，麥西歐爾的洗禮儀式是明年才要舉行吧？他還真是心急。」

雖說心急，其實也開始在挑選工匠了吧。我想起了自己受洗前的準備工作。

「冬季期間妳因為忙著管理兒童室，很少來探望他吧？在妳搬去了北邊別館以後，我想麥西歐爾應該非常寂寞喔。」

「我也希望麥西歐爾早點搬來北邊別館呢。」

聊著麥西歐爾的近況，氣氛變得輕鬆愉快時，茶水也準備好了，母親大人便讓侍從們退下。如今秘密房間裡，只剩下我們兩個人。母親大人微微一笑。

「夏綠蒂，韋菲利特與羅潔梅茵和妳分享貴族院的事情了嗎？」

「是的。姊姊大人講的，都是有關圖書館的事情呢。聽說圖書館裡有大型的蘇彌魯魔導具，還要為他們製作服裝吧？我的近侍們也很期待參與服裝的製作。」

此外姊姊大人還提到了圖書館的藏書量，以及有名圖書館員叫作索蘭芝，姊姊大人非常尊敬她，也說到休華茲與懷斯的工作能力有多優秀……不管侍從們如何把話題帶開，最終還是會回到圖書館上。從中途開始，侍從們似乎也放棄了引導姊姊大人聊些一般常見的話題。而姊姊大人一雙金色眼眸閃閃發亮、激動訴說著的時候，看起來比平常還要可愛，也很符合她當下的年紀。

「那韋菲利特說了哪些事情呢？」

「哥哥大人大多都在抱怨為姊姊大人收拾善後有多麼辛苦，另外也對自己獲選為優秀者十分自豪，還有就是加芬納了吧。聽說他在玩加芬納的時候曾有一次贏了多雷凡赫的奧爾特溫大人，他高興得這件事講了好多遍呢。」

「……關於這些事情，妳在貴族院就讀的見習近侍們有什麼反應呢？」

母親大人語帶試探地問道。關於兩人在貴族院的生活情形，母親大人是想求證自己收到的報告是否可信吧。因為如果近侍全都不說實話，分開生活的父母很難了解到實際情況。

「雖然哥哥大人的描述好像有些誇大，但他應該真的很努力在幫忙善後喔……像是姊姊大人要求所有一年級生要在第一堂課就通過考試時，是他勸阻了姊姊大人；後來他也好幾次出席了全是女性的茶會，還接下再次比奪寶迪塔的請求……」

「這樣呀。」

母親大人安心地吁了口氣。這樣看來，跟母親大人收到的報告內容並沒有太大的出入吧。母親大人似乎非常擔心哥哥大人在貴族院的生活。

「只不過，姊姊大人因為比迪塔贏了戴肯弗爾格，又推出了許多新流行，還與王族以及上位領地有個人往來，再加上許多他領學生都承接了姊姊大人委託的徽章作業，所以她似乎在各方面都造成不小的影響。而且聽說姊姊大人明明有大半時間都不在貴族院，卻依然具有強烈的存在感，學生們常在談話時提到她的名字。」

「因為我從齊爾維斯特大人那裡聽來的消息，全都在說韋菲利特一直忙著幫羅潔梅茵收拾善後，所以很難看出韋菲利特自身有什麼表現呢。」

母親大人說完喝了口茶，目不轉睛地注視我。透過那雙窺探我神情的藍色眼睛，我馬上明白接下來才要進入正題。我稍微繃緊身子，放下茶杯，回望母親大人。

「今天我叫妳來，是想為了韋菲利特與羅潔梅茵的婚約一事向妳道歉。」

「母親大人……」

「為了艾倫菲斯特，不僅妳的人生一再受到擺布，最終還剝奪了妳成為下任領主的機會，我真的對妳感到很抱歉。」

從小我就以成為下任領主為目標接受教育，好與由祖母大人養大的哥哥大人相抗衡。而這幾年隨著情勢不斷演變，比如祖母大人的失勢、白塔事件、姊姊大人長達兩年的沉睡等，接受教育一事一直是時而中斷，時而繼續。然而，這次宣布了哥哥大人與姊姊大人的婚約以後，我便被迫退出下任領主之位的競爭，至今付出的所有努力也化為烏有。

母親大人道歉後，自從聽說兩人要訂婚，就一直在心頭盤旋不去的負面情感立刻翻滾起來，逐漸失去控制。

「夏綠蒂。」

母親大人起身向我走來，輕輕地將手放在我的肩膀上。才剛感受到她手心的溫度，熱燙的眼淚便落在了自己的手背上。我發現自己緊緊握起的雙手正在微微顫抖。

「……明明祖母大人根本沒有用心教導哥哥大人，他卻還是順利地在眾人面前首次亮相；就算白塔一事讓他留下汙點，他還是因為這次的婚約重新變回下任領主。不管遇到怎樣的難關，哥哥大人總是能有挽救的機會。神真的非常偏愛哥哥大人吧。」

一直以來我都很努力。不管是哥哥大人備受祖母大人疼愛，可以盡情玩耍的時候；還是祖母大人失勢後，母親大人說最好讓哥哥大人成為下任領主的時候；還有哥哥大人因白塔一事而留下汙點，以及姊姊大人長達兩年陷入沉睡的時候……然而，我的努力終究沒有得到回報的一天。

「……真的好不公平。」

直接將內心的不滿脫口而出，並不是優雅且高尚的行為。但是，母親大人完全沒有訓斥我，只是緩緩摸著我的頭與後背，說：「是我們對不起妳。」

我擦去眼淚，調整呼吸。然後握住母親大人撫摸著頭的手，露出微笑說：

「我已經沒事了。雖然心裡還是覺得不公平，有些不甘心，但如果沒有現在這樣的機會，我大概永遠也不會說出來吧。」

「嗯，是呀。就是因為妳一句話也不說，近侍們非常擔心妳喔。是他們來拜託我，希望我盡快和妳談一談。」

現在貴族們都因為剛宣布的婚約而亂成一團，所有人也在忙著準備領主會議。母親大人會在這種時候特意邀請我參加茶會，原來是因為近侍們在為我著想。

……明明母親大人和近侍們也很辛苦……

儘管我已經不再是下任領主的候補人選，但近侍們還是和往常一樣，盡心周到地服侍自己。那麼，我也必須當個對得起他們付出的主人。

「我也知道兩位能夠訂下婚約，對艾倫菲斯特來說是最好的結果。可是，如果是由姊姊大人成為下任領主，那我也會覺得自己論實力完全比不上她，心裡頭不會有任何不滿……」

洗禮儀式過後我與姊姊大人成了姊妹，她更是擁有著每個人都同意該被收為養女的實力與魔力。我一點也不覺得自己是她的對手。對我來說，姊姊大人是救命恩人，也是值得尊敬的對象。

「當然，考慮到姊姊大人的性別、身體狀況與血緣，她確實很難成為下任領主；我也知道為了保住母親大人第一夫人的顏面，除了哥哥大人沒有其他適合人選。」

麥西歐爾還太小了，不可能成為姊姊大人的結婚對象，而我則是性別上不可能。

「姊姊大人似乎也能接受這樁婚約，因此我也不會反對……雖然對於哥哥大人在訂下婚約後就能成為下任領主一事，心裡是有些不滿。」

「夏綠蒂……」

「再說了，受洗前就失去所有機會的麥西歐爾更可憐啊。」

哥哥大人與姊姊大人訂下婚約以後，我和麥西歐爾就完全失去了可以成為下任領主的機會。因為貴族的慣例與觀念等等，有太多事情光靠個人的努力根本無法克服，這真的

讓我非常生氣。

「其實如果從一開始便無望成為下任領主，並不會意識到這些事情唷。所以比起從小就沒在意過下任領主之位的麥西歐爾，我更擔心夏綠蒂。」

母親大人定定地低頭看著我說。她說在自己懂事的時候，法雷培爾塔克就已經定下了下任領主的人選，所以她從小到大並沒有在意過下任領主之位。

「如果麥西歐爾不會感到不甘心，那我就放心了。因為我雖然傾吐了心裡的不滿，但其實也已經接受了這樣的結果。」

我緩緩吐出一大口氣。在母親大人面前不再顧慮地吐露不滿以後，我覺得心情輕鬆了許多。現在又知道麥西歐爾以後不會和我一樣內心滿是悔恨與無力感後，一放下心來，整個人也放鬆不少。

「……夏綠蒂，確實就和妳說的一樣。如今羅潔梅茵正在發展新事業、推廣新流行，我的孩子當中能與她結婚的，只有韋菲利特而已。妳與韋菲利特既是同胞兄妹，今後要多輔佐支持他。」

……同胞兄妹？雖然哥哥大人也是母親大人的孩子沒有錯……

直到這時我才發現，哥哥大人在我們兩人心中的位置是不一樣的。在我看來，同胞手足就只有麥西歐爾而已；然而在母親大人眼中，她對我們三個孩子似乎是平等看待。

……明明被祖母大人搶走，並不是由自己一手帶大，母親大人仍然覺得哥哥大人是自己的孩子嗎？

我感到非常不可思議。受洗前不曾一起生活過的哥哥大人，對我來說就和成為養女的姊姊大人一樣，感覺只是關係比較親近的親族，並沒有到家人的地步。

而且，或許是因為祖母大人的關係曾有過不愉快的回憶，也可能是因為從小大家都告訴我，要贏過哥哥大人成為下任領主，所以即便到了現在，我還是更加強烈地覺得哥哥大人是不可以輸的對手，而不是應該攜手合作的同胞手足。

……可是，母親大人認為我們三人都是她的孩子，如果老實說出自己心裡的想法，應該會傷了她的心吧。

對我們兄妹一直有著差別待遇的祖母大人被關起來後，姊姊大人又以養女這種隔了一層關係的身分加入我們，所以我和哥哥大人目前相處得還算融洽。沒有必要特地跟母親大人說，我們其實比一般的同胞手足還要生分吧。

「是啊。因為哥哥大人還是不太可靠……」

大概是看出我真的冷靜下來了，母親大人回到座位上，拿起侍從們留下的茶具重新泡了壺茶。我喝了口茶後，感到十分懷念。這是母親大人喜歡的茶葉，以前我也一直都是喝這種茶。

……雖然令人感到懷念，但和我自己喜歡的口味不太一樣呢。

為了搭配姊姊大人想出來的新點心，也因為長大後喜好有了改變，我喜歡的茶葉口味漸漸變得與母親大人不一樣。

「從小我接受的教育，都告訴我下任領主該由最優秀的人擔任。所以就算到了現在，其實我仍然覺得姊姊大人是最合適的人選。」

對於想要打造出怎樣的領地，姊姊大人心中有著非常明確的目標。不像我只說得出

「帶領艾倫菲斯特蓬勃發展」這麼平凡無奇的答案，姊姊大人能從截然不同的角度思考領地的未來。

「如果以後能由姊姊大人發展新事業，哥哥大人再以領主的身分好好輔佐她的話，艾倫菲斯特肯定可以蓬勃壯大吧。」

我說完後，母親大人驚訝地眨了眨藍色眼睛。

「……夏綠蒂，妳居然說了和斐迪南大人一樣的話。」

「和叔父大人一樣嗎？」

「是啊。他說不應該是羅潔梅茵要支持韋菲利特，而是韋菲利特要抓緊韁繩，管好羅潔梅茵才對。」

聽說當時姊姊大人還氣呼呼地抗議：「難道我是什麼脫韁野馬嗎?!」聞言，我忍不住笑了出聲。

「姊姊大人居然對叔父大人說這種話嗎？」

「是呀，她真是天不怕地不怕對吧？兩人的對話聽來就像在吵架一樣，但那好像是他們平常的相處模式呢。在旁邊看著的我反倒冷汗直流。」

母親大人似乎在心裡十分苦惱，究竟該不該開口調停。

「夏綠蒂。」

母親大人忽然正色，收起笑容，我跟著挺直腰桿。

「往後不只各種新的點心與餐點，製紙業與印刷這種新事業也將在整個尤根施密特境內廣為人知。屆時究竟會造成多大的影響，目前還無法估計。想與艾倫菲斯特建立交情的領地會比現在還要多吧。」

我點一點頭。我早就聽說有很多領地都在打探姊姊大人的婚事。如今姊姊大人已經決定與哥哥大人訂婚、留在領地，那麼我將變成下一個目標吧。倘若他領看重的是與艾倫菲斯特的交情，肯定會想迎娶我為能夠出席領主會議的第一夫人。

「既然妳有可能嫁往他領，今後要盡量與韋菲利特以及羅潔梅茵建立起緊密的連結。與自領的關係越好，對妳的將來越有保障。」

「與自領的關係越好嗎？」

看得出來母親大人已經整理好了思緒，不再想著要將女兒教育成下任領主，而是今後要嫁往他領的第一夫人。

「因為有沒有來自原屬領地的協助與支持，會大幅影響到女性在夫家的待遇。有些事情並不是單靠丈夫的愛便能解決。對於往後會嫁往他領的女性來說，預測領主換人後的情勢、與下任領主打好關係，是至關重要的事情。」

……就連母親大人也會有這樣的感覺嗎？明明父親大人深愛著她，甚至不願迎娶第二夫人。

大概是政變過後，老家法雷培爾塔克遭到肅清波及，母親大人與自領的關係因此產生了不少變化吧。她說話時的語氣帶有深深的感慨。我也想起祖母大人以前那冷冰冰的眼神，輕輕嘆了口氣。

「那麼，我想盡可能與姊姊大人建立起緊密的連結。」

「哎呀，不是與韋菲利特，而是與羅潔梅茵嗎？」

母親大人雙眼圓睜。因為一同長大的關係，貴族通常最為看重與同母手足的情誼。像母親大人與父親大人都盡可能和法雷培爾塔克保有密切往來，所以他們大概很難理解我的選擇吧。

「因為姊姊大人比哥哥大人更可靠呀。洗禮儀式那一晚，明明我和姊姊大人才見過幾次面而已，她卻願意追到半空中來救我吧？」

儘管貴族們都在背後指指點點，說姊姊大人是神殿出身，我卻非常喜歡她那不同於一般貴族的重感情，以及面對突發狀況時的果決。我相信自己如果再次遇到危險，姊姊大人也一定會來救我。

「也算是為了報恩，我想為姊姊大人貢獻所能。我要是生為男孩的話，一定會想盡辦法除掉哥哥大人這個競爭對手，與姊姊大人訂婚吧。因為如果要輔佐姊姊大人，我肯定可以做得比哥哥大人更好。」

「哎呀，夏綠蒂妳真是……萬一演變成了兄弟二人爭奪羅潔梅茵的局面，艾薇拉肯定會興沖沖地寫成故事吧。」

母親大人愉快地發出大笑。雖然我並不想被艾薇拉寫進書裡面，但這些確實是我的真心話。

「我真的想要慢慢地回報姊姊大人的恩情。姊姊大人不擅長的事情，就由我來填補吧。」

「既然如此，妳要好好學習。對於妳還未就讀貴族院便要參與印刷業一事，妳也知道貴族們有何反應吧？強烈建議妳該參加的人，其實正是羅潔梅茵唷。」

貴族們都說，我還沒進入貴族院就想參與印刷業，未免太急著出風頭，還說若讓日後會嫁往他領的女性過度干涉新事業，得擔心往後會有情報外流的可能。這些言論讓我十分懊惱，但原來這次也是姊姊大人幫了我一把。

「……這件事我完全不知道。」

「我也是前些天才聽齊爾維斯特大人提起。雖然妳十分感嘆得不到諸神的寵愛，卻得到了羅潔梅茵的寵愛唷。」

聞言，我忽然產生了無比的勇氣。「是。」我抬起臉龐，用力點頭後，母親大人笑著起身去打開秘密房間的門。

站在門外的近侍們一臉憂心忡忡。這陣子我讓他們非常擔心了吧。

如今，不再是為了成為艾倫菲斯特的下任領主，而是為了成為他領的第一夫人。

我邁出嶄新的一步。

夏綠蒂視角・我的課題

Kazuki Miya's commentary

第四部IV的特典短篇。

夏綠蒂視角。

描寫夏綠蒂以領主一族的身分開始參與印刷業務，
還接受了人在神殿的羅潔梅茵的委託。

小小幕後筆記

訂婚的消息一宣布，城堡內部的派系與氣氛都產生了變化。平常很少待在城堡的羅潔梅茵幾乎感覺不出來，甚至可以說她一直覺得貴族們都是這樣。但對夏綠蒂來說，卻是非常巨大的變化。

吃完午餐，我回到房間開始讀書。此刻我的辦公桌上擺有艾薇拉送來的資料，她說了：「請您在前往哈爾登查爾之前先過目。」

「這些資料……還真不少啊。」

文官馬文看著桌上的資料，說他認為不該要求才就讀貴族院低年級的孩子看完這麼多資料。馬文四十來歲，在我的近侍中是少見的男性。他原本是母親大人的近侍，但因為我要參與印刷業務的關係，被調來我身邊指導文官。

「這樣子算多嗎？兩年前叔父大人給我的資料更多，還要求我為了祈福儀式必須全部背下來呢……」

還記得頭一年，我好不容易把基本相關資料都背起來，結果後來又送來了更高的一疊木板，要我在下次的祈福儀式之前全部背下來。與那時相比，這次不僅不是要求我背下內容，也只是請我過目而已，我覺得輕鬆多了。

「這件事我曾聽芙蘿洛翠亞大人提起過。即便是年幼的孩子，斐迪南大人也真的毫不手下留情呢。」

「是呀。姊姊大人會那麼優秀，說是拜叔父大人的教育所賜也不為過吧。因為姊姊大人一從尤列汾藥水裡醒來，叔父大人便教導她貴族院的上課內容，協助她得到了最優秀表彰。」

對於姊姊大人竟能達到叔父大人的要求，我打從心底感到尊敬。因為叔父大人再優秀，我還是覺得他好可怕又不苟言笑，總是一句讚美也沒有，我完全不想讓他來指導自己。

「原來如此……不過，看過這些資料以後，便能發現羅潔梅茵大人比起鞏固自己的地位，更優先考慮艾倫菲斯特的蓬勃發展，以及輔佐齊爾維斯特大人的孩子哪。」

馬文說著，放下有關經費與獲利的文件。我與見習文官瑪麗安妮，看向馬文伸手指著的地方。

「這些新事業都剛成立數年，就能帶來這麼龐大的利潤。考慮到養女的地位與其存在意義，一般根本不可能與奧伯的親生孩子一起經營。通常會獨占事業與獲利，然後用來鞏固自己的地位與成立派系。」

馬文說了，姊姊大人身為養女，必須不斷向貴族們彰顯自己的存在價值，背負著與領主親生孩子不同的另一種重擔。想不到我竟然是透過馬文，才知道親生子女與養子女的處境有什麼不同。

「嗯……可是，羅潔梅茵大人因為訂下婚約的關係，已經奠定了不可動搖的地位吧。這樣一來也不需要獨占新事業了，所以才讓韋菲利特大人與夏綠蒂大人也加入吧？」

見習文官瑪麗安妮這麼表示後，馬文卻環抱手臂露出冷笑。看他這副一點也不贊同的模樣，我不由得感到不安。

「馬文，姊姊大人都已經同意了，這樁婚事難道還有什麼不妥嗎？」

「養父提出的要求，養女怎麼可能拒絕。難保她是真心接受這樁婚事……至少在聽過貴族們的議論後，可以肯定雙方的支持者都不滿意彼此的對象。現在這樣的情況，真能讓人高枕無憂嗎？」

支持哥哥大人的舊薇羅妮卡派貴族，都說姊姊大人是在神殿長大的養女，出身並不良好；支持姊姊大人的萊瑟岡古派貴族，則說哥哥大人帶有汙點，不配成為下任領主。

「馬文，雖然你說得沒錯，但貴族們不論對象是誰，都能找出缺點吧？」

父親大人因為讓祖母大人失勢垮臺，舊薇羅妮卡派的貴族們對他多有怨言，萊瑟岡古派的貴族們也依然嘮叨不休，抱怨父親大人太晚才採取行動。還有人說母親大人獨占了父親大人的寵愛，因為善妒所以不讓他迎娶第二夫人；也說都是我害得姊姊大人沉睡了兩年時間，明明還沒進入貴族院就想參與新事業、出風頭。只要是領主一族，免不了有人在背後嚼舌根說壞話。若把別人的意見都當真，只會讓自己不堪負荷。

「領主的親生孩子不可能因為一些流言蜚語，就不再是領主一族，然而養女一旦被解除收養關係，便再也無力回天。因此倘若我是近侍，一定會建議羅潔梅茵大人獨占新事業，鞏固自己的地位。明明雷柏赫特的兒子還擔任她的近侍，竟會演變成現在這種情況，真教我感到不可思議。」

聽到姊姊大人現在的地位這麼不穩定，我不禁注視著眼前高高疊起的資料。原本姊姊大人可以自己獨占這些利潤，用來穩固自己的地位，她卻願意分給我們。

「姊姊大人不僅救了我的性命，還把獲利分給我，更支持我參與新事業……姊姊大人一直都對我這麼好呢。」

大多數人都不樂見我參與印刷業務。因為有的人認為，若讓終有一天要嫁往他領的人深入參與新事業，得擔心情報以後會有外流的可能。

但是，正因為我日後要嫁往他領，更應該了解自領的產業；而且要是真的等到一年後我就讀貴族院再參與，到時候可能根本沒有我能插手的餘地，或是交付給近侍們的工作會與其他人有極大的落差。是姊姊大人向父親大人建議，「領主的孩子應該平等地一起參與領地的新事業」，幫我守住了身為領主孩子的尊嚴。

「究竟要到什麼時候，我才能回報姊姊大人的恩情呢？」

「夏綠蒂大人只要好好學習，彌補羅潔梅茵大人的不足，相信就是最好的回報吧。」

「……可是，姊姊大人根本沒有任何不足呀？」

我歪過頭這麼反駁馬文，首席侍從瓦妮莎輕聲笑了起來。

「大小姐，看來您太過崇拜姊姊大人，完全沒有注意到呢。大概是因為在神殿長大，又睡了兩年時間，奧伯他們說過，羅潔梅茵大人明顯缺乏社交能力喔。」

……這麼說來，姊姊大人雖曾說過要站在我這一邊，卻搞錯了這句話的意思呢。

可能是當初剛受洗完參加宴會時，由於姊姊大人替我擋下貴族們的挖苦，讓我留下了深刻印象，才一直以為姊姊大人的社交能力非常完美。但是仔細回想起來，姊姊大人好像也說過只接受了叔父大人的短期指導，讓她足以應付那個場合。也許姊姊大人只是背下了常用的句子，並沒有完全理解。

「此外，奧黛麗也嘆氣說過，羅潔梅茵大人比起刺繡這類的新娘技藝，更常優先處理工作。還說與夏綠蒂大人一起刺繡時，她會特別有幹勁，很希望能與您一起練習呢。」

瓦妮莎接著微笑又說：「這也對羅潔梅茵大人有幫助唷。」其實我也不喜歡刺繡，瓦妮莎是想趁這機會讓我一起練習吧。比起對象已經決定好、日後要留在領地的姊姊大人，預計嫁往他領的我更需要擁有出色的刺繡技巧。

「我也是和姊姊大人一起練習的時候，會更有動力呢。」

「那只要羅潔梅茵大人回到城堡的時候，就多安排兩位一起刺繡吧。」

瓦妮莎興沖沖地敲定了這件事。就在這時，一隻白鳥穿過窗戶飛了進來，在房內繞了一圈後停在瓦妮莎的手臂上，用姊姊大人的聲音開始說話。

「我是羅潔梅茵，請幫我轉告夏綠蒂。」

「哎呀，人在神殿的姊姊大人居然會聯絡我，這還是第一次吧？」

姊姊大人有什麼事情嗎？我直勾勾地盯著奧多南茲，豎起耳朵不想聽漏半個字。

「……所以就是這樣，關於貴族區是什麼時候進行改造，又為何沒有順便改造平民區，請幫忙調查當時的詳細資料。」

原來是因為平民區的商人提供了有關他領平民區的消息，姊姊大人想請我幫忙調查當時的詳細情形。

「負責人似乎是艾薇拉大人，羅潔梅茵大人自己的文官也在城堡裡，為什麼還要拜託夏綠蒂大人呢？」

瑪麗安妮感到納悶地低語後，瓦妮莎邊拿出奧多南茲用的黃色魔石，邊微笑說道：

「瑪麗安妮，妳在貴族院還沒學到這部分嗎？能對城市進行改造的只有領主一族。如果想調查當時的詳細情況，有些資料上級貴族可能無法查到，所以羅潔梅茵大人才向夏綠蒂大小姐請求協助吧。大小姐，我可以回覆說沒問題嗎？」

瓦妮莎雖然口頭上向我徵求同意，但她大概也明白，我絕不可能拒絕姊姊大人的請求。因為我都還沒有回答，她就已經對著奧多南茲說沒問題。與此同時，馬文開始收拾桌上的資料。

「夏綠蒂大人，那我們趕緊去圖書室吧。倘若城堡的圖書室裡沒有相關資料，必須請奧伯進入領主的專用書庫裡尋找。」

「哎呀，那在前往圖書室之前，是不是該先通知父親大人一聲呢？因為平民區的整頓一事十分緊急，必須趕在夏天之前完成吧？」

馬文搖了搖頭。他說現在正是忙著準備領主會議的時候，如果另有要事想拜託奧伯，必須做好事前準備。比如先去城堡的圖書室調查並整理好相關資料，也要與負責人艾薇拉討論溝通。

「從羅潔梅茵大人還把這件事交給艾薇拉大人來看，她想必也顧慮到了奧伯接下來還得參加領主會議吧。我們不能讓她的苦心白費。」

「我明白了，那馬上前往圖書室吧。瑪麗安妮，請妳聯絡姊姊大人房裡的文官，順便確認他們是負責哪一部分。」

「遵命。」

……這可是姊姊大人的請求，我一定要優先替她完成！

難得有了可以回報姊姊大人的機會，我帶著文官們火速前往圖書室。

到了城堡的圖書室後，姊姊大人的見習文官哈特姆特與菲里妮也很快前來會合。文官們開始分頭調查因特維庫命的相關資料。不久，艾薇拉與協助印刷業務的下級文官也來了。

「夏綠蒂大人，這次還請您多幫忙了。」

「哪裡，這本來就是領主一族該調查的事情。艾薇拉還被指定為負責人，想必十分辛苦，麻煩妳帶領大家了。」

我們歸納了幾項資料上的記載後，發現多雷凡赫發明了下水道以後，艾倫菲斯特雖對城堡進行了大規模的改造，但後來剛好在曾祖母大人嫁過來的幾乎同一時間，因為要對葛雷修進行整頓，導致對平民區的改造就此延期。

「圖書室裡似乎找不到更詳細的資料了。好比因特維庫倫施展時的設計圖副本，這些資料果然都放在領主的專用書庫裡吧。雖說資料在整理好後便會呈給奧伯，但最好能讓他早點知道這些消息呢。」

如今領主會議快到了，很難預約到會面時間吧——眼看艾薇拉這麼苦惱，我開口說提議。

「艾薇拉，不如由我拜託父親大人吧？用晚餐時，我無須預約會面也能向父親大人報告事情。我想姊姊大人也是考慮到了這個層面，才向我請求協助……」

「那真是幫了我大忙，麻煩夏綠蒂大人了。」

不論是蒐集資料，還是閱讀後加以整理，我都比不上文官他們。今天我能做的也只是別妨礙到大家，在旁邊看看印刷業的相關資料打發時間，聆聽文官們的說明，一點也不覺得自己有幫上忙。所以聽到艾薇拉這麼說，我非常開心。

「哦，第六鐘響了……那明天再來整理提交用的資料吧？」

「明日第三鐘一樣在這裡會合吧。」

城堡內迴盪著第六鐘的鐘聲，文官們都快步走出圖書室。要提交給高層的資料必須製作好幾份，恐怕無法在一天之內完成吧。看來接下來有好幾天的時間，都得來圖書室報到了。

「……所以就是這樣，今天我與艾薇拉他們分工合作，調查了城堡圖書室裡的資料。之後文官們會把今天的調查結果呈交上去，請父親大人根據那份文件，去領主專用書庫裡尋找詳細資料吧。」

晚餐席間，我向父親大人報告了這件事情。聽到只有艾倫菲斯特晚了他領幾十年還未整頓平民區，他臉上有著掩飾不了的驚訝。父親大人支著下巴，表情凝重地陷入沉思，還扳著手指不知道在數什麼。

「現在若施展因特維庫命，應該還來得及吧。夏綠蒂，感謝妳幫忙調查。妳做得很好。」

「不敢當。不過，要道謝的話請對姊姊大人說吧。因為是姊姊大人得到了在貴族區無法取得的消息，向我們下達指示。」

我表示這不是我一個人的功勞，也聲明負責人是艾薇拉後，父親大人便答應我，會再向兩人慰勞致謝。自己確實完成了姊姊大人的請託後，我神清氣爽地繼續用餐，坐在旁邊的哥哥大人卻不滿地鼓起臉頰，看向我說：

「為什麼羅潔梅茵只拜託妳一個人？她要是也拜託我，事情可以更快做完啊……」

「哎呀……哥哥大人，我明白您的心情，但您該學習的事情已經很多了吧？」

哥哥大人是在冬季尾聲訂下婚約後，突然確定要成為下任領主。而我不再是下任領主的候補人選後，學習時間減少了許多，但哥哥大人應該是大幅增加吧。不僅如此，他還得舉行祈福儀式、參與印刷業務。姊姊大人肯定也是不忍心讓哥哥大人接下更多工作吧。

吃完晚餐回房間，在我沐浴完以後，卻發現近侍們都圍在桌邊，表情十分沉重。但我記得平常這個時候，文官們早就離開了。

「夏綠蒂大人，適才奧斯華德大人來訪過。」

明明才在用晚餐時見過面，哥哥大人居然在明知我正在沐浴、無法接待訪客的時候派首席侍從過來，顯見事態非比尋常。是有什麼急事吧。我繃起臉龐，詢問詳情。

「他說為免萊瑟岡古派的貴族們又惡意中傷，韋菲利特大人需要實績，所以希望從明天開始，也讓韋菲利特大人一同前往圖書室。」

……咦？只、只是這樣？

我本來還繃緊全身，心想聽完內容以後，也許有必要換套衣服，結果這麼出人意表的要求只讓我無力得想垮下腦袋。這點小事，就算明天吃完早餐再說也來得及。隨便他們吧——我真想這麼回答，轉頭看向馬文。這時，瑪麗安妮不服氣地眉毛倒豎。

「馬文，你說得也太溫和了！你不是常常告訴我，報告時一定要正確傳達消息嗎？夏綠蒂大人，馬文的報告並不正確。」

根據正確的版本，奧斯華德是這麼說的：「既然是與因特維庫侖有關的事情，比起日後將嫁往他領的夏綠蒂大人，由預計成為下任領主的韋菲利特大人來處理應該更妥當吧？」言下之意根本不是要求同行，而是要我把工作讓給哥哥大人吧？怪不得近侍們會聚在一起，表情這麼凝重。

「他說韋菲利特大人已獲選為一年級的優秀者，在貴族院也預習完了二年級的課程，所以現在比起學習，擁有實績更重要。」

「他還說希望身為同胞妹妹的夏綠蒂大人，能夠協助韋菲利特大人做出實績。」

聽完近侍們接連吐露的實際情形，我不由得按住額頭。哥哥大人確實需要實績吧。可是，這種事情有必要非得等到晚餐過後，還挑我在沐浴的時候派首席侍從過來傳達嗎？

「其實哥哥大人只要在用晚餐時，說句他為了實績也想參加，這樣不就好了嗎？」

我對接到這種指令的奧斯華德萬分同情。未免太沒有常識了。

「似乎是自己發牢騷的時候，夏綠蒂大人卻沒有馬上提議一同前往，韋菲利特大人對此感到不滿吧。奧斯華德大人甚至還說了，既然夏綠蒂大人日後要嫁往他領，應該更懂得察言觀色、為人著想……我聽了真的很生氣。」

毫不掩飾自己憤怒的瑪麗安妮，是在大約一年半前成為我的近侍，因為不曉得從前祖母大人還在時是什麼情況，才會這麼生氣吧。這種話我以前經常聽見。

「瑪麗安妮，妳也不用這麼生氣，這是事實唷。到了他領為免樹敵，越懂得察言觀色、了解對方的期望是什麼，對自己越有利。」

「不僅如此，也要懂得為自己的將來作選擇，並承擔選擇的後果，這對上位者來說是非常重要的事情喔，夏綠蒂大小姐。這次您打算如何選擇呢？」

瓦妮莎這番話重重地壓在我心頭上。究竟要拒絕哥哥大人的要求？還是接受？……

明明負責人是艾薇拉，他卻不去問她，意思是要由我作出決定，讓他加入吧。

……畢竟艾薇拉是萊瑟岡古派的貴族嘛。

說句真心話，就算是身為下任領主需要實績，就算我們是同母兄妹，但像這樣中途搶走本來屬於我的工作，這種做法我實在不喜歡。會讓人聯想到祖母大人還在的那時候，感覺有些不快。但與此同時，母親大人說過的話也閃過腦海。

「既然妳有可能嫁往他領，今後要與即將成為下任領主的韋菲利特還有羅潔梅茵，盡可能建立起緊密連結。」

我抬起頭來。眼前的近侍們都在等著我開口。

「現在只是找完資料而已，還沒有整理完畢。請轉告哥哥大人……如果不會影響到他的學習進度，請在第三鐘來圖書室。」

我不會把姊姊大人託付給我的工作全部拱手讓出，只是同意哥哥大人一起參加而已。這就是我的選擇。

「遵命，夏綠蒂大人。」

您做得很好——瓦妮莎像在這麼嘉許，微笑著點點頭。馬文則是走出房間，前去傳達我的回覆。

隔天，我趕在第三鐘響起前離開房間。哈特姆特與菲里妮大概先去了圖書室，姊姊大人的房門前不見半個人影。我走下樓梯。

「夏綠蒂。」

這時，我看見哥哥大人在樓下等我。他仰頭看來，朝我揮手。

「其實妳用不著偷偷把奧斯華德叫出去拜託他，晚餐時直接跟我說一聲就好了啊。就算在父親大人面前向我請求協助，我也不會覺得是妳實力不夠。」

……咦？為什麼變成了是我向哥哥大人請求協助呢？

哥哥大人的話太過出乎意料，讓我不由得愣住，一時間說不出話來，眨了好幾下眼睛。眼看哥哥大人挺起胸膛，一副賣人情給我的樣子說：「畢竟是妹妹的請託嘛。雖然我很忙，但就幫妳吧。」我完全無法理解。

……這到底是怎麼一回事？

我不自覺地看向奧斯華德，發現他也看著我，臉上帶著冷笑，眼中毫無笑意。

……原來是奧斯華德自作主張嗎？

我要是在這時候抗議，說出自己昨晚與近侍們的對話，就會演變成我在貶抑哥哥大人，只怕他會四處向貴族聲稱：「夏綠蒂大人真是毫無察言觀色的能力。」

……我真的很不喜歡由祖母大人指派的這些近侍的行事作風。

「我是因為有人告訴我，哥哥大人需要實績……」

我盡可能以淺顯易懂，但又不會讓哥哥大人顏面掃地的方式，試著挖苦與暗示。然而，哥哥大人似乎完全沒聽懂弦外之音，說著：「嗯，那走吧。」開始往圖書室邁步。

哥哥大人的近侍們一派若無其事地跟上，我的近侍們則表情苦澀地互相對望後，長嘆口氣跟隨在後。對於這種彷彿有著不成文規定，絕不能搶在哥哥大人前頭的氣氛，讓我有種好像真的回到了從前的感覺。

……就算哥哥大人已經被內定為下任領主，我也不想回到從前的狀態。

「哥哥大人，您對於近侍的教育有什麼看法呢？」

我下定決心後，開口詢問哥哥大人。必須讓哥哥大人察覺到奧斯華德會私下擅作主張，進而促使他好好思考，自己身為主人該如何應對。

「……果然妳也注意到了嗎？」

原來哥哥大人也發現到了自己近侍們的態度並不好——但是我才安下心來，哥哥大人接著又說：

「羅潔梅茵真是教人頭疼。教育近侍明明是主人的責任……」

然後，哥哥大人開始說起在貴族院的時候，姊姊大人的近侍們有多麼不配合，害他們吃了多少苦頭。

但是，單看哈特姆特與菲里妮昨天在工作上的表現，我既不覺得他們與姊姊大人沒有做好溝通，也不覺得他們的教育有任何不足。馬文甚至對他們稱讚有加，說明明沒有已經成年的文官擔任指導員，才過一個季節而已，他們的表現已十分出色。

「我認為哥哥大人說得完全沒錯。我們也必須仔細留意自己近侍的行動呢。」

「就是說啊。」

哥哥大人重重點頭，但看起來絲毫沒有反省自己的意思。此刻我終於明白，為什麼哥哥大人已經獲選為優秀者，母親大人還這麼擔心他的教育進度落後。

……再這樣下去，哥哥大人成為下任領主後，真的能輔佐姊姊大人嗎？

我不由得對艾倫菲斯特的未來感到不安，對於下任領主不是基於實力，而是根據性別來決定人選，也湧起了強烈的悔恨與不甘。為什麼我生來不是男孩子呢？我相信自己一定能比哥哥大人更盡責地輔佐姊姊大人。

「……我發自真心認為，倘若我是男孩子，絕對不會輸給哥哥大人。」

聽了我充滿挑釁的發言，直指哥哥大人的能力不足，雙方的近侍不約而同倒抽口氣。現場氣氛頓時變得針鋒相對，感覺一觸即發，但哥哥大人似乎完全沒注意到周遭人們的變化，不甘示弱地回瞪向我。

「唔？那可不見得。玩加芬納的時候，連多雷凡赫的奧爾特溫也曾是我的手下敗將。我才不覺得自己會輸給妳。」

瞬間緊張的氣氛消散無蹤。如果這是哥哥大人精心思考過後想出的答案，那麼我會佩服他，但他肯定根本什麼也沒在想吧。

……我的職責，就是要輔佐這樣的哥哥大人與姊姊大人嗎？

到了貴族院，將面對多不勝數的他領學生。聽說姊姊大人因為推動了新流行，與上位領地的往來互動變多了。雖然我也知道哥哥大人很努力在填補教育的不足，但是目前看來，無法期待哥哥大人在社交上能提供幫助。我忽然間覺得，比起熟讀印刷業的文件，比起背下與祈福儀式有關的大量資料，眼前正聳立著更加棘手的課題。

……在冬天來臨前還來得及嗎？

看來在就讀貴族院之前，我有必要在社交技巧的學習上投入更多心力。

菲里妮視角・我的主人是羅潔梅茵大人

Kazuki Miya's commentary

原本只刊登在網路上的特別短篇。
故事背景在第四部IV後半。
菲里妮視角。
內容描寫到了菲里妮開始前往神殿幫忙，
以及她與羅潔梅茵的相遇、與近侍夥伴的交流等。

小小幕後筆記

由於放在本傳裡顯得太過冗長，羅潔梅茵與菲里妮相遇時的場景只好徹底刪除。最終修改成了紀念獲得五萬點數的特別短篇。

在回憶的片段裡，其實那時菲里妮與約娜莎拉的關係還不錯。

身為下級貴族的我第一次見到羅潔梅茵大人，是在舉行冬季洗禮儀式與首次亮相的那一天。那天寒風中雪花紛飛，我坐著馬車，第一次前往城堡。將要首次亮相的我心裡十分緊張，但身上的紅色正裝又讓我忍不住非常興奮。這套正裝是已經亡故的母親大人小時候穿過的，這次拿出來重新稍做修改。

抵達城堡後，父親大人向入口附近的文官說，我們是要來參加洗禮儀式，對方於是告訴我們等候室的位置。這時我與要去大禮堂的父親大人他們暫時分開，然後與隨行的姨婆大人前往等候室。姨婆大人是父親那邊祖母的妹妹。下級貴族因為很難雇用到能夠進入城堡的貴族侍從，所以都會拜託親戚幫忙。

到了等候室一看，屋內已經來了好幾個孩子，身邊都有大人跟著。

「菲里妮，今天聚集在這裡的孩子們都會和妳就讀同個年級，要小心千萬不能失禮喔。」

身邊的人一再提醒我，由於我的階級是最末等的下級貴族，所以凡事都要謹言慎行。聽了姨婆大人的叮囑，我點一點頭。

現場的孩子當中，最醒目的便是羅潔梅茵大人。那頭有如夜空的藏青色長髮編著複雜的造型，餘下的飄逸髮絲披在背上，隔著一段距離也看得出充滿光澤，頭上還戴著我從沒見過的精巧髮飾。她乖巧端莊地坐在椅子上，眺望窗外。身上的衣服也是全新的，使用了專為這天訂做的美麗布料。我看了看羅潔梅茵大人身上那鮮豔的紅，再看向自己身上有些褪色的紅衣，忍不住比較起來。

「……那個女孩子是上級貴族吧？」

「不，她是成了奧伯．艾倫菲斯特養女的羅潔梅茵大人。不可以一直盯著人家看，太沒禮貌了。」

儘管姨婆大人這麼叮囑我，但同年紀的女孩子實在太少見了，我的目光總是不由自主望過去。母親大人仍在世時，偶爾母親大人的朋友還會帶著自己的孩子來我們家玩，當時我也曾和年紀相仿的小孩子一起玩耍。然而母親大人過世以後，父親大人雖與約娜莎拉大人再婚，但她的朋友也和她一樣年輕，所以沒有和我年紀相近的孩子。平常會接觸到的小孩子，就只有這時終於會講幾句話的弟弟康拉德而已。

……雖然姨婆大人說，下級貴族的孩子就該和下級貴族的孩子玩在一起，但我根本看不出來誰是下級貴族。

羅潔梅茵大人收回望著窗外的目光，緩緩地環顧屋內。她的五官非常漂亮，閃爍著愉快光彩的金色眼眸讓人印象深刻。視線正好與她對上的時候，她輕輕揮了揮手，向我投以微笑。直到現在，我還記得當時自己只是呆在原地不知所措，不知道該怎麼回應才不會失禮。如今我已經了解羅潔梅茵大人的為人，早知道那時候也向她揮手、回以微笑就好了。

舉行洗禮儀式時，我照著父親大人與姨婆大人的囑咐，也照著之前練習過的，最終十分順利地結束了。接下來就是首次亮相。要彈飛蘇平琴，向神奉獻音樂。

「菲里妮。」

被神官長叫到的我走上舞臺，坐在正中央的椅子上，約娜莎拉大人再為我拿來飛蘇平琴。這把兒童用的飛蘇平琴是母親大人以前用過的，緊接著我彈了約娜莎拉大人教我的那首曲子。

「菲里妮，妳彈得很好喔。」

「完全是貴族孩子該有的表現呢。」

「嗯，彈得不錯。」

表演完下臺後，約娜莎拉大人、姨婆大人與父親大人都開口稱讚了我。之後，我開始聆聽接下來的孩子上臺彈琴。聽得出來順序越往後，彈奏的曲子越難。

……我都已經練得很辛苦了，不知道上級貴族的孩子要練習多久呢。

當時的我只是單純在心裡這麼佩服，完全不曉得教師和樂器的品質存有差異。

首次亮相時，最後一個上臺演奏的是羅潔梅茵大人。她被叫到以後，慢步走向舞臺中央的身姿從容優雅，就連坐下的動作看起來也和我完全不一樣。

隨後，奧伯．艾倫菲斯特開始說明自己為什麼收羅潔梅茵大人為養女。他說羅潔梅茵大人擁有足以成為領主養女的魔力，也有著願意拯救孤兒的善良心地以及能夠推動新產業的優秀能力，最後更聲稱她是艾倫菲斯特的聖女。靜靜面帶笑容的羅潔梅茵大人固然十分美麗，但實在不太像有什麼過人之處。感覺得出來周遭的大人們也都相當懷疑。

與此同時，一名年輕又漂亮的專屬樂師拿著華麗的飛蘇平琴交給羅潔梅茵大人。羅潔梅茵大人拿好琴後，開始撥弄琴弦。她所彈奏的曲子明顯比大家彈的要難出許多，旋律優美動人，接著再以稚嫩的嗓音唱起歌。

「哦，這可真是驚人……」

「這首曲子的難度，和進入貴族院後要學習的曲子相差無幾吧。」

「看來她的學習能力確實出眾。」

周遭的人們開始議論紛紛。由於就只有羅潔梅茵大人的琴藝特別精湛，眾人不由自主發出感嘆。

「……咦？」

我忍不住眨了眨眼睛。因為明明羅潔梅茵大人正彈著飛蘇平琴，她的戒指卻好像飄出了藍色的祝福光芒。我本來還以為是自己看錯了，卻聽見附近的人低聲說：「那是祝福嗎？」我因此知道並不只有自己看見了而已。

羅潔梅茵大人的祝福隨著琴音不斷釋出，飛散到了整座大禮堂。我第一次看見這麼大量的祝福，不由得目瞪口呆。但當然，瞠目結舌的人不只有我而已。除了父親大人、姨婆大人、約娜莎拉大人，其他人也都雙眼圓睜。大家甚至沒有注意到羅潔梅茵大人的演奏已經結束，只是愣愣仰望上空。

「為眷佑艾倫菲斯特的聖女獻上祝福！」

突如其來的話聲讓我把視線拉回到舞臺上，只見神官長抱起了羅潔梅茵大人。周遭的貴族們一致高舉思達普，使其發出亮光。

「原來如此，的確是聖女。」

「真是大量的祝福，看來她確實得到了諸神的寵愛。」

在眾人驚愕的目光注視下，羅潔梅茵大人只是面帶沉穩的笑容揮揮手，然後就這麼退場了。

「真的有所謂的聖女存在呢。」

「看來她的魔力量著實驚人。我第一次看到這種祝福……但是，即便人人都說她慈悲為懷，對待下級貴族的態度也不會與其他人有什麼分別吧。妳到了貴族院還會與她就讀同個年級，言行應對更要小心。」

聽完父親大人的叮囑，隔天我繃緊了神經前往兒童室。聽說在兒童室裡都得依照階級分開行動，不管上級、中級貴族怎麼對待下級貴族，我們絕對不能反抗。姨婆大人還說，直到獲得上級貴族的庇護之前，下級貴族在兒童室裡都會待得非常痛苦。

然而，進入兒童室後，我感受到的卻與原先聽說的截然不同。大家都熱中於玩羅潔梅茵大人帶來的歌牌與撲克牌，而且領取點心當獎勵時也是不分階級。老師還會為我們朗讀寫有諸神故事的繪本，我們也得學習字母和簡單的計算。甚至羅潔梅茵大人與韋菲利特大人的專屬樂師還會教我們彈飛蘇平琴。我也是直到這時才知道，原來樂器與教師的品質是有差異的。

而在大家埋頭學習的時候，羅潔梅茵大人總是一個人安靜地看著從城堡圖書室借來的、又厚又難懂的書籍，不然就是在編寫要做成新書的故事。就只有她一個人的學習進度和我們完全不一樣，還能完成神殿長的職責，偶爾加入遊戲也能大獲全勝，更別說首次亮相時還一邊彈琴一邊釋出了祝福。所以，後來再聽到有人說她是艾倫菲斯特的聖女時，我也一點都不覺得奇怪了。

「菲里妮，告訴我妳母親大人說的故事吧。」

羅潔梅茵大人總會這麼對我說，把母親大人告訴過我的故事抄寫下來。母親大人對我說過的那些故事，現在已經沒有人會再說給我聽了。看到羅潔梅茵大人聽得那麼高興，我真的很開心。

「菲里妮，妳試著抄寫這些故事練習寫字吧。我相信妳一定可以很快學會。」

羅潔梅茵大人寫好母親大人說的故事後便提供給我，讓我用來練習寫字，還給了我很多紙張。她的字跡熟練工整，很難想像和我是同齡的人。於是才剛學會字母的我，便以羅潔梅茵大人的字跡為範本學寫文字。

「菲里妮，在明年的冬天到來前，把妳母親說過的故事都寫下來吧。」

後來多虧羅潔梅茵大人想出的辦法，我順利地借到了聖典繪本。為了讓羅潔梅茵大人高興，我把自己記得的故事都寫在她所提供的紙張上。

至少在把故事抄寫下來的時候，我真的很幸福，有種過世的母親大人還陪伴在自己身邊的感覺。早在這個時候我就把羅潔梅茵大人當成自己的主人，希望能服侍她。

之後紙用完了的時候，我便請父親大人幫忙準備木板，用拙劣的字跡寫下故事。隔年我帶著寫好的幾篇故事，再度前往兒童室。然而，卻沒有見到羅潔梅茵大人的蹤影。聽完說明以後，我才知道羅潔梅茵大人竟在遇襲後中了毒，如今陷入沉睡，不知道要到什麼時候才會醒來。韋菲利特大人與夏綠蒂大人代替羅潔梅茵大人努力管理兒童室時，我也卯足全力幫忙。因為我希望兒童室裡的氣氛，可以盡量和羅潔梅茵大人還在時一樣。

每當我們手足無措，無法像羅潔梅茵大人那樣處理得那麼完美時，都是達穆爾從旁伸出援手。達穆爾從羅潔梅茵大人在神殿時就開始服侍她，在沒人開口詢問之前總是靜靜待著，但一旦找他商量，他就會馬上幫忙思考對策。

「達穆爾，可以麻煩你嗎？」

「當然沒問題，夏綠蒂大人。」

達穆爾身為下級貴族，卻成了羅潔梅茵大人的護衛騎士，就連夏綠蒂大人與韋菲利特大人也很信任他。讓人覺得可靠的同時，我也非常羨慕他。

「即便是下級貴族，也能成為羅潔梅茵大人的近侍呢。我也好想要侍奉羅潔梅茵大人。」

「為什麼？菲里妮，妳能為羅潔梅茵大人做到什麼事情嗎？」

達穆爾一臉認真地問我，沒有把我的話當成是小孩子的戲言。我一邊想著自己能為羅潔梅茵大人做些什麼，一邊把目光投向自己寫好後、想請她過目的那疊紙張。

「我能為羅潔梅茵大人蒐集故事。每次與羅潔梅茵大人分享新的故事，她總是非常開心，所以我想為她蒐集很多故事。」

「嗯，她一定會很高興吧……羅潔梅茵大人選人的時候並不會看身分，所以只要她認同妳的努力，想必也會考慮把妳納為近侍。妳就好好加油吧。」

我牢牢記下達穆爾的鼓勵，在羅潔梅茵大人醒來之前，一直努力抄寫故事。

「菲里妮，妳為什麼這麼拚命在寫故事呢？」

某天夏綠蒂大人這麼問我，我低頭看向自己正在書寫的木板。

「因為我想獻給羅潔梅茵大人。等她醒來的時候送給她，希望可以讓她高興。」

「哎呀，意思是妳想成為姊姊大人的近侍嗎？」

夏綠蒂大人驚訝地張大藍色眼睛，但聞言反而是我更加吃驚。下級貴族怎麼可能成為領主一族的近侍呢。達穆爾能夠成為護衛騎士、擔任羅潔梅茵大人的近侍，是因為他從羅潔梅茵大人還在神殿時就服侍她，也是因為多數騎士都對神殿避之唯恐不及。但即便有這些原因，在羅潔梅茵大人成為領主的養女後才過一年而已，我便聽說達穆爾有可能會被解任，改由中級或上級騎士接任。現在只是因為羅潔梅茵大人還在沉睡，才沒有要他卸下職務。

「我聽說等羅潔梅茵大人醒來後，身為下級騎士的達穆爾就會被要求卸下職務。而我也是下級貴族，所以從沒想過自己能夠成為羅潔梅茵大人的近侍。但是，這跟能否成為近侍沒有關係，我就是想服侍羅潔梅茵大人。」

「菲里妮，妳為什麼這麼想為姊姊大人效力呢？妳們只在前年的兒童室裡有過接觸吧？」

聽到這個問題，我輕輕撫摸木板。羅潔梅茵大人抄寫下來的故事，都還留在紙上和木板上。每次閱讀，都彷彿能在腦海中聽見母親大人溫柔的話聲。可是，也有一些來不及抄寫的故事早已被我淡忘，再也想不起來。

「多虧有羅潔梅茵大人那麼高興地聽我講述母親大人說過的故事，並且抄寫下來，母親大人才能永遠存在於我的心裡。換作其他人，這是誰也做不到的事情，所以羅潔梅茵大人就是我的主人。」

然後，時間一轉眼到了現在。如今我正以羅潔梅茵大人的見習文官這個身分在工作。其實我始終都不明白，自己為什麼會獲選為羅潔梅茵大人的近侍。但是，除非羅潔梅茵大人說她不需要我了，否則我都會為她竭誠效忠。

「菲里妮，重算吧。」

在神殿幫忙的時候我負責計算，但其實我還幫不上忙，目前仍處在練習的階段。大多時候都是斐迪南大人檢查過後，再面無表情地把木板推回給我，所以我一點也沒有幫上羅潔梅茵大人的忙。

在城堡裡看見的斐迪南大人總是和顏悅色，但到了神殿這裡，基本上他都是面無表情，而且常常眉頭深鎖面色凝重。偏偏斐迪南大人五官俊秀，每當他露出銳利的眼神，看起來就好像在瞪人一樣，嚇得我心臟縮成一團。儘管羅潔梅茵大人說：「菲里妮，妳放心吧。再過不久妳就會習慣斐迪南大人的面無表情了。等到習慣的時候，反而會覺得他的笑臉更恐怖。」但我實在無法理解這句話的意思。看來我身為近侍，還需要更加精進自己吧。

「我又要重算了。」

我抱著被退回的木板回到座位上。與還在練習計算的我不同，已經開始被交代工作的哈特姆特挑起單眉。

「菲里妮，妳別太心急，冷靜一點。我看妳好像常常算錯位數。」

「其實那是因為妳手指的速度變快，只要小心別算錯就好了。放心吧。斐迪南大人的那副表情並不是在生氣。」

和我一起負責計算的達穆爾安慰道，我用力點頭。雖然在我看來只覺得斐迪南大人在生氣，但達穆爾都這麼說了，想必並沒有生氣吧。

「我會加油的。」

我從頭開始重新計算時，羅潔梅茵大人站起來，把某份資料交給斐迪南大人。斐迪南大人看完後說：「非常好。」接著遞給她下一份資料。在說「非常好」的時候，斐迪南大人的眼神稍稍變得有些柔和。雖然真的很不明顯，我都要懷疑可能只是自己的錯覺。

「這原本是神殿長該做的工作，妳試試看吧。」

「……這些看起來又不簡單呢。」

儘管斐迪南大人會絲毫不給喘息空間地分配工作，但羅潔梅茵大人每次都能確實完成。身為近侍，為了盡可能幫上忙，我自認為自己已經很努力了，但還是遠遠比不上羅潔梅茵大人。

「菲里妮，妳已經很努力了。妳在貴族院蒐集來的那些故事，羅潔梅茵大人看得非常開心喔。」

「……哈特姆特也蒐集了不少故事吧。」

和想讓羅潔梅茵大人高興而蒐集故事的我不同，哈特姆特為了了解羅潔梅茵大人的聖女傳說是如何形成，都在蒐集這方面的資料。他說他問過侍從、孤兒院裡的人和工坊裡的灰衣神官，而他們口中的羅潔梅茵大人都與待在城堡時的她大不相同，非常有意思，所以哈特姆特每天都興高采烈地來神殿。

「哈特姆特，你要去哪裡？」

「去孤兒院。羅潔梅茵大人的侍從葳瑪與前侍從戴莉雅都在那裡。她們提供的消息十分有趣喔。即便說的是同一件事情，但站在不同的角度和立場，對羅潔梅茵大人的描述也會完全不一樣。」

斐迪南大人與羅潔梅茵大人分配給哈特姆特的工作，比分配給我的還要多。然而，他卻每次都能迅速完成，然後一邊幫灰衣神官做事，一邊向他們蒐集資訊。

一開始侍從們還因為哈特姆特是貴族，顯得相當緊張，後來才比較放鬆。大概是因為哈特姆特會爽朗地向他們搭話，又會以「羅潔梅茵大人有多麼優秀」來炒熱氣氛吧。我因此非常佩服哈特姆特，但他說這些都是尤修塔斯大人傳授給他的小技巧。至於為了蒐集情報不惜男扮女裝的尤修塔斯大人是怎樣的人，目前我還不太了解。

「在羅潔梅茵大人從書裡抬起頭來之前，我就會回來了。菲里妮，妳繼續加油，抄寫戴肯弗爾格的書籍吧。」

哈特姆特只有在羅潔梅茵大人專心看書的時候，才會去孤兒院、工坊或神殿長室，與大家熱絡地談論有關羅潔梅茵大人的事情。真不知道他到底是怎麼計算時間，每次都能在羅潔梅茵大人合上書本前聊完天，就算是去了其他地方也能趕回來。

在神殿的每一天，哈特姆特的優秀總是讓我認清自己的能力還不足夠。

後記

大家好久不見了，我是香月美夜。

非常感謝各位購買本作，《小書痴的下剋上：為了成為圖書管理員不擇手段！短篇集I》。

四個月連續發行的第二本書，就是這本《小書痴的下剋上》短篇集。內容收錄了直到第四部IV為止，先前都未收錄成書的特別短篇和特典短篇。其中一則特典短篇雖然也曾收錄在《Fanbook 2》當中，但為了讓新讀者能以更簡便的方式取得，還是決定從頭開始收錄。像這樣收錄成書以後，平常都是購買電子書籍以及住太遠去不了合作書店的讀者們也都可以看到內容，真是太好了呢。

短篇集的內容是照著本傳裡的時間順序排列，所以在看頭幾篇的時候，應該會感到非常懷念。不過，個人倒是因為得看著好幾年前寫的東西進行修改，比起覺得懷念，更是羞恥得滿地打滾。

而這本短篇集最大的看點，自然是椎名優老師美麗的插圖了。一如往常精美又華麗。這次雖然沒有新設計的角色，但對於插圖還是有些細節上的要求，所以椎名老師依舊十分辛苦。因為短篇集是從第一部跨度到第四部IV，中間經過了五、六年。從封面便能看出，就連梅茵也長高了大約二十公分左右。路茲與多莉等其他角色也都長高了大約四十公分。「這時候這個角色幾歲呢？」我每次都是一邊數著角色與梅茵的年紀差距，一邊下達指示，椎名老師再配合我的指示繪製插圖。

而且，我還要求短篇的主角們都要出現在彩色拉頁裡。椎名老師嘴上說著：「十四個人塞不下啦。」最終還是把所有人都畫了進去。真不愧是椎名老師。如同既往的可愛四格漫畫也是不容錯過。椎名老師，謝謝您。

這本短篇集出版的時候，動畫版《小書痴的下剋上》也開始播放了吧。除了會動的梅茵一行人，每集片尾還能看到椎名老師與其他老師所繪製的插圖。請一定要在螢幕前面守到最後一刻喔。

最後，要向購買本書的各位讀者獻上最高等級的謝意。

十一月《Fanbook 4》預計在TO BOOKS的官網上限定發行，十二月則有《第四部IX》即將出版。期待屆時再相會。

二〇一九年八月　香月美夜

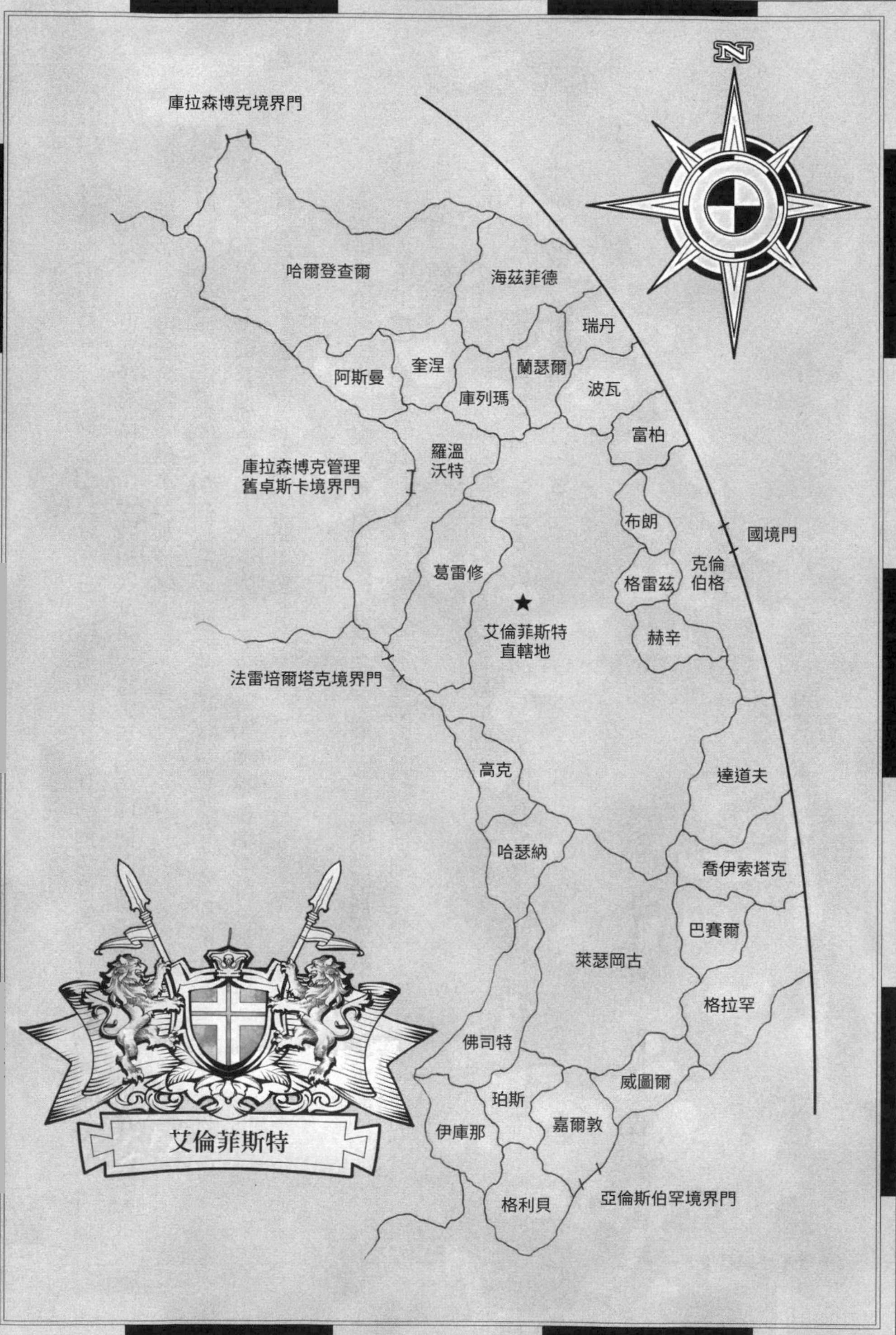
庫拉森博克境界門
哈爾登查爾
海茲菲德
瑞丹
阿斯曼
奎涅
蘭瑟爾
庫列瑪
波瓦
富柏
羅溫
沃特
庫拉森博克管理
舊卓斯卡境界門
布朗
國境門
克倫
伯格
格雷茲
葛雷修
艾倫菲斯特
直轄地
赫辛
法雷培爾塔克境界門
高克
達道夫
哈瑟納
喬伊索塔克
巴賽爾
萊瑟岡古
格拉罕
佛司特
威圖爾
珀斯
嘉爾敦
伊庫那
亞倫斯伯罕境界門
格利貝
艾倫菲斯特

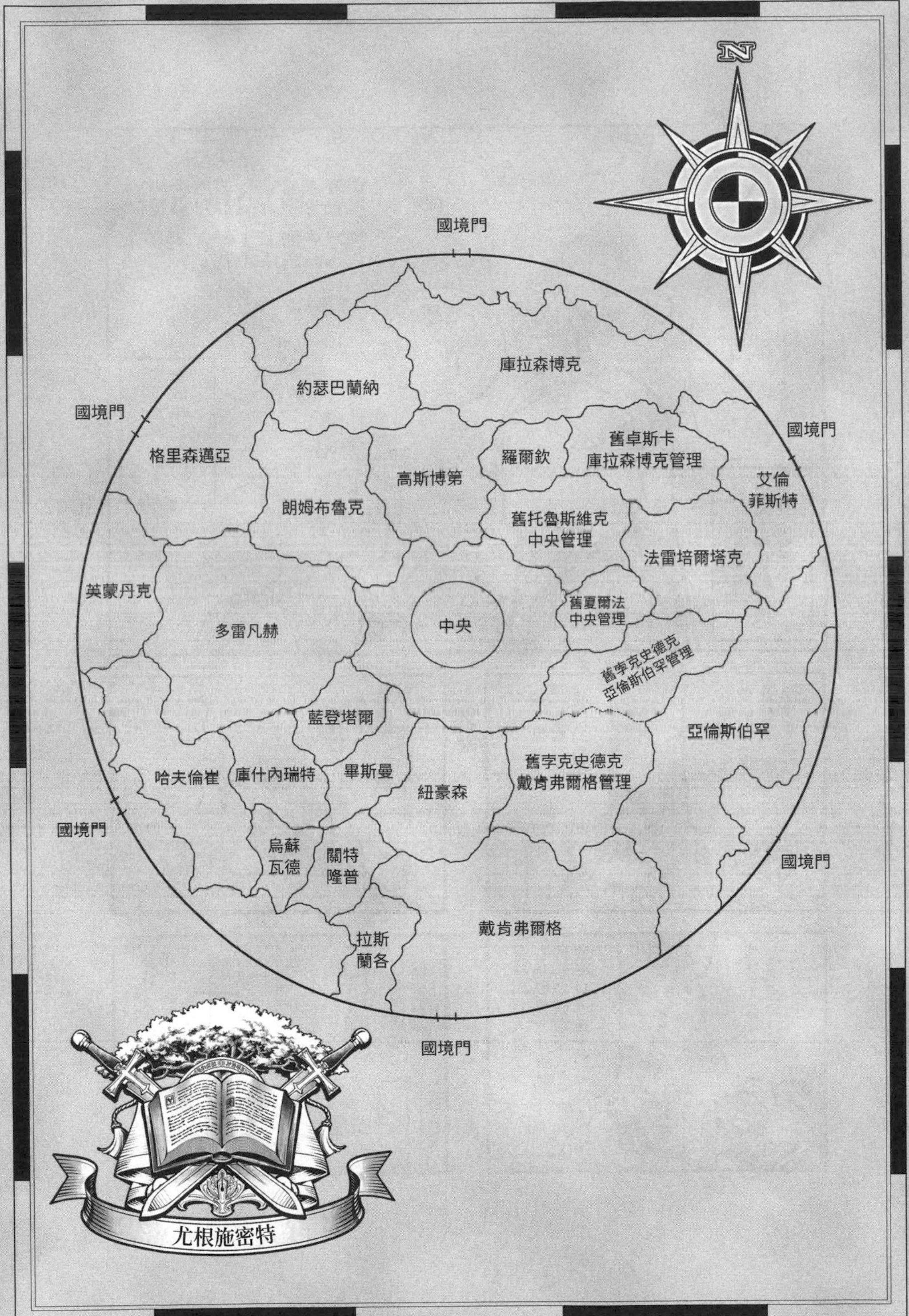
N
國境門
庫拉森博克
約瑟巴蘭納
國境門
國境門
格里森邁亞
羅爾欽
舊卓斯卡
庫拉森博克管理
艾倫
菲斯特
高斯博第
朗姆布魯克
舊托魯斯維克
中央管理
法雷培爾塔克
英蒙丹克
中央
舊夏爾法
中央管理
多雷凡赫
舊孛克史德克
亞倫斯伯罕管理
藍登塔爾
亞倫斯伯罕
哈夫倫崔
庫什內瑞特
畢斯曼
紐豪森
舊孛克史德克
戴肯弗爾格管理
國境門
烏蘇
瓦德
關特
隆普
國境門
戴肯弗爾格
拉斯
蘭各
國境門
尤根施密特

每回都出場的
卷末漫畫
輕鬆悠閒的家族日常
作畫 椎名優
艾克哈特哥哥大人？尤修塔斯？
咦？這是怎樣？
成了貴重藥草的羅潔梅茵。
嗯、嗯
艾克哈特心中對羅潔梅茵的評價急速上升中。
邪惡
害我去不了森林的怨恨，
得讓弗伊他們好好體會一下才行。
然後不管他們到了哪裡，我都要縮在視野的角落，
像是櫃子後面啦、桌子底下啦，躲起來一直偷偷注視他。
首先，要看弗伊他們平常都在做些什麼，
鉅細靡遺地進行觀察。
最後再每天晚上在他耳邊，小聲地數著他破壞了我多少塊黏土板。
呵嘻嘻嘻嘻嘻嘻
爸爸！你快點說梅茵可以去森林!!

哥哥大人的努力還不夠！

如果我是男孩子的話，
在協助姊姊大人這件事情上才不會輸給哥哥大人呢……
姊姊大人移動的時候，我一定時時在旁護送；
她表示需要辦到的事情，我也會迅速又無懈可擊地達成。
夏綠蒂♂⇧
肯定也能贏得姊姊大人堅定不移的信賴吧。
夏綠蒂，有你在身邊真的好幸福喔。（幻聽）
啊啊啊，哥哥大人太可恨了！
唔？
揮揮

危險信號

說來真是非常惶恐，
斐迪南大人的表情變化總令我十分害怕。
檢查木板內容中
啊
對不起！我馬上重做！馬上拿回去修改!!
神官長，請不要欺負我的見習文官。
真失禮。

國家圖書館出版品預行編目資料

小書痴的下剋上：為了成為圖書管理員不擇手段!.
短篇集，I／香月美夜著；許金玉譯. -- 初版. -- 臺
北市：皇冠文化出版有限公司，2021.10
面；　公分. --（皇冠叢書；第 4978 種）(mild；
40)
譯自：本好きの下剋上 司書になるためには手段
を選んでいられません. 短編集 I

ISBN 978-957-33-3797-3(平裝)

861.57　　　　110015133

皇冠叢書第 4978 種
mild 40

小書痴的下剋上

爲了成爲圖書管理員不擇手段！
短篇集 I

本好きの下剋上
司書になるためには
手段を選んでいられません
短編集 I

作　　者—香月美夜
譯　　者—許金玉
發 行 人—平　雲
出版發行—皇冠文化出版有限公司
台北市敦化北路 120 巷 50 號
電話◎ 02-27168888
郵撥帳號◎ 15261516 號
皇冠出版社（香港）有限公司
香港銅鑼灣道 180 號百樂商業中心
19 字樓 1903 室
電話◎ 2529-1778　傳真◎ 2527-0904
總 編 輯—許婷婷
美術設計—嚴昱琳
著作完成日期— 2019 年
初版一刷日期— 2021 年 10 月
初版二刷日期— 2023 年 12 月
法律顧問—王惠光律師

讀者服務傳真專線◎ 02-27150507
電腦編號◎ 562040
ISBN ◎ 978-957-33-3797-3
Printed in Taiwan
本書特價◎新台幣 299 元／港幣 100 元